# 불꽃선인장

엄현주 소설집

도서출판 청어

# 불꽃선인장

첫 창작집을 낸 지 십 수 년이 지나서야 두 번째 창작집을 출간하게 되었다. 날마다 수많은 신간들이 쏟아져 나오는 세상에 굳이 나까지 보태야 할까, 하는 생각으로 미적거리다 보니 어느새 세월이 저만치 지나가고 있었다. 내가 만들어놓은 작중 인물들도 세월 따라 안타까이 멀어져가고 있다는 사실을 뒤늦게 알아차리고서야 출간을 서두르게 되었다.

글을 쓴다는 것은 '내가 아는 나'와 '나도 모르는 나'가 만나 경계를 지우는 일이다. 그 경계가 지워질 때 느끼는 희열 때문에 나의 글쓰기 여정은 계속된다. 매일 아침 나는 새로운 나를 만나기 위해 길을 떠난다. 하지만 결코 순탄하지 않다. 길이 험하기도 하고 지루하기도 하고, 때로는 늪과 높은 산이 앞을 가로막기도 한다. 그럴 때마다 좌절하며 주저앉아버리고 싶지만 나는 절대로 멈출 수 없다. 그 후, 찾아오는 고통이 훨씬 더 크다는 걸 이미 알고 있기 때문이다.

이제 글쓰기에 순응하며 모든 걸 맞추어나가야 하는 내

삶이 문학을 향해 멈출 수 없는 사랑으로 지속되길 바랄 뿐이다.

여기 실린 9편의 작품은 오래 전부터 최근에 이르기까지, 발표 시기가 십 년 이상 차이가 난다. 하지만 이 기간을 지나면서 온몸으로 통과해온 삶의 자취를 하나로 묶어보는 것도 나름대로 의미가 있으리라고 생각한다.

이 작품들과 함께했던 여러 감정이 내 속에 스며들어 '지금의 나'에 도달했다고 믿기 때문이다. 슬픔과 고통, 기쁨과 사랑이 지나간 자리에 오롯이 남는 것은 그리움이었다. 그리움이 내 글쓰기의 근원이었다는 걸 이제야 나는 깨닫게 되었다.

가을볕이 좋은 날이면 마당 한가운데 돗자리를 펴고 어머니는 아버지의 오래된 책들을 거풍시키곤 했다. 검은 테를 두른 책장에 갇혀 서재의 벽을 차지하고 있던 책들을 꺼내 펼치는 어머니의 손길은 지극히 조심스러웠다. 책 거풍은 아버지가 세상을 떠난 후에도 계속되었다. 누렇게 변색되어 금방이라도 바스러질 듯한 책장들이 바람에 팔락거리는 모습을 보며 어머니는 나지막하게 혼잣말을 했다.

"사람이 가도 보던 책들은 그대로 남아 있네."

마당에 한창 피어난 국화와 오래된 책들에서 희미하게 흘러나오는 냄새가 코끝을 스치면서 들려오는 어머니의 그윽한 목소리. 그 목소리는 수십 년이 지난 지금도 내 귓가에서 울려나는 듯하다.

이제 이곳에서는 만날 수 없지만 아득히 먼 저곳에서 내 책을 받아들며 환하게 웃을 어머니와 아버지에게 사랑한다는 말을 꼭 하고 싶다.




2020년, 새로운 해를 시작하며
엄현주

| 시놉시스 |

### 〈그 아이 이름은 빛나였다〉

아이(중2)는 엄마가 새로운 남자와 결혼하는 바람에 늙은 생부의 집으로 가게 된다. 생부의 아내는 아이뿐 아니라 아이가 애지중지하는 고양이(미미)까지 몹시 구박한다. 미미의 병원비를 훔치다가 들켜 결국 아이는 미미와 함께 쫓겨난다. 공원벤치에서 밤을 새우다 미미는 죽고, 아이는 엄마와 연락이 닿지 않자 도로 생부의 아파트가 있는 곳으로 찾아든다. 거기서 미미의 무덤을 만들어주다가 다섯 살 된 다빈이를 만난다. 둘이 함께 시간을 보내면서 점차 다빈에게서 미미를 느낀다. 다빈을 집으로 돌려보내지 않고 옥상 물탱크실에 함께 있다 유괴범으로 몰리자……

### 〈꿈꾸는 가방〉

가방을 들고 이 학교, 저 학교로 떠돌아다니는 시간강사라는 이유로 한 여자에게서 두 번이나 퇴짜 맞은 남자. 그는 젊은 시절 방랑하다가 돌아와 가방공장을 세운 아버지를 떠올린다. 떠나고 싶은 욕구를 누르고, 띠니는 사람들을 위해 가방을 만들던 아버지와 정착하기 위해 안간힘을 쓰며 가방을 들고 다녀야 하는 아들.

그는 하룻밤 같이 보낸 적이 있는 옆집 여자의 자살소식을 접하면서……

〈반달:vandal〉

무명화가인 그는 새로운 기법으로 작품을 만들려고 하지만 결과는 늘 신통찮다. 그는 아내가 출근하고 나면 집안에 틀어박혀 의붓아들과 함께 지내야 했다. 12살인 의붓아들은 왜소증장애아며 심장병환자다. 그래서 아들은 외출을 거의 하지 않고 자신과 거의 비슷한 몸집을 한 구체관절인형과 논다. 그 인형은 사람 모습과 아주 흡사할 뿐 아니라 내장된 테이프가 있어 노래도 한다. 가수가 꿈인 아들은 그 인형을 자신의 분신으로 생각하고……

〈몽마르트르베이커리: 중편〉

행복했던 시절(새엄마가 있던 일 년)의 기억에 영원히 머물러 있는 그는 성상도 멈추어 37살이지만 12살 소년의 몸집을 하고서 다른 사람들 앞에서 말도 더듬는다. 그 시절 그는 가게 출입문 밖으로 보이는 높고 가파른 고갯길을 몽마르트르 언덕이라 부르며 미술학원에 다녔었다. 학원원장이랑 눈이 맞은 새엄마는 빵집 종업원 시절에 익힌 솜씨로 손수 구운 빵과 과자를 들고, 그 언덕을 급하고 오르곤 했다. 그런 엄마의 등 뒤에서 느껴지는 애틋한 사랑의 감정에 어린 그는 몸을 떨었다. 엄마는 도망을 가고, '만물보수'를 하던 아버지가 죽자 그는 업종변경을 해서 '몽마르트르베이커리'라는 가게를 연다.

어느 날, 거기에 새엄마와 이미지가 닮은 여자고객이 아들의 생일케이크를 주문하는데……

### 〈봄날은 지나가고〉

여중동창생 P, K, L은 사십 년 만에 소도시에 위치한 모교에서 만난다. 호텔로 변신한 학교, 중년의 나이가 된 그녀들. 각자 삶의 애환을 안고 있는 그녀들은 정작 자신들의 고민을 꺼내보지도 못 하고서 겉도는 이야기들로 시간을 보낸다. 속절없이 저물어가는 봄날과 함께 헤어질 시간은 점점 다가오고, 다들 울고 싶은 심정으로 다음 만남을 약속하지만……

### 〈불꽃선인장〉

남편의 실직으로 인한 궁핍에서 벗어나고자 지수는 안간힘을 써보지만 여전히 현실은 힘이 든다. 보험설계사였던 어머니가 혼잣손으로 어린 남매를 기우면서 어려울 때마다 사들고 오던 선인장화분. 지수는 견딜 수 없는 순간마다 선인장이 되는 환상에 빠지며……

〈비 오는 오후, 프리셀 게임〉

한때 잘 나가던 그는 억울하게 해고를 당한다. 그는 아내가 출근하고 난 후면 집에 틀어박혀 게임에 몰두한다. 그 중에서도 프리셀 게임을 가장 즐겨한다. 게임규칙으로 네 개의 빈칸, 즉 자유로운 공간이 주어지기 때문이다. 그 공간에 자신이 원하는 단어들을 집어넣으며 환상에 빠져든다. 그럴 때면 맡게 되는 은은한 들국화 냄새는 견디기 힘든 현실에서 나는 비린내를 없애주며……

〈사월의 전설〉

만물이 소생하기 시작하는 사월에 죽음을 목전에 둔 어머니. 그 어머니가 늘 그리워하던, 벚꽃으로 유명한 화운에 딸이 찾아간다. 그곳 카페에서 어머니를 모델로 한 그림을 발견하고, 어머니를 평생 기다린다는 옛 동료교사의 사랑이야기를 우연히 전해 듣고서……

〈종이배〉

　남편의 외도를 견뎌내면서 여자는 고향집 아래채에 세 들어 사는 친구, 순호의 어머니인 현 선생을 가끔 떠올린다. 그녀는 가야금교습으로 생계를 이으며 딴살림을 차린 남편을 평생 기다리며 산다. 남편이 애인결혼식에 참석하기 위해 먼 길을 떠나자 여자는 고향집으로 내려간다. 이제 치매에 걸린 현 선생은 종이배를 접어 강에 띄우면 소원이 이루어진다고 여전히 믿는 모양……

# | 차 례 |

| 단편 |

# 그 아이 이름은 빛나였다

*

굵고 단단한 나뭇가지를 쥔 아이의 손등 위에 힘줄이 푸르게 돋아났다. 손톱 밑으로 새까만 흙이 끼이기 시작하는 것도 아랑곳하지 않고 아이는 땅을 팠다. 이 도둑년, 어미는 서방을 훔치더니 딸년은 돈을 훔쳐? 키워주는 은공도 모르고……. 음흉하고 억센 늙은이의 목소리가 아이의 귓전에서 자꾸 맴돌며 팔을 낚아채려 했다. 뚱땡이 할망구를 화악 그냥……. 아이는 제 분에 못 이겨 입술을 파들거리며 더욱 거친 손길로 땅을 파헤쳤다.

"뭐야? 이게 뭐냐구?"

한 음절씩 끊어져 나는 말소리가 마치 유리창 위로 똑똑 떨어져 내리는 물방울소리처럼 들렸다. 아이는 뒤를 돌아보았다. 대여섯 살쯤 되어 보이는 계집애가 눈을 동그랗게 뜨고 상자를 가리켰다. 마치 보물 상자라도 발견한 듯 계집애의 두 눈동자가 기대와 호기심으로 반짝거리고 있었다.

"우리 미미가 들어 있어. 묻어주려고……."

뜨거운 기운이 목안까지 꽉 차 올라 아이는 더 이상 말을 이을 수 없었다.

엄현주 소설집

"미미? 우리 집에도 미미인형 있어."

"우리 미미는 인형이 아니고 고양이야. 야옹이 말이야."

아이의 설명에 심드렁한 낯빛으로 계집애는 고개를 끄덕이다가 매몰차게 말했다.

"싫어. 야옹이 무서워. 정말 싫어."

미미가 얼마나 괜찮은 녀석이었고, 둘 사이가 어땠는가를 이야기하려다 그만두고 아이는 한숨을 내쉬었다.

짐작만으로 엄마가 살고 있는 아파트를 찾기란 무리였다. 버스와 전철을 몇 번이나 바꿔 탔지만 결국 찾을 수 없어 아이는 공원의 벤치에 주저앉고 말았다. 아이의 품에 안긴 미미도 사지를 완전히 뻗고 있었다. 아이가 안타까이 흔들어대면 귀찮은 듯 눈을 반쯤 떠다가 도로 감아버리곤 했다. 아이는 엄마의 휴대폰번호를 또 눌렀다. 늘 그렇듯, 전원이 꺼져있다는 메시지만 나올 뿐이었다. 아아, 짜증나. 정말 미쳐버릴 것 같아. 나뭇가지들이 스치는 소리만 들리는, 공원의 고요한 밤공기가 아이의 울부짖는 소리에 흔들리고 있었다. 그러자 질세라 꽤 쌀쌀한 바람이 몇 차례나 아이의 볼을 매섭게 할퀴고 달아났다. 아이는 미미의 털에 얼굴을 파묻었다. 부드럽고 따스한 기운이 느껴지자 아이는 스르르 눈을 감았다. 미미의 체온에 의지해 그새 잠이 들었던 걸까. 어느 순간 오싹한 느낌이 들어 눈을 뜨자 살진 별들이 아이의 눈 속으로 쏟아져 들어왔다. 아이는 싸늘하게 식어버린 미미를 끌어안고 목이 아프게 하늘을 올려다보며 아침이 오기를 기다렸다. 지독한 추위와 무서움에 온몸이 떨렸지만 가슴속에서 활짝 피어오르는 분노의 불꽃으로 아이는 견뎌냈다. 아버지, 엄마, 뚱땡이. 할 수만 있다면, 그들 모두를 때려눕히고 세상을 향해 마구 발길질을 하고 싶었다.

　마침내 아이는 허리를 폈다. 아이 앞에는 조그마한 구덩이 하나가 제법 깊게 패어 있었다. 아이는 마지막으로 미미를 보기 위해 상자를 열어보았다. 그 사이 벌써 부패가 시작되었는지 악취가 흘러나왔다. 비로소 미미의 죽음이 확실하게 실감되자 아이는 울먹거렸다. 어제 뚱땡이가…… 내던지지만 않았어도…… 아니, 우리가 쫓겨나지만 않았어도…… 돌이켜 봤자 아무런 소용없는, 지난 일들이라는 걸 깨닫고 아이는 미미에게 마지막 인사를 했다. 이제 너도 나를 떠나는구나. 잘 가. 꼭 저 세상에서는 네 엄마를 다시 만나게 되길 빌게. 상자 위로 눈물이 떨어졌다. 아이는 손바닥으로 상자를 한 번 쓰다듬은 후, 그 위에 흙을 덮기 시작했다.

　"울지 마, 응?"

　줄곧 아이를 빤히 지켜보고만 있던 계집애의 성긴 속눈썹 사이로 슬픔과 동정의 빛이 새어나왔다. 계집애도 아이처럼 한 움큼 흙을 쥐었다. 하지만 조그맣고 하얀 손가락 사이로 흙이 자꾸만 빠져나갔다. 계집애는 그럴수록 더 많이 움켜쥐려 하지만 결국 상자 위에는 얼마 되지 않은 양의 흙이 뿌려질 뿐이었다. 양손 가득 흙을 움켜잡는 계집애를 보며 아이는 어릴 때 흙장난하던 기억을 떠올렸다. 부드러운 물살처럼 손가락을 간질이면서 빠져나가던 흙의 촉감. 아이는 그 느낌이 좋아 흙을 가득 쥐어 흔들어대곤 했었다. 그러다가 결국 온몸이 흙투성이가 되어서야 늘 집으로 돌아갔다.

엄마는 아이가 대문에 들어서면 달랑 앉고서 바로 욕탕에 집어넣었다. 그리고 샤워기를 머리꼭지에 갖다 대면서 잔소리를 늘어놓기 시작했다. 맨날 지저분하게 무슨 흙장난이냐? 인형이랑 소꿉이 한 바구니 가득 있는데……. 이제 아빠한테 우리 빛나 선물은 그만 사 오라고 해야겠다. 아빠 언제 와? 아이는 오직 아빠 온다는 소리에 관심이 갈 뿐이었다. 으응, 곧 오실 거야. 엄마의 손이 통통 튀듯 가볍고 재빠르게 움직였다. 엄마는 아이를 거울 앞에 앉혀서 눈이 위로 찢어질 듯 머리를 잡아당겨 하나로 묶고, 하늘거리는 원피스의 지퍼를 올리면서도 연방 노래를 흥얼거렸다. 곧이어 엄마는 여러 가지 화장품들을 늘어놓고 마술을 부린 듯 자신의 얼굴 위에 탐스럽고 아름다운 꽃을 피워냈다. 우와, 우리 엄마 예쁘다. 엄마는 아이를 꼭 껴안으며, 정말이냐고 몇 번씩 물어댔다. 화장품 냄새에 취해 어지러운 머리를 아이는 수없이 끄덕거렸다. 다시 한 번 엄마가 거울 앞으로 다가가 얼굴을 살필 때쯤이면, 아빠는 양손에 선물꾸러미와 과자를 들고 대문에 들어서면서 아이의 이름을 부르곤 했다.

"빛나야, 빛나야!"

빛이 나라고 주문을 외는 듯한, 아빠의 목소리 때문인지 정말 아이에게서 빛이 나는 모양이었다.

"우리 빛나, 우와, 아빠 눈이 다 부시네. 너무 환해서 아빠가 제대로 눈을 못 뜨겠구나."

한쪽 눈을 찡긋거리고 있는 아빠에게 엄마는 웃으면서 말했다.

"당신두 농담을 다 할 줄 아시네. 어서 들어오기나 하세요."

아빠와 엄마의 웃음소리에 아이도 덩달아 깔깔거리며 웃었다.

이제 아이는 더 이상 아빠라고 부를 수 없게 되었다. 그건 뚱땡이 때문이었다. 저렇게 다 늙은 사람한테 아빠라니, 꼭 사람 놀리는 것 같잖어? 아버지라고 불러. 그리고 내겐 어머니라 부르고. 늬 엄마는 그런 것도 안 가르쳤냐? 살집 많은 볼과 턱이 축 처지며 실룩거리고 있었다. 아이는 늙은 마녀를 떠올리며 어쩔 수 없이 고개를 끄덕이고 말았다. 하지만 아이는 속으로 결심했다. 아버진 그렇다 치고, 어머니 좋아하시네. 뚱땡이라고 부를 거야. 어쨌든 그 후 아버지라고 부르면서부터 그는 빛이 나라고 주문을 외듯 아이의 이름을 부르지 않았고, 눈이 부신 듯 바라보지도 않았다. 더 정확하게 말하자면, 아이의 얼굴을 마주 대하는 것조차 별로 내키지 않은 듯 보였다. 이제 내가 빛을 잃고 어둠을 헤매고 있는 것처럼 보이는 걸까? 아이는 그것이 궁금해 뚱땡이 몰래 옆으로 다가가 아빠라고 한 번 불러보았다. 실수로 헛소리를 한 줄 아는 모양인지, 그의 얼굴에서는 피식 하는 웃음이 아주 잠깐 스쳤다가 사라졌다. 아이는 그 웃음이 생각나서 될수록 아버지의 얼굴을 마주보지 않으려고 애썼다.

아파트의 화단 안에 마침내 동그랗고 조그마한 무덤 하나가 만들어졌다. 그 둘레를 여러 가지 봄꽃들을 꺾어 장식하기 시작했다. 무덤은 마치 꽃동산처럼 보였다. 아이는 만족해하며 일어났다.

"예쁘다, 우리 미미가 좋아하겠다, 그치?"

아이의 물음에 계집애는 흙 묻은 두 손바닥을 마주 털면서 웃었다. 계집애의 입가에 그려진 흙 자국들이 마치 미미의 수염 같았다. 그제야 아이는 계집애의 이름을 물었다.

"다빈, 유다빈. 다섯 살이야."

아직 흙이 다 털리지 않은, 손바닥을 활짝 펴며 묻지도 않은 나이까지 말했다. 그런 다음 그 손으로 스웨터앞자락을 만지려 했다. 아이도 제 이름이 오빛나고, 열다섯 살이라고

말하려다가 급하게 계집애의 손을 잡았다. 계집애의 흰 스웨
터에는 여기저기 흙 자국들이 묻어 있었다. 아이는 그것들을
털어주면서 미미의 털을 쓰다듬던 기억을 떠올렸다. 아이는
자기도 모르게 그만 스웨터에 얼굴을 갖다 대고 비볐다. 아
아, 간지러워. 계집애는 잽싸게 몸을 빼어 저만치 뛰어가면
서 소리쳤다.

"놀이터에 가자."

아이도 놀이터를 향해 달려가다가 문득 뒤를 돌아보았다.
미미의 무덤 위에 수많은 꽃들이 햇빛에 반짝거리며 새로 피
어나고 있는 듯이 보였다. 저 속에서 편안하게 잠들어 있을
미미. 아이의 입가에 안도의 미소가 떠올랐다. 갈 곳이 없어
결국 여기로 다시 돌아올 때의 그 비참한 기분에서 조금은
놓여난 듯했다.

제일 낮은 철봉에 매달려 계집애가 온몸을 흔들고 있었다.
치켜 올라간 윗옷과 바지 사이로 드러난 맨살이 눈부시도록
희었다. 아이는 살금살금 다가가 계집애의 허리께를 간질였
다. 계집애는 숨이 넘어갈 듯 웃어대다가 갑자기 배고프다고
소리쳤다. 그제야 점심시간이 훨씬 지난 것을 알아차리고 아
이는 슈퍼로 달려가 컵라면과 참치 캔을 사왔다. 익숙한 솜
씨로 아이는 캔을 따고 위에 떠 있는 기름을 따라냈다. 미미
가 냄새를 맡고 금방이라도 방울소리를 내며 쫓아올 것 같

엄현주 소설집

아 아이는 사방을 두리번거려보았다. 하지만 미미 대신 요란한 바람이 달려와 놀이터를 한바탕 휘저으며 달아나고 있었다. 아이는 참치 캔을 계집애에게 내밀었다. 하지만 얼른 받지 않고 머뭇거렸다. 이럴 때 미미는 먼저 아이의 손등을 혀로 한 번 핥은 후 재빨리 먹기 시작했는데…… 고맙다는 인사를 늘 잊지 않고 하던 미미. 아이는 손등에 와 닿던 깔깔한 혀의 감촉을 그리워하며 다시 한 번 권했다.

"싫어. 라면 줘."

단호하게 거절하는 계집애의 태도에 아이는 잠시 당황하다가 쓴웃음을 지었다. 미미가 좋아했다고 해서 얘도 당연히 좋아하리라고 믿었다니, 나도 참. 서툰 젓가락질로 라면을 급하게 입으로 가져가는 계집애를 보다가 아이는 참치통조림을 먹기 시작했다. 하지만 비릿한 맛이 입안에 돌면서 구역질이 날 것 같아 아이는 곧 젓가락을 내려놓았다. 먹다 남은 캔을 쓰레기통에 던지면서 아이는 이제 두 번 다시 참치캔을 살 일이 없을 거라고 생각했다.

분홍색 면바지의 엉덩이 부분이 시커멓게 되었지만 계집애는 쉬지 않고 미끄럼틀을 타고 있었다. 아이는 키보다 훨씬 높은 철봉에 매달려 좀 전의 계집애처럼 온몸을 흔들며 하늘을 올려다보았다. 푸른 하늘 위로 솜사탕 같은 흰 구름이 아이의 눈앞을 흔들며 저만치 흘러가고 있었다. 구름이 사라진 자리에서 햇빛이 내리쏘기 시작했다. 아이는 얼마 견디지 못하고 눈을 감았다. 와아, 햇볕 한번 푸지구나. 이불이라도 널어야겠다. 봄 하늘 저편에서 엄마의 음성이 들려왔다.

지난 몇 개월 동안 아이는 시간이 날 때마다 엄마와 함께 살았던 신도시의 옛 동네를 찾아가곤 했다. 모든 것이 그대로였다. 비슷비슷한 모양을 한 집들의 담 밖으로 나무들이 꽃봉오리를 탐스럽게 매단 팔을 여전히 내밀고 있었고, 그 밑을 지나가는 젊은 여자들의 얼굴이 뽀얗게 분단장되어 있는 것도 예전이나 똑같았다. 봄이면 꽃향기를 싣고 불어오는 바람을 따라 어디든지 훌쩍 가고 싶어 했던 엄마가 원하는 대로 가버린 점만 달라진 걸까? 엄마가 없어도 동네아줌마들은 여전히 커피타임을 지키며 수다를 떨 거고, 백화점으로 몰려다니며 쇼핑도 즐길 것이다. 아이가 없어도 친구들이 분식집을 찾아다니고, 새로 온 선생님들의 별명을 붙이듯이. 그런 생각이 들자 한없이 쓸쓸해졌다. 빛나 아빠가 이제 서울로 발령을 받았거든요. 가족이 한집에 모여 살아야지, 안 되겠더라구요. 애써 밝고 높은 목소리로 가장해서 말했지만 아무도 믿지 않는다는 걸 아이나 엄마나 모를 리 없었다. 떠나가는 그들의 등 뒤에 수많은 소문이 자라서 무성한 숲을 이루었다. 그럼에도 불구하고 소문의 숲이 아직 남아 있을 그곳에 발을 들여놓았던 이유를 아이는 곰곰이 생각해보

았다. 동네를 한 바퀴 돌고, 다니던 학교의 이곳저곳을 기웃
거리고 나면 무엇인가 저질러버리고 싶은 충동에서 비로소
잠시나마 벗어날 수 있기 때문이었다. 돌아오는 길에 아이는
자신의 이름을 늘 입속으로 나직이 불러보았다. 그러면 반장
을 하고 모범생이고 성적이 우수한 자신의 반듯했던 모습이
되살아나곤 했다.

"몇 시야? 피아노학원 가야 되는데……."

계집애가 미끄럼틀 위에서 소리쳤다. 아이는 햇빛을 비스
듬히 받고 있는 아파트 광장의 시계탑을 올려다보며 네시 삼
십분이라고 말해주었다. 그러자 계집애는 큰일이라도 난 듯
호들갑을 떨고는 미끄럼틀 아래로 급하게 내려오다가 엉덩
방아를 찧고 말았다.

"점심 먹고 바로 학원 오랬는데……. 혼날 거야."

엉덩이가 아픈 것도 못 느꼈는지, 계집애는 겁먹은 표정으
로 아이를 건너다보았다.

"괜찮아. 나도 사실은 오늘 학교 빼먹었어. 그럴 수도 있는
거지, 뭘."

이렇게 말했지만 사실 아이는 꺼림칙한 기분을 쉽게 떨쳐
내지 못했다. 출석률 백 퍼센트를 강조하는 담임의 목소리가
귓가에 쟁쟁하다. 무슨 이유든 학교를 빠지는 놈은 그냥 두
지 않을 테다. 천재지변이 일어나더라도, 아파 죽을 것 같아

도, 일단 학교는 와야 한다. 집으로 돌아가는 아이들의 등 뒤에 대고, 잘 가라는 인사 대신 늘상 하던 말이었다. 정 붙일데라곤 없는, 낯선 학교를 그동안 빠지지 않을 수 있었던 것은 담임의 그 무시무시한 위협 때문이었다. 이젠 다시 발을 들여놓을 수 없을지도 모른다.

"아, 그네가 비었네. 빨리 와."

그새 걱정을 다 잊은 듯 계집애는 놀이터 입구에 있는 그네를 향해 필사적으로 달음박질쳤다. 계집애의 발이 닿는 곳마다 모래알들이 가볍게 튀면서 뿌연 먼지를 일으켰다. 미미는 밖으로 나가기만 하면 무조건 달렸다. 갈고랑이발톱을 집어넣고 부드럽고 도톰한 살이 있는 발바닥으로 가볍게 땅을 누르면서 세상 끝까지라도 달려갈 태세였다. 그럴 때는 아이가 아무리 불러도 못 들은 체했다. 집 안에서는 조금 꿈적거리기만 해도 당장 뚱땡이의 발에 채이거나 내던져지는 수모를 당했는데 마음대로 뛰기까지 할 수 있으니 얼마나 신이 났으랴. 고양이 새끼꺼정, 재수 없어. 아이고, 이년의 팔자야. 뚱땡이의 악에 바친 푸념을 미민들 왜 못 알아들었겠는가? 아버지가 없을 때면 거침없이 퍼부어대던 욕설이 생각나 아이는 고개를 내저었다. 계집애 옆에서 아이도 그네를 구른다. 그네가 뒤집어질 듯 높이 올라가면서 머리카락이 날리고 헐렁한 남방셔츠 사이로 훈훈한 바람이 드나든다. 가슴이 터질 듯이 부풀어 오른다. 온몸이 부드러운 물살이 되어 찰랑거리는 소리를 낸다. 바람이 들었다고 등 뒤에서 동네사람들이 수군거리는 것도 모르고 외출을 일삼았을 때 엄마도 지금처럼 이런 기분이었을까? 아이는 더욱 세게 그네를 구르면서 바람을 많이 맞으려 한다. 흔들리면서 보이는 모든 것들이 꿈결처럼 아득해진다.

엄마는 양품점문을 아예 닫고 나돌아 다니기 시작했다. 신도시의 젊은 여자들 취향에 맞는 물건을 구하기 위해 새벽시장에 가는 일도 없어져버렸다. 네 아빠 믿고 있다간 우리 모녀 딱 굶어죽기 알맞다니까, 하면서 양품점을 시작한 지 얼마 되었다고……. 그러면 엄마는 우리가 이제 굶어죽어도 괜찮단 말인가? 도대체 어쩔 셈인지 아이는 알 수 없었다. 언제부턴가 더 이상 오지 않는 아빠에게 이야기할 수도 없고, 아이의 속은 불 위에 타고 있는 냄비바닥처럼 새까맣게 타들어갔다.

"엄마, 양품점은 이제 안 하고 다른 걸 할 거야? 그 뭐라더라, 업종변경이라나? 뭐 그렇게 할 셈이냐구?"

따지듯 묻는 아이의 얼굴을 피해 엄마는 한숨을 내쉬며 말했다.

"뭐, 업종변경? 널 낳은 게 아닌데……. 그때는 내가 너무 철이 없었고 세상을 몰랐던 거야. 모시는 상사가 잘해주니까 무조건 고맙기도 하고. 어쨌든 계속 이렇게 산다는 건 정말 어리석은 짓이야."

더 이상 어리석게 살지 않기 위해 엄마가 어떻게 할지 아이는 본능적으로 알아차렸다. 불과 몇 달 후, 아이의 예상대로 엄마는 모든 일을 진행해 나갔다.

"빛나야, 무슨 면목으로 이 엄마를 이해해 달라고 하겠니? 용서해 줘. 내 자식 보내고 남의 자식들 키워야하는 입장도 쉽진 않을 거야. 하지만 나도 남들 앞에 떳떳하게 내보일 수 있는 남편을 갖고 싶어. 다들 하도 권해 쌓기도 하고, 한 살이라도 더 먹기 전에⋯⋯. 그냥 몸만 네 옆에 없는 거야. 어디선들 내가 널 잊고⋯⋯."

엄마의 코맹맹이소리는 결국 울음으로 바뀌었다. 낳은 걸 후회하더니, 결국 낳지 않은 것처럼 처리하겠다고? 남들 앞에 내보일 남편을 얻기 위해 자식을 버리겠다고? 나쁜 년. 아이는 어금니 사이로 욕설을 내뱉었다. 그러고는 견딜 수 없는 심정이 되어 마당으로 나갔다.

짙은 어둠에 잠기고 있는 마당의 끝에서 아이는 푸른빛을 내는 두 개의 광채를 발견했다. 아이는 숨을 죽이고 조심스럽게 빛을 향해 다가갔다. 결국 몇 번 실랑이 끝에 아이는 고양이를 잡을 수 있었다. 전등의 환한 불빛 아래 몸을 드러내는 걸 보니, 고양이는 조그만 새끼였다. 잔뜩 웅크리고 있는

　　　　　　　　　　　　　엄현주 소설집

고양이에게 아이는 조그맣게 속삭였다. 엄마가 널 버렸니, 아님 가출한 거니? 야오오옹. 물음에 대답하는 고양이가 기특해서 아이는 흰색 목덜미를 몇 번이고 쓰다듬어 주었다. 자, 방으로 들어가자. 춥겠다.

울음을 그친 엄마는 눈물자국이 얼룩진 얼굴로 누워 있었다. 그 옆으로 다가가 고양이가 낮은 소리로 몇 번 울었다. 엄마는 손을 내밀어 고양이를 쓰다듬어 준 후, 울음 섞인 소리로 중얼거렸다. 어미를 잃은 모양이구나, 불쌍한 것. 그러면서 엄마는 돌아누웠다. 엄마의 등이 잔물결 치듯 흔들렸다. 잠든 고양이와 흔들리는 엄마의 등 위로 밤이 소리 없이 조금씩 내리고 있는 걸 아이는 오랫동안 지켜보았다.

하늘이 어둡다. 오랫동안 그네 줄을 꽉 움켜쥔 탓인지 손바닥이 땀으로 끈적거리며 아파왔다. 아이는 어둠을 향해 마지막으로 한 번 그네를 세게 굴렀다. 검은 하늘 아래로 보이는 아파트의 창 여기저기서 미미가 매달려 수많은 눈들을 반짝거리고 있는 것 같았다. 아이는 그것들과 하나씩 차례대로 눈을 맞추려다가 그네 줄을 놓칠 뻔했다.

"밤이야. 나, 갈래. 엄마한테 혼나."

갑자기 계집애가 그네에서 뛰어내렸다. 순간 미미가 품을 박차고 어디론가 뛰쳐나가려는 느낌이었다. 아이는 그네의 발판에 주저앉아 사방을 두리번거렸다. 좀 전까지 소리 지르며 놀던 아이들이 그새 사라졌는가? 아이들이 원숭이처럼 거꾸로 매달려 있던 철봉과 함성소리로 요란했던 미끄럼틀, 시소……. 그 어디에도 아이들이 없었다. 그들이 사라진 곳에는 거대한 짐승처럼 무시무시한 어둠만이 숨죽이고 있었다. 아이들은 지금쯤 환한 불빛 아래 놓인 식탁에 둘러앉아 가족들과 함께 저녁식사를 하고 있겠지. 아아, 이제 나 혼자 어떻게 해? 같이 있어줄 미미도 없는데……. 집으로 돌아가더라도 여전히 혼자일 게 뻔했다. 또다시 혼낼 뚱땡이는 물론이고 아버지마저 없을 것이다. 외손자 돌잔치 때문에 아버지와 함께 며칠 딸네에 다녀온다고 뚱땡이는 전날 얼마나 요란을 떨며 준비했던가. 당장 뚱땡이 얼굴을 안 봐도 되긴 하지만 깜깜한 집 안에 혼자 들어갈 엄두가 나지 않았다. 아이는 다급하게 계집애의 손을 잡았다.

"과자랑 아이스크림 사줄게. 먹고 가, 응?"

계집애가 잠시 망설이는 눈치를 보이자 아이는 손을 잡고 끌다시피 해서 슈퍼로 데려갔다. 계집애가 고른 것들을 비닐봉투에 집어넣고 계산을 끝내자 아이의 지갑에는 동전 하나 남아 있지 않았다.

"이거 나랑 먹고 가."

더 이상 계집애는 망설이지 않았다. 과자가 잔뜩 든 비닐봉투는 충분한 미끼가 되고 있었다. 계집애는 과자봉지 하나

엄현주 소설집

를 꺼내들고 아이를 따라온다. 손가락을 봉지에 쑤셔 넣고 과자를 집어 입으로 연방 가져가느라 바쁜 계집애는 자꾸만 뒤에 처지고 있었다. 아이가 걸음을 멈추고 기다리면 그때야 꼭 끼는 면바지 아래로 드러난 종아리를 재빠르게 움직이며 다가오곤 했다. 살고 있는 동이 가까워올수록 쫓겨났을 때의 상황이 아이에게 악몽처럼 자꾸만 되살아났다.

불가사리처럼 벌겋고 힘센 손에 멱살이 잡혀 숨을 쉬기도 힘들었지만 아이는 끝까지 자신의 입장을 설명하려 했다.

"미미가…… 많이 아파…… 병원에…… 용돈으로는…… 모자라서……"

"닥쳐. 어떤 도둑질도 다 이유가 있는 벱이여. 백번 양보해서 집 안에 첩 자식을 놔둔다지만 도둑꺼진 어림없어. 느이 애비헌테는 내가 말을 잘 해놓을 거니까, 그 점은 신경 쓰지 말어. 하여튼 당장 나가. 꼴도 뵈기 싫어."

현관문이 열리면서 아이의 몸은 순식간에 복도로 내팽개쳐졌다. 그리고 곧이어 퍽 소리와 함께 미미가 바닥에 걸레뭉치처럼 내던져졌다. 아이는 미미를 품에 안고 아파트 밖으로 나오면서 말했다. 여긴 정말 지랄 같은 데야. 두 번 다시 오나 봐라. 아이는 침을 뱉고 돌아서서 걷기 시작했다. 사월의 초저녁 바람이 적의로 파드득거리고 있는 아이의 몸을 싸늘하게 휘감았다.

다시 돌아오고야 말았다는 자괴감에 사로잡혀 아이는 살고 있는 아파트 창문을 올려다보았다. 환한 불빛들 사이로 보이는 유독 시커먼 창이 썩은 이빨처럼 보였다. 아이는 자신도 모르게 숨을 깊게 들이마셨다. 마침내 계집애는 과자 한 봉지를 다 먹어치우고 쓰레기통을 향해 빈 봉지를 던졌다. 쓰레기통에 적중하지 못한 과자봉지를 경비원이 쫓아와서 주웠다. 아이는 계집애의 손을 잡고 출입구 계단을 오르기 시작했다. 엘리베이터 케이지 앞에 왔을 때야 아이는 현관문 열쇠가 없다는 걸 알아차렸다. 순간 머릿속이 멍해졌다. 그때 아이의 머리를 치듯, 땡 소리를 내며 엘리베이터 문이 활짝 입을 벌렸다. 그 안으로 무조건 발을 들여놓으려는 계집애를 아이가 붙잡았다.

"잠깐만 여기서 기다려. 경비아저씨한테 갔다 올게."

계집애는 대답 대신 고개를 가볍게 끄덕였지만 아이의 마음은 무겁기만 했다. 그래도 아버지는, 아버지는 갈 곳이 없는 내가 다시 돌아올 줄 알고 경비아저씨에게 열쇠를 맡겨놓았으리라. 아무리 외손자 돌잔치 때문에 들떠 있었다고 해도……. 아이는 심호흡을 한 번 한 후 경비실의 문을 두드렸다. 속이 훤하게 드러난 머리와 함께 경비원이 얼굴을 내밀었다.

"아저씨, 우리 집 열쇠 안 맡겼어요?"

"아니, 사모님이 며칠 집이 빌 거라고만 얘기하셨는데?"

뚱땡이가 아버지에게 뭐라고 했을까? 아버지는 지금쯤 내가 어디 있다고 믿는 걸까? 문이 닫힌 경비실 앞에 우두커니 서 있으려니 아이는 엄마의 흔적조차 남아 있지 않은 집 앞에 선 기분이 들었다.

학교 갔다 온 사이 말끔히 치워지고 없는 세간들. 집 안 곳곳에서 나뒹굴고 있는, 못 쓰는 가재도구들과 쓰레기더미만이 아이의 눈앞을 휘젓고 있었다. 그 어디에도 없는 엄마를 찾아 애타게 부르는 아이의 목소리를 덮듯 굵고 쉰 음성이 들려왔다.

"이제 엄마는 잊어버려라. 나랑 가자. 네 짐들이랑 미미는 벌써 가 있다."

앞장 서 걷고 있는 아버지의 뒤를 따라가며 아이는 될수록 똑바로 걸으려 애썼다. 목과 다리에 힘을 주고 허리를 꼿꼿하게 폈다. 넘어지거나 자빠지기라도 한다면 얼마나 더 비참할까. 이제 일으켜 줄 사람도 없는데……

또박또박한 걸음으로 아이는 엘리베이터 케이지 앞으로 다가갔다. 계집애는 과자봉지 하나를 새로 뜯고 있었다. 엘리베이터가 맨 꼭대기 층에 이르러서야 아이는 계집애의 손을 잡고 내렸다. 옥상을 향한 비상구 계단을 하나씩 오를 때마다 두려움과 조바심으로 아이의 가슴이 점점 더 죄어들고 있었다.

"몇 층이야? 왜 이렇게 많이 가?"

"으응? 보여줄 게 있어서 그래. 옥상에 한 번도 안 올라가 봤지? 거기 가면 신기한 게 많아."

신기한 것? 마뜩찮은 낯빛을 짓는 계집애의 손을 잡고 더욱 빠르게 계단을 올라갔다. 다행히 비상문의 손잡이는 매끄럽게 돌아갔다. 문을 열어젖히자 황량한 벌판 같은 공간이 활짝 펼쳐졌다. 눈앞을 가리는 어둠과 세차게 불어대는 바람 소리만이 가득했다. 더 이상 갈 곳이 없는 아이에게는 그곳이 비록 지옥이라 할지라도 앞을 향해 발을 내밀 수밖에 없었으리라. 계집애의 겁에 질린 목소리가 생생한 공포를 불러일으켰지만 아이는 한 걸음씩 걸어 나갔다. 그때 어둠에 조금 익숙해진 아이의 눈으로 덜컹거리며 흔들리는 문 하나가 들어왔다. 아, 저긴 어딜까? 아이는 잽싸게 그 앞으로 다가가 문고리를 잡아당겼다. 안온하게 사면을 가리고 있는 벽을 더듬어보다가 스위치를 찾아 눌렀다.

불빛 아래로 비상용 물탱크가 거대한 몸체를 드러냈다. 그 옆으로 쌓아놓은 신문지, 빈 박스, 헌 옷가지……

"신기한 게 어딨어? 순 거짓말쟁이. 다리도 아프고, 목도 마르고……. 나, 집에 갈래."

계집애가 거의 울상을 지으며 아이를 노려보았다. 순간 당황한 아이는 머리핀을 괜히 고쳐 꽂고는 비닐봉투에서 음료수 캔을 하나 꺼내 계집애에게 내밀었다. 그런 다음 박스를 있는 대로 바닥에 좍 깔고 그 위에 계집애를 앉혔다.

"이제 꼭 방 같지? 저기 좀 봐. 온갖 게 다 있어. 꼭 보물창고 같아."

잡동사니가 쌓인 곳에 잠시 눈을 주다가 계집애는 음료수를 마시고는 새로운 과자봉지를 꺼내들었다. 하지만 곧 아이는 허물어지듯 주저앉아 벽에 몸을 기대었다. 따뜻한 물에 담긴 비누조각처럼 아이의 온몸이 풀어지고 있었다.

"집에 가야…… 아, 졸려."

계집애는 입을 크게 벌려 몇 번 하품을 하더니 금방 코고는 소리를 내기 시작했다. 아이는 헌 옷을 말아 머리를 괴게 하고 낡은 담요 하나를 찾아내어 덮어주었다. 그리고 끈끈한 침과 과자부스러기가 묻은 계집애의 입가를 휴지로 닦아내었다. 행여나 깰세라 아이의 손이 아주 조심스럽게 움직였다. 다행히 계집애는 깊은 잠에 빠졌는지 꿈쩍도 하지 않았다. 아이는 계집애의 이마 위로 내려온 곱슬곱슬한 머리카락들을 뒤로 넘겨주었다. 아이의 손은 미미의 몸을 쓰다듬었던 촉감을 자꾸만 기억해내고 있었다. 부드러운 털로 덮인 등과 목덜미, 말랑말랑한 배와 날카로운 발톱, 그것들을 하나씩 쓰다듬어주면 미미는 기분 좋은 듯 눈을 지그시 감고 가르랑거리는 소리를 낮게 내곤 했다. 그 소리가 금방이라도 들려올 것 같아 아이는 눈을 감았다. 그러다 아주 중요한 일이 생각난 듯 아이는 벌떡 일어나 밖으로 나가 비상구 문을 잠갔다. 비로소 아이는 편안한 마음으로 박스가 깔린 바닥에 드러누웠다. 계집애의 코고는 소리와 사납게 불어대는 바람소리가 환청처럼 아이의 귀에 아득하게 들려오고 있었다.

계집애의 몸 위에 무성하게 나 있는 희고 긴 털들. 어떻게 이럴 수가 있을까? 아이는 신기해하며 털을 쓰다듬어 본다. 부드러운 털들이 아이의 손끝을 감싸면서 간질인다. 그 촉감이 좋아 아이는 몇 번이고 자꾸만 어루만진다. 아이의 손이 가 닿을 때마다 계집애의 몸피가 조금씩 줄어드는 듯하더니 마침내 미미만큼 작아진다. 게다가 계집애는 말 대신 야옹 소리를 내고 네 발로 걸어 다니며 미미의 흉내를 내기 시작한다. 이제 아무리 봐도 계집애는 미미와 똑같아져버렸다. 미미가 그랬던 것처럼 계집애는 아이 곁을 한시도 떠나지 않고 지키고 있다. 사라진 빛들이 아이의 몸속으로 다시 조금씩 조금씩 스며든다. 마침내 예전처럼 아이에게서 다시 빛이 나기 시작한다. 그런데 어디선가 희미하게 들려오는 듯한 저 소리는…… 둥둥둥…… 북소린가?

문을 거세게 두드리는 소리가 귓가를 뒤흔들고 있었다. 아이는 두려워 눈을 뜰 수 없다. 그런데 그 소리 사이로 난데없이 대머리 경비원의 목소리가 들려왔다. 학생, 문, 무은 열어. 다 알고 찾아왔단 말야. 아이가 벌떡 일어나 앉자 계집

엄현주 소설집

애도 일어나 눈을 비비며 사방을 둘러보았다. 도대체 여기가 어딘가, 계집애의 눈 속으로 와락 몰려드는 두려움과 낯설음이 금방 울음이 되어 쏟아져 내리기 시작했다. 이제 밖에서는 사람들이 웅성거리며 문을 폭파시키기라도 할 듯한 기세였다. 다빈아, 다아빈아…… 당장…… 내놓아…… 유괴범…… 경찰에 신고…… 유괴범…… 경찰…… 계집애는 숨이 넘어갈 듯 울며 물 탱크실을 뛰쳐나갔다. 어느 순간부터 들려오기 시작하는 사이렌 소리가 요란을 떨며 금방이라도 아이를 삼켜버릴 듯했다. 이제 곧 문이 열리면 경찰서로 끌려가게 되리라. 유괴범이라니, 무서워, 무서워. 아이는 무작정 옥상난간 앞으로 다가갔다.

몇 길 아래에 있는 미미의 무덤이 어렴풋하게 윤곽을 잡으며 눈에 들어왔다. 아이는 두 눈을 부릅뜨고 아뜩해지는 눈 아래를 노려보았다 무덤이 점차 선명해지면서 커지다가 마침내 아이의 시야를 꽉 채웠다. 하지만 갑자기 세차게 몰아닥치는 바람이 아이의 머리카락을 헝클며 눈앞을 가렸다. 다급하게 아이가 머리카락을 뒤로 젖히려 하자 금색으로 도금된 핀이 아래로 떨어졌다. 아, 내 핀. 바로 그때 왈칵 열리는 문소리와 함께 수많은 사람들이 소리 지르며 다가오고 있었다. 저것, 잡아! 시커먼 손들이 금방이라도 아이를 덮칠 것 같다. 엄마아, 무서워. 아이는 난간을 붙잡고 아래를 내려다

보았다. 생기 잃은 꽃잎들 사이에서 핀은 금빛으로 반짝거리며 아이의 눈길을 잡아끌었다. 그 순간 낮게 가르랑거리는 미미의 울음소리가 분명 들려오고 있었다. 거의 본능적으로 아이는 울음소리 나는 쪽을 향해 온몸의 촉수를 뻗었다. 그런 다음 아이는 불어오는 바람에 서슴없이 몸을 맡겼다. 아이를 안은 바람은 한바탕 회오리를 친 후, 서서히 잦아드는 숨소리를 내며 잠잠해져 갔다.

바람에 실린 아이의 몸이 점점 가볍고 투명해진다. 부피도 무게도 이미 사라진 육신은, 마침내 한 줄기 빛이 되어 시든 꽃잎들 위로 사뿐히 내려앉는다.

# 꿈꾸는 가방

＊

　오늘 그는 이십 년 가까이 친분을 유지하고 있던 여자의 두 번째 결혼식에 다녀왔다. 하지만 길고도 혼곤한 잠에서 그는 막 깨어나자 그 일이 오늘인지 어제인지, 아니면 아득히 먼 옛날인지 아리송하게 여겨졌다. 그는 침대발치에 걸려 있는 푸른색의 이불자락을 걷어차고 일어나 방 안을 휘휘 둘러보았다. 푸른 기가 감도는 벽지와 리놀륨, 역시 푸른색의 블라인드들이 푸른 이를 드러내며 그를 향해 웃어주었다. 그는 그것들을 외면하듯 고개를 돌려 메모판 위에 한쪽 압정이 빠져 삐뚜름히 매달린 5월의 달력과 그 위에 11시 10분을 가리키고 있는 흰 조가비 모양의 벽시계를 한참 쳐다보았다. 그러나 그의 머릿속에서는 여전히 5월 며칠인지, 낮인지 밤인지조차 얼른 감이 잡히지 않았다. 그는 나직이 중얼거려보았다. 오월, 그리고 열한시 십분이라……. 엉뚱하게도 마치 중요한 사건의 발생시각을 예고하고 있는 듯한 기분에 빠져들어 그는 괜스레 몸을 부르르 떨었다. 그러나 무엇보다도 가장 확실하고 시급한 요의가 떨고 있는 그를 급하게 화장실로 내몰았다.

　　　　　　　　　　　　　　　　　　엄현주 소설집

그는 푸른색의 변기뚜껑을 열어젖혀 오줌을 누고는 밸브
를 힘껏 눌렀다. 끄르륵거리며 변기 속의 물과 오줌이 뒤섞
여 내려갔다. 그것들은 정화를 몇 번 거쳐 넓은 바다를 향해
갈 것이다. 그는 푸른색 변기 앞에 설 때면 바다를 향해 서서
마구 오줌줄기를 갈기던 어린 시절의 모습을 떠올리곤 한다.
그러면 곧이어 멀리 보이는 수평선에 시선을 두고 언제나 그
에게 무엇을 가르치려 애쓰던 아버지의 목소리가 생생하게
들려왔다. 헌아, 보이제? 저 바다맨치로 넓은 마음과 포부를
갖고 있어야 멋진 싸나이가 되는 기라. 그가 단번에 이 원룸
형 오피스텔을 계약하게 된 것은 집주인 여자가 숨 돌릴 틈
도 없을 만큼 한꺼번에 늘어놓는 집자랑 때문이 아니라 바로
푸른색 변기 때문이었다. 내년이면 쉰이 된다는, 하지만 아
직 마흔도 채 안 되어 보이는 집주인 여자는 마치 백 점짜리
시험지를 흔들어 보이는 초등학생처럼 자랑스러운 얼굴로
말했다.

"집이 쏘옥 맘에 드시죠? 그럴 줄 알았어요. 제대로 눈 달
린 사람이면 누구나 알아보죠, 뭐. 어쨌든 교수님은 운도 좋
으셔. 이 푸른 방이 딱 하나 비어 있었거든요. 침대, 책상, 소
파도 보시는 바와 같이 물론 다 최고급이구요. 벽지도 아시
죠? 실크벽지요. 이사하시기는 또 오죽 편할까? 가방 하나만
달랑 들고 오면 모든 게 해결되니깐요. 그리구……"

그는 교수가 아니라 시간강사고, 푸른색 변기가 마음에 들어서 계약을 한다고 말하려 했으나 여자의 끊임없는 수다는 도무지 기회를 주지 않았다.

"우리 집 쥔양반하고 뭐 좀 튀는 아이디어가 없나, 하면서 매일 밤마다 머리를 맞대고 의논했지요. 무지개하우스, 빨주노초파남보. 글쎄, 이게 떠올라주는데 꼬박 며칠이나 걸렸지 뭐예요. 그 후에야 겨우 인테리어에 들어갔죠. 근데 이 무지갯빛을 하나씩 따 실내색조를 통일시키면서 이미지까지 만들어주는 게 생각처럼 쉽지가 않더라구요. 초록색은 풀잎과 젊음, 보라색은 귀족과 신비, 푸른색은 바다와 희망……."

그는 희망이라고 발음하는 여자의 도톰한 입술을 바라보면서 자신도 모르게 따라서 희망이라고 입술을 달싹거렸다. 쉰이 다 되어가는 여자의 소녀취향적인 발상을 방금 전까지 딱하게 여기고 있었음을 깜빡 잊은 채……. 그것은 꽤 가능성이 커 보이는 전임강사 자리와 곧 성사될 것 같은 영지와의 결혼이 모처럼 희망의 깃털이 되어 그의 손끝을 간질이고 있었기 때문이리라. 하지만 곧 그 깃털에 학과장보다 더 센 학장의 입김과 보따리장수를 못 면하게 된 그에게 이혼녀일망정 딸을 내줄 수 없다는 영지 어머니의 단언이 닿고 말았다. 그만 희망의 새는 날갯짓을 하며 포르르 날아가 버렸다. 이젠 헛된 희망 따위를 갖는 일은 없을 거라고 믿는 그에게 열 평의 푸른 방은 건조한 일상이 둥둥 떠다니는 망망대해일 뿐이었다.

넓고 넓은 바닷가에 오막살이 집 한 채…… 복도 끝에서부터 옆집 미스 설의 혀 꼬부라진 노랫소리가 들려왔다. 쯧쯧, 또 시작이군. 그는 가볍게 혀를 차고는 냉장고문을 열어 물병을 찾았다. 내싸랑아 내싸랑아 나에 싸랑 크을레멘타인…… 정말 완전히 돌아버렸어. 글쎄, 오늘 언니 땜에 나까지도 공쳤단 말야. 쪼오옴 조용히 하라니깐. 악을 쓰는 여자의 음성이 미스 설의 노래를 그만 뭉개버렸다. 그는 완전히 바닥을 드러내고 있는 생수 병을 거칠게 쓰레기통에 처박았다. 그러자 상표 위에 선명하게 그려진 샘물줄기가 마치 쓰레기통에서 강하게 공중으로 솟구치고 있는 듯했다. 그는 싱크대에 매달린 수도꼭지를 세게 틀었다.

소독약 냄새를 강하게 풍기며 입속으로 쏟아지는 물숨에 그는 속엣것들을 왈칵 올리고 말았다. 그는 그것들을 쏟아내면서 새삼 영지에 대한 서운함과 분노를 느꼈다. 종손이고 보잘것없는 대학시간강사라는, 지극히 속되고 현실적인 이유로 나를 두 번씩이나 따돌려 놓고 청첩장을 보내다니……. 뻔뻔스러운 계집애. 하지만 너욱 분노를 치밀게 하는 것은 애써 평온한 낯빛으로 가장하고 거기까지 간 그 자신이었다. 나 말고 어떤 미친놈이 명색이 총각이라면서 이혼녀를 데리고 갈까? 천박한 호기심을 숨기고 그는 결혼식장에 갔다. 그러나 훤칠한 모습을 한 신랑을 막상 보는 순간 그는 자신의 두 다리가 힘없이 후들거리고 있는 걸 느꼈다. 그때의 기분이란……. 그는 입안을 헹군 물을 타악 소리 내며 개수대에 내뱉었다. 개수대에서 영지 어머니의 얼굴이 흔들리며 떠오르고 있었다. 결혼식 내내 해죽거리는 그 얼굴을 향해 한 방 멋지게 날리고 싶은 주먹을 양복주머니 속에 감추느라고 얼마나 애를 먹었던가. 마침내 식이 끝나고 대학동창들이 모인 술자리에서 맥없이 주먹을 펴 술잔을 쥐며 그는 좀 전의 기억을 잊으려 했다.

"영지 덕분에 우리 과모임 하네. 이게 도대체 몇 년 만이야? 그런데 재혼식까지 줄줄이 대학동창들을 불러내는 건 당당한 거냐, 아님 뻔뻔한 거냐? 내 머리로는 도통 판단이 안 서네."

사 년 동안 줄곧 과 수석을 했던 그 친구는 내려오는 안경을 추켜올리면서 정말 알 수 없다는 표정을 지었다.

"얌마, 그딴 판단은 이따가 해도 되니까 지금은 술이나 퍼마셔. 영지 걔, 참 재주도 좋아. 총각 판사님을 뭔 수로 물었을까? 궁금해지네, 증말. 물론 즈이 어머니 협조가 있긴 했겠지만……."

주식투자를 하다가 집 한 채 날렸다며 죽을상을 하고 있던

엄현주 소설집

녀석의 얼굴이 불그스름하게 번져나는 술기운과 궁금기로 싱싱하게 되살아났다. 그는 시끌벅적한 소리를 들으며 빠른 속도로 술잔을 비워냈다.

"헤이, 권 박사. 왜 이리 급하실까? 남은 두 번씩이나 하는 결혼, 아직도 못 했다고 해서 억울해할 것 하나두 없어. 겨 얼혼? 그거 물리고 싶을 때 언제든지 물릴 수 있으문 어얼마 나 좋을까?"

얼마 전, 만삭이 된 아내와 다정히 손목을 잡고 가다 우연 히 마주치자 멋쩍어하던 녀석의 모습이 떠올랐다. 그는 다시 술잔을 쥐고 입안으로 술을 들이부었다. 누군가의 손이 강한 힘으로 그의 술잔을 빼앗았던 게 그 자리에서의 마지막 기억 이었던가? 그리고 그는 내내 출렁이는 바다 위에 떠 있는 듯 한 느낌에 빠져 있었다.

늙은애비 혼자두고 영영어딜 갔느냐…… 나도 같이 돌겠 네, 증말. 옆집에서 또다시 들려오는 울음 섞인 노랫소리와 새된 목소리 사이로 전화벨이 자지러지게 울렸다.

"에미다. 니 시방 잠든 거는 아이제? 언제 집에 들어왔더 노? 쪼매이 전만 해도 전화 안 받데. 그래, 저녁은 묵었나? 어짜든지 끼니는 제대로 챙기야 된대이, 알았제?"

그는 밥상머리에 앉아 생선뼈까지 일일이 발라주던 어머 니의 손을 기억했다. 마디 굵고 거친 손의 한가운데 턱 버티

고 앉아 누런빛으로 번쩍이던 반지. 니 낳고 얻어 낏다. 종
손 낳다꼬 니 아부지가 내 펭생 처음으로 하나 안 해준나. 어
린 그에게 어머니는 수십 번도 더 반지자랑을 했다. 그는 어
머니의 반지 한 번 보고 생선 삼키고, 반지 한 번 또 보고 나
물 삼키면서, 밥 한 그릇을 다 비우곤 했다. 그러면 목구멍에
서 자신의 존재에 대한 자랑스러움과 뿌듯함이 얼얼하게 번
져났다.

"와 대답이 없노?"

"예. 걱정 마십시오."

어머니에 대한 죄스러움과 부끄러움으로 그의 목이 아프
게 죄어왔다.

"내 말하는 거 단단히 듣거래이. 낼, 공일날 아침 열한시까
지대이. 전에 니 큰누부하고 만났던 시청 앞 다방 알제? 글
로 꼭 시간 맞차서 나가래이. 잊아뿌지 말고……."

어디서 어머니는 끊임없이 줄을 끌고 와서 그것이 인연이
되리라는 기대로 자꾸만 당겨보라고 권하는 걸까? 어머니의
성화에 못 이겨 수십 번도 더 봐온 맞선. 이제 그것은 그에게
어떤 기대나 긴장이 전혀 필요하지 않은, 다만 일상사에 불
과했다.

"처자가 초등학교선생이란다. 마아 그만하믄 얼쭈 대학교
수랑 어불리제? 인자 이기 마지막이라 생각거라. 새사람이

엄현주 소설집

들어와야 나도 턱 마음 놓고 눈을 감제. 이 에미도 인자 갈 날이 얼매 남았겠노? 지발 저승 가서 조상님들이나 니 아부지 얼굴 바로 쳐다보구로 해 도고."

"그것보다 어머니, 대학교수가 아니라 시간강사라고 먼저 말씀을 해 두셔야죠. 그리고 제가 종손이라는 건 말씀하셨어요?"

평소에는 종손으로서 마땅히 지켜야 할 책임이나 의무 따위를 깡그리 잊고 있다가, 어디서 혼처만 나서면 그는 괜한 피해의식에 사로잡혀 종손이라는 걸 꼭 들먹이곤 했다.

"요즘 시상에 종손이 뭐 벨거라고 미리 말해쌓겠노? 그라고 대학생을 가르치는 대학선생이라 하든 되는 거 아이가? 교순지 강산지 일일이 다 밝힐 필요가 뭐 있노 말이다. 차암 벨시럽제. 니가 그래 늘푼수가 없으이 서른아홉이나 묵도록 장가를 못 가는 거 아이가. 이번에도 성사 안 되믄 내사 마 숙어삘란다."

찰카닥, 끊어지는 소리가 죽겠다는 위협에 적절히 어울리는 음향효과처럼 느껴졌다. 어쩔 수 없는 심정으로 송수화기를 내려놓는 그의 손끝을 타고 섬뜩한 기운이 전류처럼 온몸으로 번져났다. 순간 그는 떠들썩하던 주위가 소강상태에 들어간 걸 알아차렸다. 살짝 튀어나온 덧니를 감추고 미스 설은 그새 잠들었는가? 아저씬 저보다 더 늦잠꾸러긴가 봐요. 우유와 신문을 들고 문 앞에 서서 덧니를 드러내 보이며 활짝 웃던 그녀.

"들어가두 돼요?"

"그러문요."

침대 위에 헝클어진 시트가 꺼림칙했지만 그는 마음씨 좋은 이웃집 아저씨에 적당히 어울리는 웃음을 지으면서 고개를 끄덕였다. 두리번거리며 실내의 여기저기를 살피다가 그와 시선이 마주치자 그녀는 계면쩍은 듯 말했다.

"커피 한 잔 주시겠어요?"

그때부터 커피를 끓이는 그의 등 뒤에서 끊임없이 그녀는 조잘대기 시작했다.

"진작 인사를 트고 살아야 되는 건데……. 사실은요, 아저씨 뵙고 인사드리기가 좀 뭣했어요. 제 직업이 그렇다 보니 본의 아니게 실수를 자주 하게 돼요. 괴로우시죠? 죄송해요. 앞으로 조심할게요. 그래두 전 쬐끔은 안심했어요. 왜냐구요? 푸른 방에 사시는 분이라, 바다처럼 가슴이 넓을 거라구요. 제 짐작이 틀린 건 아니겠죠? 아저씨 직업은 대학교수? 으음, 고향은 어느 바닷가 근처? 그리구 아직 미혼이시고……. 아이, 맞으면 맞다고 대답을 하셔야지. 이래봬두 저, 족집게라구요. 워낙 많은 손님들을 상대하다 보니, 척 보면 대충 감이 와요."

그는 커피 잔을 그녀 앞에 놓으며 말했다.

"다 맞는데 딱 한 가지 틀린 게 있소. 아직 대학교수가 못 되고 시간강사요. 가방 하나 들고 이 학교 저 학교로 왔다갔다하는 보따리장수 말이요."

"푸후훗……. 와아, 졌다. 그걸 꼭 밝혀야 직성이 풀리시죠? 아예 이마에 가방 하나 그려서 붙이고 다니세요. 이걸 들고 바쁘게 오가는 시간강사임. 그래서 왕스트레스 받고 있음. 아저씨도 세상 살기 되게 힘드시겠다. 그럴 땐 절 찾아오세요. 신사역 사거리에서 우정빌딩을 끼고 첫 번째 골목으로 들어서면 바로 보여요. 클레멘타인. 거기서 미스 설을 찾으세요."

블라인드 틈으로 들어오는 정오의 햇살이 그녀의 머리카락 위에서 찰랑거렸다. 어깨까지 내려오는 생머리를 뒤로 젖히며 목젖이 환히 보이도록 웃는 그녀의 모습은 샴푸광고의 한 컷으로 처리해도 별 손색이 없을 것 같았다.

"아가씨, 나야말로 궁금한 게 하나 있소. 클레멘타인에 나간다고 해서 꼭 나의 사랑 클레멘타인만 불러야 되는 거요? 그 레퍼토리를 좀 바꾸면 어떨까? 그러면 나도 좀 새로운 맛에 얼마든지 참고 들어줄 용의가 있는데……."

좀 짓궂은 기분이 되어 그는 싱긋 웃기까지 했다. 그러나 순간 웃음기를 싹 거두고 그녀는 냉랭하게 말했다.

"저도 어쩔 수 없어요. 그걸 조절할 수 있음, 왜 미친년처럼 한밤중에 노래 따위를 부르겠어요? 그렇게 어이없는 표정 짓지 마세요. 아마 아저씨도 마찬가질 걸요. 누가 교수라고 하면 악착같이 시간강사라고 정정해야 하는 거, 그건 아저씨도 어쩔 수 없잖아요? 똑같은 거죠, 뭐."

급소를 찔린 기분이 들자 허둥거리며 그는 커피 잔을 입으로 가져갔다. 뜨거운 커피가 그의 입천장을 데게 한 후 겨우 목구멍으로 삼켜졌다. 그녀는 입술만 적시듯 커피를 천천히 마시면서 벽시계를 한참 쳐다보았다.

"어쩜, 꼭 조가비처럼 생겼네. 저런 조가비로 소꿉놀이를 하면 딱 좋겠네. 난 어릴 때 소꿉놀이가 그렇게 재밌더라구요. 아빠, 엄마, 언니, 동생 정해놓고 겨우 시작하려면 왜 그렇게 다들 집에서 찾으러 나오는지……. 나중에 보면 항상 나 혼자 오도카니 남게 되더라구요. 어떡해요? 새파란 바다만 한참 쳐다 볼 수 없이 나도 집으로 돌아가는 수밖에. 그래두 잠시 바닷가에서 살던 그때가 가장 행복했었나 봐요. 술잔을 억지로 받아 들 때면 항상 그 바다를 떠올려요. 내 몸에 술을 조금씩 채우다 보면 언젠가는 바다처럼 출렁거리라는 생각을 하면서요."

어울리지 않게 감상에 젖어 있을 그녀의 얼굴을 마주보기가 괜히 거북스러워 그는 커피 잔에 설탕을 두어 스푼 더 집어넣었다.

엄현주 소설집

"어디라고 했소? 신사역 근처? 한번 찾아가지요."

그렇게 말하는 것이 그녀에게 위안이 될 거라고 그는 제멋대로 생각했다.

잠시 미스 설을 떠올려보다가 그는 커피 잔을 입 가까이 가져갔다. 자정 가까운 시각에 마시는 커피가 각성제 역할을 충분히 해낼 것이라고 믿으면서 그는 억지로 한 모금 마셨다. 논문발표일이 이미 이마에 와 닿은 것을 알면서도 미적거리고 있었던 이유를 굳이 영지에게서 찾으려는 것은 그야말로 핑계일 뿐이다. 더 이상 논문발표 따위가 자신이 원하는 것을 얻는 데 별 도움이 되어주지 못하리라는 것을 그는 이제 알아차렸기 때문이다. 든든한 배경과 돈, 실력, 그 어느 것도 제대로 갖춘 게 없으면서 이류대학에서 받은 박사학위 하나로 교수자리를 넘보려고 든 것부터가 그의 잘못이었다. 하지만 목표물과 상관없이 관성 때문에 달리는 것을 그만둘 수 없는 것처럼, 습관적으로 책상 앞에 앉은 그는 어쩔 수 없이 이미 조금 시작한 논문을 계속 쓸 수밖에 없었다.

한국 고대 서사문학의 Archetype, 한국 민속과 문학 연구, 고대 산신의 성에 대해, Myth and Folktales······. 책상 위에 아무렇게나 쌓인 자료들을 이것저것 들추어보지만 '한국 설화의 세계성'이라는 논문 주제와 크게 관련이 있을 만한 것은 눈에 띄지 않았다. 세상은 하루가 다르게 변화하고 있는

데 아득히 먼 시간들을 거슬러 올라가서 설화연구라니. 하지만 행과 불행이 늘 교차하는 생애 속에서 끝내 이루게 되는 영웅들의 꿈과 영광은 언제나 그를 강한 매력으로 사로잡았다. 그는 자신이 겪고 있는 현실의 어려움을 설화 속의 영웅이 겪는 통과의례로 여기며 버텨내려 했다. 헌아, 니는 영웅이 될 끼다. 이 아부지가 니 태몽으로 집채만 한 용이 하늘로 올라가는 꿈을 꾼 기라. 인자 우리 집안이 다시 일어날 끼다. 이래 든든한 종손이 턱 버티고 있으이……. 그의 어깨를 툭 치던 아버지의 손에서 전해오는 강한 확신. 그래, 나는 영웅이 될 거야. 아버지의 믿음은 그가 영웅을 꿈꾸는 데 큰 몫을 했다. 그러나 점차 시간이 지날수록 그가 되고자 하는 영웅은 헛된 환상 속에서만 존재한다는 것을 알아차리게 되었다. 결국 아버지의 기대에 못 미치게 된 아들, 가문에 아무런 도움이 되지 못하는 종손……. 그는 자료들을 한쪽으로 밀치고 급하게 담배를 입에 물었다

　젊은 피가 솟구치는 아버지의 발목을 끈덕지게 붙잡고 늘어진 것은 종손의 위치와 역할이었다. 그것에서 놓여나기 위해 낯선 땅과 물을 찾아 헤맨 숱한 시간들. 하지만 영원히 벗어날 수 없는 천형과 같은 것임을 깨달았을 때는 그의 나이 쉰에 가까워서였다. 허연 귀밑머리 너풀거리며 비로소 안주하기 위해 찾아든 고향에는 세 딸과 함께 문중의 대소사를

능숙하게 처리해가며 집안을 지키는 아내가 있었다. 아내의 종부다운 꿋꿋함과 장대함에 그는 그만 무릎을 꿇고 말았다. 가정을 버렸던 지난 시간에 대한 죄스러움을 그는 이듬해 태어난 아들에게 갚으려 들었다.

생활수단으로 그는 전답의 일부를 팔아 가방공장을 세웠다. 자신의 핏속에 남은 방랑의 찌꺼기를 가방에 담아 보내려는 듯, 그는 수많은 가방을 만들었다. 그는 자기 대신 어디론가 멀리 떠날 사람들을 위해 가방을 만드는 것이 주어진 책무인 양 묵묵히 일했다. 이 세상 끝까지, 멀리 우주까지라도 가고 싶은 마음을 '우주표' 가방이 대신해준다는 믿음을 가지고…….

나날이 번창해가는 '우주표' 가방과 함께 그의 아들도 쑥쑥 자랐다. 공장건물이 보이는 바닷가에서 어린 아들의 손목을 잡고 산책할 때 느끼는 평화로움과 뻐듯함을 그 무엇에 비길 수 있으랴? 부웅부웅, 뱃고동을 울리면서 출발을 서두르는 배들. 태양호, 금성호, 돌고래호……. 겨우 글자를 깨친 아들이 더듬거리며 읽는 소리는 마음 한구석에 남아 있던 떠나고 싶은 욕구를 비로소 완전히 가시게 했다. 그는 아들을 번쩍 들어 가슴에 꼭 껴안았다.

"아부지, 쉬이 하고 싶어. 쉬이."

"오냐, 아부지하고 같이 하자이."

햇빛에 반짝이는 두 개의 오줌줄기가 푸른 바다를 향해 포물선을 그으며 나아갔다.

재떨이에 담배꽁초들이 쌓여가지만 그의 논문은 여전히 제자리에서 맴돌고 있을 뿐, 조금도 앞으로 나아가지 않았다. 그는 마음을 다잡듯, 자세를 고쳐 앉아 그 부분을 크게 소리 내어 읽어보았다.

"역사 지리학파의 방법이 결함을 지니고 있다고 해도 유사한 설화가 국제적으로 분포되어 있는 현상을 어떻게 해석해야 할 것인가는 여전히 문제로 남는다. 유사성을 독립 발생으로 해석할 수 있는 가능성과 함께 전파의 결과로 볼 수 있는 가능성이 여전히 있다. 한국설화가 외국과 유사한 예들을 서구의 것, 일본의 것과 대조해 보면 다음과 같다."

그리고 그는 설화유형비교표를 작성하기 위해 카피해 둔 참고자료를 찾기 시작했지만 그것들은 눈에 띄지 않았다. 맥이 탁 풀리는 심정으로 그는 또다시 담배를 입에 물었다. 연보랏빛 연기가 넓디넓게 퍼지며 공중으로 올라가는 것을 쳐다보다가 그는 문득 신혼여행의 꿈에 부풀어 유럽으로 가는 비행기 속에 있을 영지를 떠올렸다. 그러자 늦은 밤, 고작 열 평의 공간에 갇혀 '설화의 세계성'이란 낡아빠진 주제를 붙잡고 씨름하고 있는 자신이 갑자기 견딜 수 없어졌다.

얼마 전, 그가 결혼신청을 하자 영지는 마치 자기 앞으로 배달되어 온 소포의 주소를 새삼스레 확인하려고 드는 듯 물었다.

"너, 혹시 처음에 내가 거절했다는 이유로 이러는 거 아니니? 그때 상한 자존심 때문에……. 아니면, 이렇게 된 내가 안 돼 보여서니? 것부터 먼저 알아야 나도 뭐라고 대답할 수 있어."

"으응, 이윤 간단해. 네가 하고 있는 글짓기학원이 잘 된다는 소문을 듣고 어떻게 좀 빌붙어 볼까, 하고 말이야."

그의 장난스러운 대꾸가 마음에 드는지 영지는 금방 얼굴을 폈다.

"내게 빌붙겠다고? 좋아, 솔직해서……. 그게 바로 니 매력인 거, 알아?"

영지의 매력은 무엇인가, 그는 새삼 생각했다. 그가 두 번씩이나 결혼을 신청하게 하는 매력은 바로 편안함이었다. 오랜만에 큰마음 먹고, 화려하고 멋진 옷을 장만하기 위해 다리 아픈 것도 꾹 참아가며 하루 종일 여러 군데 옷가게를 둘러보다가 마땅한 것도 못 고른 채 집으로 지쳐서 돌아왔을 때, 편안하게 온몸을 감싸주는 실내복. 그것을 걸치는 순간 그동안의 수고가 얼마나 헛된 것인가를 깨닫게 해준다. 이십 년 가까이 그는 이런저런 여자를 만나다가 지치면 언제든 영지에게로 돌아갔다. 그러면 모든 사실을 모른 체하고 늘 한

결같이 대해주는 편안함에 그는 얼마간 아무것도 생각하지 않고 그녀 옆에서 쉴 수 있었다. 하지만 결혼은 자신들의 문제라기보다 집안의 문제라는 것을 그는 또 잊었던가? 상대가 이혼녀라는 것을 집안 식구들에게 밝혀야 할지 말지, 망설일 틈도 그에게 주지 않고 영지 어머니가 선수를 쳤다.

"어떡하나? 이번 학기도 전강자리를 또 놓쳤으니……. 권선생, 우리 영지 포기하게. 그냥 인연이 아니라고 생각해. 게다가 권 선생이 종손이라며? 나, 그것도 정말 싫어. 편안한데로 보내고 싶어. 시집 일에 매달려 좋은 시절 다 보내게 하고 싶지 않아. 저런 처지일수록 한시라도 빨리 제자리를 찾아줘야지. 안 그런가? 이해하게."

자신의 딸이 처한 상황을 흠이라고 인정한 탓일까, 십여 년 전에 비하면 영지 어머니의 태도는 그나마 많이 부드러워져 있었다. 싸내 자식이 국문과 나와서 도대체 뭘 해 먹겠다는 거야? 돼먹지도 않은 글 나부랭이나 주무르면서 처자식배 곯릴려구? 어림없는 수작 부리지 마아. 쨍쨍하게 울리는 음성이 날아오는 돌담 너머, 고개를 내민 해바라기 위로 황금빛 폭양이 이글거렸다. 그때를 떠올리며 그는 뜨겁게 달아오르는 얼굴을 두 손바닥으로 벅벅 문질렀다.

그는 자신도 모르게 신사역 근처에 와 있다는 걸 깨닫자 무슨 긴한 용무라도 있는 양 급하게 클레멘타인을 찾기 시작했다. 문을 밀고 들어서는 순간, 그는 마치 바다 속에 뛰어든 듯한 착각에 빠졌다. 푸른빛의 조명과 함께 산호와 해초들로 이루어진 실내장식. 그 속에서 오가는 사람들은 마치 유영하고 있는 물고기처럼 보였다. 잠시 멍해 있는 그에게로 누군가가 재빠르게 헤엄쳐 다가왔다.

"오셨음 절 찾지 않고, 왜 이러구 서 계세요? 혼자 오셨나봐요?"

미스 설의 새하얗던 이가 푸른 야광 빛을 발하고 있었다.

"으응, 바다 속에 그만 빠져버렸나 했네."

"후훗, 처음엔 그렇다고들 해요. 다 제 아이디어예요. 자, 일루 앉으세요. 근데 어쩐 일이세요? 혹시 안 좋은 일이라두?"

그는 대답 대신 분노처럼 거품이 끓어오르는 맥주를 단숨에 마셨다.

"천천히 드세요. 이이참, 안주도 드셔야쥬. 무슨 일이지는 몰라두 그냥 화악 풀어버리세요. 전 술 몇 잔 하고 클레멘타인을 부르면 대개 다 풀려요."

흐흥, 또 클레멘타인이군. 클레멘타인 대신 영지 욕이나 실컷 해버리면 풀릴까 몰라.

"반백의 머리카락을 휘날리며 바다를 향해 어린 딸의 이름을 안타깝게 부르는 노신사, 배경음악은 클레멘타인을 깔고……. 아마 어느 영화에서 본 장면이겠죠. 어쨌든 전 술에 취하면 그런 노신사가 떠오르면서 가슴이 찡해 와요. 그러면 속상한 것도 싸악 가시게 되더라구요. 이상하죠?"

"정말 이상하군. 그런데 난 그렇게 해서 속상한 게 풀리지 않소. 다른 방법을 찾아야지."

무슨 뜻인지를 금방 알아들었는지 미스 설은 생긋 웃었다.

그녀와 하룻밤을 지내고 모텔을 나서면서 그는 눈부신 아침햇살에 그만 고개를 푹 숙였다. 그 순간 문득 아버지가 떠올랐다.

눈을 뜬 채 임종했던 아버지. 스물이 채 못 된 아들을 두고 가는 게 마음에 걸렸던 걸까? 그는 아버지의 두 눈을 감기는 순간 자신의 손바닥에서 붉은 새 한 마리가 퍼덕거리고 있는 걸 느꼈다. 수평선을 잡기 위해 오랜 시간 날갯짓을 한, 한 마리의 새였던 아버지. 날기를 멈추고 조용히 발밑을 보는 순간 거기에 수평선이 있더라고, 그것을 가르쳐준 사람이 바로 너였다고. 세상을 뜨기 며칠 전, 그의 손을 잡고 아버지는 울먹이며 말했다. 아버지, 저는 감히 수평선을 꿈꾸어본 적도 없습니다. 야망과 패기가 없는 젊음은 젊음이 아니라지요. 그렇지만, 아버지……. 낮게 중얼거리며 그는 마치 고백성사를 하고 있는 듯한 부끄러움에 빠져들었다.

그는 논문쓰기를 다음날로 미루고 채점부터 하려고 마음먹었다. 중간고사 답안지가 들어 있는 낡은 가죽가방을 들어 올리는 순간 만만찮은 무게가 그의 팔에 느껴졌다. 첫 강사료를 손에 쥐고 영지와 함께 백화점의 한 코너에서 희망과 설렘으로 골랐던 가방이었다. 그러나 이제 그것은 이 학교 저 학교를 뛰어다니며 지식의 짐을 싣고 부렸던, 오랜 하역의 시간을 말해주듯 헐고 닳은 모습이다. 그 어디에도 희망과 설렘의 흔적을 찾아볼 수 없다. 아버지는 떠나고 싶은 욕구 때문에 가방을 만들었지만 그는 정착하고 싶은 욕구 때문에 그것을 흔들고 다녀야만 했다. 영원히 떠나지 못하는 것과 정착하지 못하는 것이 결국 같은 의미인 것을 그는 이제야 조금씩 깨닫게 되었다.

펜 끝이 시험지 위로 사각사각 스치는 소리와 함께 블라인드 틈으로 새벽의 짙푸른 기운이 번져났다. 거의 밤을 새워 채점한 답안지들을 그는 새삼스럽다는 듯 눈여겨보았다. '신화의 본질과 기능에 관해 논하시오', '설화의 전반적인 특징에 대해 쓰시오'라는 뻔하고 어리석은 질문에 대해 학생들의 대답이 차라리 기발하고 현명하다는 생각이 들었다. 구비문학에 십오륙 년 가까운 시간을 바쳐왔지만 논문 한 편씩 쓸 때마다 끙끙대야만 하는 그는 불과 반 학기 동안 강의만 듣고도 명쾌한 답변을 할 수 있는 학생들의 기지와 재치가 부러웠다. 지름길을 두고 굳이 먼 길을 에돌아야만 진리를 만날 수 있으리라는, 맹목적인 학문에의 믿음이 결국 그를 뒤

서게만 했을 뿐이었다. 이젠 아무리 뛰어가서 팔을 뻗어도 지름길을 택해 간 사람들을 잡을 수 없으리라. 그는 팔을 쭉 뻗어 기지개를 켰다. 포위하고 있던 적병들이 엄습해 오듯 고단함이 그의 온몸 구석구석까지 갑자기 몰려왔다. 그는 모든 걸 잊고 푹 잠들고 싶었다.

전기스탠드의 희끄무레한 빛이 가시자 새벽이 몰고 온 푸르스름한 기운으로 실내는 마치 바다 속처럼 느껴졌다. 그 속으로 깊이 잠수라도 하려는 듯 그는 두 눈을 감고 심호흡을 시작했다. 그러나 갑자기 들려오기 시작하는 노랫소리에 그는 심호흡하던 것을 멈추었다. 깊은 바다 속에서 아주 조심스럽게 울려나는 듯한, 맑고 고운 노래였다. 그는 자신도 모르게 노래를 조금씩 따라 부르고 있었다. 내 사랑아 내 사랑아 나의 사랑 클레멘타인 늙은 애비 혼자 두고 영영 어딜 갔느냐. 노래는 일 절에서 그만 끝나버렸다. 그는 아쉬운 듯 입술을 달싹거려보다가 다시 눈을 감았다.

얼마 전, 미스 설이 술에 취해서 난데없이 그의 방에 들렀었다. 그러고는 꿈꾸는 듯한 표정으로 밑도 끝도 없는 이야기를 주질댔다.

"모르겠어요, 왜 바다를 떠올리면 희망이 생겼는지. 흐흥, 웃으시네. 그래요. 술집 여자는 희망도 가지는 게 아니었나 봐요. 좋은 남자 만나서 넓고 넓은 바다 근처에 예쁜 집 짓고 살 수 있으리라는 꿈. 후후, 얼마 전까지만 해도 그런 꿈을 꾸며 살았는데 이젠 다 소용없게 돼버렸네요. 꿈도, 희망도 없이 맨날 술에 젖어 미친놈들 뒤치다꺼리나 하며 사는 인생, 이젠 끝내버리고 싶어요. 좋은 남자가 되어달라는 부탁은 감히 안 드려요. 아저씨, 그냥 이렇게 말동무라도 되어주심 안 되나요? 외로워서 죽을 것 같거든요. 역시 대답이 없으시네. 교수님과 술집 여자. 그렇죠, 안 어울리겠네요. 주제를 모르고……. 제가 많이 취했나 봐요. 교수님, 안녕히 주무세요."

하룻밤을 같이 지냈다는 이유로 발목이 잡힐까봐 잠시 전 전긍긍했던 그는 이제 미스 설을 위해 간절히 빌어주고 싶어졌다. 될수록 빠른 시일 내 희망하는 대로 좋은 남자를 만나서 그녀의 외로움이 달래지기를. 그제야 그는 몇 시간 후면 자신을 좋은 남자로 포장해서 맞서 볼 장소로 나가야 한다는 사실을 떠올렸다. 지긋지긋하다는 생각이 드는 동시에 소리라도 지르고 싶은 충동에 빠졌다. 그러나 그는 소리 지르는 대신 이불을 둘러썼다. 순간 누군가가 문 밖에서 애타게 부르는 듯한 소리. 그것은 환청이었을까? 그는 잠시 귀를 모으다가 머리끝까지 완전하게 푸른색 이불을 뒤집어썼다.

햇빛이 푸른 바다 위에서 오색 구슬이 되어 반짝인다. 바닷물에 잠긴 자신의 몸도 찬란하게 빛나고 있는 걸 발견하고 그는 탄성을 지른다. 눈부시도록 흰 목책이 둘러쳐진 조그마한 섬에서 초록빛의 무성한 야자수 잎들이 바람에 흔들리며 그를 향해 손짓한다. 부드러운 물살을 가르며 더욱 세차게 앞으로 나아가는 그를 무엇인가 강한 힘으로 저지시킨다. 순간 귀청을 때리는 사이렌 소리. 삐요 삐이요 삐요……. 돌아보는 그를 향해 내젓는 희고 가녀린 팔이 넘실거리는 파도의 혓바닥에 자꾸만 휘감긴다. 아아, 누구의 팔인가? 몸을 돌리려고 하지만 그의 몸은 이미 뻣뻣하게 굳어 꼼짝 않는다. 그럴수록 더욱 안타까운 팔짓, 요란하게 울리는 사이렌 소리. 어느 것도 멈추게 할 수 없어 그는 깊이깊이 푸른 물속으로 침잠하고 만다. 얼마나 지났을까? 가라앉은 그를 또다시 흔드는 소리가 들려온다.

"시방 니 자고 있나? 그럴 줄 알았다카이. 아홉시다, 아홉시. 우째 니가 그 모양이고? 얼릉 아침 챙기서 묵고, 약속시간에 딱 맞차 나가거라. 그라고 옷은 저번에 새로 한 회색 양복 있제? 그거 입고, 네꾸다이는 짙은 곤색에 흰 줄 쳐진 거, 안 있나? 그거 매라. 지발 오늘은 쪼옴 잘 해봐라이. 이 에미가 인자 빈다, 빌어. 그라고 댕기와서 바로 집에 전화해라이, 알았제?"

당부와 염려가 전부인 어머니의 말에 그가 할 수 있는 대답은 언제나 한결같았다.

　　　　　　　　　　　　　　　　엄현주 소설집

"예. 걱정 마십시오."

그럴 때마다 그에게는 서른아홉이라는 자신의 나이가 눈앞을 휘익 가로질러 저만치 달아나고 있는 것이 보였다.

푸른색 세면대 위의 거울에 비치는 중년의 얼굴. 그것은 고향집 대청마루 위에 걸린, 빛바랜 사진 속에서 몇 명의 식솔을 거느리고 있는 아버지의 얼굴과 흡사했다. 그러나 그는 아버지와 달리, 중년의 얼굴로 아직도 맞선자리를 맴돌아야 하는 자신의 처지에 비애마저 느껴졌다. 그는 세면대 위로 콸콸 쏟아지는 찬물에 오랫동안 얼굴을 담갔다. 그것이 마치 떠난 젊음을 불러들이는 비결이라도 되는 듯이.

토스터가 구수한 냄새를 풍기면서 노르스름하게 구워진 식빵을 위로 톡 내보냈다. 이혼 사유? 아침에 즈이 남편에게 빵 조각이나 씹히게 하는 년은 소박 당해도 싸댄다. 뭐, 한 기지를 보면 열 기지를 안대나? 사흘 외박하고 돌아온 아들을 두둔하면서 우리 시어머니께서 하신 말씀이야. 그래서 그냥 나와 버렸어. 그런데 우습게도 토스터에서 톡 하며 식빵이 올라오는 소리가 언제부턴가 내겐 꽝 하며 이혼 도장 찍는 소리로 들리기 시작하는 거야. 정말 우습지 않니? 눈물을 비적비적 내비치면서도 깔깔거리고 웃는 영지를 그는 달랠 방법이 없어 멍하니 바라만 보았다. 이젠 그가 영지를 달래야 할 일은 절대로 없을 것이다. 그는 가볍게 한숨을 쉬고 접시에 빵을 담았다. 그리고 우유와 신문을 가져오기 위해 현관문을 열었다.

무엇이라고 설명할 수 없는 이상야릇한 기운이 그의 얼굴에 훅 끼쳐왔다. 그는 그 기운에 잠시 멈칫하다가 우유팩을 집어 들고는 마침 열려 있는 옆집의 현관문 쪽을 바라보았다. 그런데 거기서 난데없이 집주인 여자가 나오는 게 아닌가. 무슨 볼일이 있어 휴일아침 일찍부터 찾아왔는가, 하는 생각이 스치는 순간이었다.

"세상에 이런 일이, 어찌 이런 일이……."

황당한 낯빛으로 탄식하듯 내뱉는 여자의 말소리를 꿈속에서 울리던 사이렌 소리가 다시 울리면서 지우고 있었다. 무, 무슨 일이……. 그러나 그 말들은 소리가 되어 나오지 않았다. 그는 마치 무언극을 하듯 입만 벙긋거리다가 허청거리는 두 다리로 옆집의 문턱을 넘어섰다.

붉은 와인색의 곱슬곱슬한 머리카락을 하나로 묶은, 낯선 여자는 그가 집 안으로 들어서자 한 번 힐끗 쳐다보고는 짐 챙기는 일을 계속했다. 도대체 미스 설에게 무슨 일이 생겼기에? 그는 크게 한 번 숨을 내쉬고는 물었다.

"미스 설은 어디에……."

하지만 그는 여자의 재빠른 손놀림에 주눅이 들어 말끝을 잇지 못했다. 여자는 대답 대신 비아냥거리는 투로 말했다.

"옆집에 사시는 모양인데, 모르셨나 보죠? 새벽에 구급차가 한바탕 소란을 피우고 갔는데……."

아, 구급차. 그의 머릿속은 빨갛고 뾰족한 여자의 손톱이 날아 들어와 마구 헤집어 놓고 있는 듯한 느낌이었다.

"권 교수님도 모르셨죠? 여기 다른 사람들도 대부분 몰랐다고 하데요. 하기야 한창 새벽잠에 깊이 빠져 있을 땐데 어떻게 알겠어? 그럴 줄 알고 일부러 지키고 있은 것 아닌 담에야, 안 그래요?"

복도를 한 바퀴 돌고 온 듯한 집주인 여자는 조금 진정이 된 얼굴로 그를 대신해서 변명했다.

"도대체 어쩌다……. 많이 위중하답디까?"

될수록 감정을 억제하려고 애쓰면서 그는 집주인 여자에게 물었다.

"목을 매달았대요. 겨우 스물여섯 나이에 갔으니, 그 젊음이 아깝네. 좀만 일찍 발견했어도 목숨은 건졌을 텐데. 하기야 사람의 명은 하늘에 달려 있다고들……."

가슴에 꼭 안고 있던, 팽팽하게 부푼 고무풍선이 갑자기 타악 터져버리는 듯한 느낌에 그는 질끈 두 눈을 감아버렸다. 집주인 여자는 뭐라고 연방 이야기를 계속 해댔다. 그는 자신의 방문을 두드리던 소리가 환청이 아니었다는 걸 그제야 알아차렸다. 술기운이 말끔히 가신, 맑고 애애한 음성의 노래에 이어 들려오던 그 소리. 그것이 자신에게 간절히 구원을 요청하는, 삶을 향해 흔들어보는 마지막 손짓이라는 걸 알았더라면……. 외로워서 죽겠노라고, 말동무가 되어달라던 부탁을 묵살해버린 자책감이 그의 가슴을 아프게 죄여왔다.

"죽어도 싸지 뭐예요? 자기 버린 아버지 병원비 대려고 사귀던 남자랑 마담언니한테 꽤 많은 빚까지 얻어 썼대요. 글쎄. 그런데 아버진 죽고, 사귀던 남자는 빚 독촉을 하면서 끊임없이 괴롭히니까……. 어쩜 그렇게 멍청할 수가 있는지 모르겠어요. 아니, 자식 갖다버린 아버지도 아버지야? 기가 막혀서, 원. 하여튼 심청이가 따로 없다니깐."

여자는 가방의 지퍼를 거칠게 올리며 말했다. 그는 자신도 모르게 희망이라고 나지막하게 소리 내어 보았다. 그러자 세상사를 초월한 눈빛으로 미스 설이 다가와 속삭였다. 희망과 농담이 닮은 줄 진작 알았어야 했어요.

"벌써 다 챙겼수? 쯧쯧, 짐이래야 고작 그거유? 그건 어떻게 처리할라우?"

"모레 장례식 때 다 같이 태워서 고향 앞바다에 뿌려줄 거예요. 이 세상에 와서 겨우 가방 하나 남기고 떠나네요."

좀 전과 달리 여자의 음성이 약간 젖어 있었다.

"새로 사람이 들어오는 대로 돈은 빼준다고 전해줘요. 근데 벌써 소문이 다 퍼졌을 텐데, 누가 들어오기나 할는지 걱정이네. 마담은 돈이 급하다고 성화지만 그거야 난들 어쩔 수가 없지. 계약기간은 아직 남았고……."

어느 새 감정을 완전히 수습한 듯한 집주인 여자는, 자신이 집주인이라는 걸 용케도 잊지 않고 있었다.

"알았어요. 마담언니한테 그렇게 전할게요."

가방을 들고 현관문을 나서려는 여자의 뒷모습이, 그에게는 저승으로 향하는 문 앞에서 서성이는 미스 설의 뒷모습처럼 느껴졌다.

"키를 주고 가야지. 그것 받으러 예까지 와 놓고 깜빡할 뻔했네."

집주인 여자는 다급하게 여자를 불러 세워 열쇠를 받고는, 채 문을 나서지도 않은 그녀의 등 뒤에 대고 조심성 없이 큰 소리로 말했다.

"물장사하는 여자라서 내가 애시 당초 상종을 안 하려고 했는데 하도 사정하는 바람에 넣었더니, 별 해괴한 꼴을 다 보게 됐다니깐. 교수님, 저……"

그제야 그는 정신을 차렸다. 저, 급한 약속이 있어서요. 그는 도망치듯 그곳을 후딱 뛰쳐나왔다.

이미 열시를 넘어선 벽시계를 바라보면서 그는 재빨리 와이셔츠를 입고 넥타이를 골랐다. 그러나 넥타이를 목에 거는 순간, 그는 그것으로 자신도 모르게 숨통을 죄어버릴 것 같은 두려움에 빠져들었다. 그는 정신을 집중시키기 위해 두 눈을 부릅뜨고 감색 바탕 넥타이에 그려진 흰 사선무늬를 노려보았다. 비스듬하게 그어진 빗금들이 일제히 꼿꼿하게 일어나는 것과 동시에 그의 내부에 도사린 무엇인가 솟구쳐 올라와 목을 뜨겁게 휘감아오고 있었다. 점차 뜨거운 기운이 온몸으로 번져나면서 그를 꼼짝달싹할 수 없게 했다. 마치 땅속 깊이 단단히 뿌리를 박고 있는 나무가 되어버린 것처럼. 하지만 어떡하든 벗어나기 위해 그는 사력을 다해 소리쳤다. 그러나 소리 대신 그의 몸에서는 불꽃이 활활 타오르기 시작했다. 푸른 방 한가운데 그는 마침내 뿌리를 내리고선 불꽃나무가 되어 견딜 수 없는 답답함에 메마른 목소리로 자신의 이름을 불러보았다. 권시헌…….

* 참고자료: 『구비문학개론』(일조각: 장순덕, 조동일, 서대석, 조희웅 공저)

# 반달(vandal)

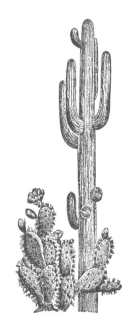

*

　씨줄과 날줄을 성기게 엮은 격자무늬들을 그는 한참동안 들여다보고 있다. 캔버스 바탕에 무늬를 만들어 넣을 때만 해도 새로운 기법으로 추상과 구상을 교묘하게 잘 결합시킬 자신이 있었다. 하지만 완성된 바탕 앞에서 그는 표현하고자 하는 것들이 성긴 틈새로 다 빠져 나가버린 듯한 느낌에 사로잡혔다. 그것들을 찾아내기라도 할 듯 캔버스를 계속 노려보고 있자 그의 눈 속으로 격자무늬들이 간격을 점점 좁히며 파고들기 시작했다. 머릿속에 떠오르는 것은 없고, 눈앞이 어지러워 결국 그는 자리에서 일어났다.

　그는 한숨을 내쉬고는 손가락마디들을 한꺼번에 뚜두둑 꺾었다. 특이한 소재, 새로운 형식, 돋보이는 실험정신……. 이 따위 소리들에 기죽어 그는 늘 새로운 사냥감을 찾는 사냥개가 되어 여기저기 코를 갖다 대곤 했다. 하지만 언제나 그렇듯, 그의 코끝에 감지되어 오는 냄새들은 그게 그거였다. 결국 그는 비슷비슷한 그림들을 작품이랍시고 내놓을 수밖에 없었다. 그런 다음 느껴지는 비애와 답답함을 견딜 수 없어, 시시때때로 그는 창문이나 방문을 왈칵 열어젖히곤 했다.

　　　　　　　　　　　　　엄현주 소설집

손잡이를 거칠게 돌려 방문을 미는 순간, 몽이가 그에게 무슨 볼일이라도 있는 것처럼 다가오기 시작했다. 준이가 떠난 다음부터 여태껏 한 달 반이 넘도록 꼼짝 않던 것이 갑자기……. 저절로 그의 어깨가 움츠려졌다. 몽이는 그의 두려움 따위는 모른 체하며 모든 관절들을 자연스럽게 움직이며 걸어왔다. 몽이의 몸에 내장된 녹음테이프에서도 어김없이 노래가 흘러나오고 있었다. 마치 몽이가 걸으며 노래를 부르는 듯했다. 영락없는 사람의 몰골이었다. 그동안 그는 이 흉측스러운 것에 시선조차 잘 주지 않았었다. 몽아……, 준이가 끊임없이 불러대며 이것을 분신처럼 여기는 꼴이 더욱 못마땅해 고개를 돌리곤 했었다. 이제 준이 없이 혼자 돌아다니는 꼴을 보니 훨씬 더 징그럽고 섬뜩하다. 가까이 다가오는 몽이의 얼굴에서 준이가 느껴졌다. 인형은 주인의 혼을 빨아먹고 산대요. 준이의 말소리가 금방이라도 들려오는 듯했다. 정말 그 애 혼령이라도 실렸는가? 그 어떤 일과도 상관없는 듯한, 무심하고도 냉담한 얼굴. 그 얼굴이 점점 그에게로 가까이 다가오고 있었다. 준이를 밀어내듯, 그는 재빨리 문을 닫았다. 급하게 닫히는 문소리가 그의 가슴을 때리며 흔들었다.

아무래도 작동스위치가 고장 난 모양이라고 될수록 느긋한 투로 중얼거리며 그는 진정하려 애썼다. 하지만 울렁이는 가슴이 쉽게 가라앉지 않았다. 몽이가 끊임없이 노래를 부르며 거실을 돌아다니고 있었다. 하지만 그에게는 고장 난 스위치를 고칠 재간도, 그럴 마음도 없었다. 무엇보다도 저것에 손을 댄다는 것이 견딜 수 없이 끔찍하게 여겨질 뿐이었다. 그는 별 수 없이 충전된 전기가 완전히 바닥나기만을 기다려야 했다. 그는 또다시 손가락마디들을 꺾었다. 무료함, 짜증, 두려움…… 불유쾌한 감정들을 견뎌야 할 때면 그는 자신도 모르게 손가락마디마디에 힘을 주어 그것들로 하여금 비명을 내지르게 했다.

준이의 하루 일과는 할딱거리는 숨소리를 내며 몽이와 함께 노래 부르고 온 집 안을 난장판으로 만드는 것이었다. 참다못해 그는 중간 중간에, 좀 조용히 하라고 소리쳤지만 늘 아무런 소용이 없었다. 이제 그는 준이에게 소리치는 대신 몽이의 노래를 듣고 있어야만 했다. 언제나 달려 나가면 유행성감기에 걸렸어. 제자리에! 온 유어 마크! 우리들이 그래도 그만두지 않는 건 꿈의 경사면을 올려다보며 언젠가는 갈 수 있을 것 같은 기분이 들기 때문이야……

그는 도저히 잠을 잘 수 없었다. 지난밤 내내 작업을 한답시고 이젤 앞에 오래 앉아 있었던 탓에 온몸이 무겁게 가라앉았지만 그의 신경들은 바늘 끝처럼 예리해져 들려오는 소음에 일일이 반응했다. 할 수 없이 그는 벌떡 일어나서 거실로 나갔다. 바늘 같은 신경들을 모조리 뽑아내어 준이를 찌르고 싶은 충동을 느꼈다. 하지만 그는 어금니를 악물고 그 충동을 억눌렀다.

"내가 누구 땜에 올빼미처럼 남들 다 자는 밤에 자지 않고 일어나 일하는 줄 알아? 다 니 녀석 땜이야. 낮에는 시끄러워 아무것도 할 수가 없단 말야. 그래서 밤낮을 거꾸로 살고 있는데, 이젠 낮에 잠조차 못 자게 하니? 산 짐승 보고 죽은 것처럼 해 있으라는 건 아냐. 다만 그놈의 지랄 같은 노래만 좀 부르지 말란 말야. 그것두 못 해? 설마 머리까지 어떻게 된 건 아닐 테구. 왜 내내 노랠 불러야 되는 거야, 도대체? 잘 부르지도 않는 노래 말야. 게다가 니 심장은 특별히 안정이 필요하대잖아. 열두 살이나 된 놈이 그렇게도 말을 못 알아들어? 차라리 너도 좀 자. 이제 내가 빈다. 제발 잠이라도 좀 자렴."

그는 자신의 음성이 거의 애원조로 바뀌고 있음을 알았다. 피식 웃으면서 준이는 그를 빤히 올려다보았다.

"피이, 내 노래가 뭐 어때서요? 아저씬 그렇게도 싫으세요? 우리 아빠 잘 부른다고 늘 칭찬하셨는데……. 가수가 될 거예요. 내 심장은 아무렇지도 않아요. 의사선생님이 걱정하지 말랬어요. 진짜예요. 사실 나도 자고 싶어요. 꿈속에서 우리 아빠도 만나고, 옛날 우리 집에도 가보고……. 근데 낮엔

잠이 안 와요. 일부러 하품까지 해 봐도 안 졸려요."

가수가 되겠다는, 준이의 가당찮은 꿈에 대해 제동을 걸 여유조차 없었다. 오로지 자고 싶다는 말에 귀가 솔깃해져 그는 재우는 방법만을 골똘히 생각하기 시작했다.

약상자 속에서 정제로 된 수면제들을 꺼내 그는 원두커피 분쇄기에 넣었다. 부엌 창으로 들어오는 환한 햇살 속에서 옅은 노란색 분말들이 공중에 약간씩 날리면서 네모난 통으로 떨어지고 있었다. 투명한 병에 그것들을 조심스럽게 옮겨 담는 자신의 손이 미세하게 떨리고 있는 것은 지나치게 밝은 햇살 탓이라고 그는 생각했다.

"자, 한 잔 마셔. 설탕도 듬뿍 넣었어."

코코아가 묻은 준이의 입술 위로 만족스런 웃음이 번져났다. 꺼림칙한 기분이 가슴 한구석에 들었지만 애써 모른 체하고 차를 마시면서 그는 중얼거렸다. 육 개월 만에 처음이야. 우리, 서로 이렇게 뜻이 맞은 적은…….

"이제 푹 자는 거야. 편안하게…….."

준이는 고개를 가볍게 끄덕이고는 제 방으로 향해 갔다, 기형적으로 짧은 팔다리와 큰 머리통을 움직이면서. 영원히 자라지 못하는 아이. 난쟁이 의붓아들의 뒷모습이 잠깐 비쳤다가 사라지고 그의 눈앞을 흔들며 부드러운 물살처럼 졸음이 다가왔다.

엄현주 소설집

환한 햇살 속을 급하게 달려가는 아버지의 자전거는 은빛
으로 눈부시게 빛났다. 지나가는 사람들마다 걸음을 멈추고
물었다. 집에 무슨 좋은 일이 생겼냐고, 혹시 소가 새끼를 낳
았는지, 아니면 그 집 큰아들이 또 일등으로 무슨 시험에 붙
었느냐고.

"아녀, 아녀. 이번에는 우리 둘째여. 차웅이놈 그림이 군민
회관에 떠억 전시돼 있다니께. 그거 보러 가는 중이여. 자네도
안 바쁘면 뒤에 타게. 읍내꺼지야 후딱 갔다 올 수 있잖여."

"허어, 대단하구먼."

사내애가 너무 병약해 보여서 큰일이라고 수군대던 사람
들이었다. 잘난 형에 치여 그 존재조차 미미하던 그를 한 장
의 그림이 일약 동네스타로 만들었다.

한바탕 잔치를 벌이면서 극장 간판장이인 아버지는 김차
웅이라는 이름이 몇 년 후면 온 세상에 알려질 것처럼 큰소
리쳤다. 아버지는 약주로 불그스름해진 얼굴로 그에게 몇 번
이고 다짐받았다.

"니는 진짜 화가가 돼야 헌다. 이 애비 한을 풀어줄라믄 열
심히 해야 헌다. 알았제?"

생계 때문에 그림을 포기하고 간판장이가 되어버린 아버
지의 한이 그대로 그에게 안겨왔다. 고개를 끄덕이는 그 옆
에서 어머니는 한숨을 쉬며 중얼거렸다. 하이고, 지겨워라.

그놈의 환장이. 간판장이 아비도 모자라, 그 자식꺼정……. 남보다 특출한 것 하나 없이 몸까지 약한 그를 두고 어머니는 늘 못마땅해 하던 터였다. 그는 아랫입술을 꼭 깨물었다. 보란 듯이 꼭 해내고 말 거야. 얼굴이 아버지처럼 붉게 달아오르고 있었다. 그는 자신의 존재를 알릴 수 있는 이 순간이 영원히 계속되기를 바랐다.

그를 깨운 것은 퇴근해서 돌아온 아내였다. 꿈의 끝자락을 조금이라도 더 붙잡고 늘어지려 했지만 그녀의 카랑카랑한 음성이 그것을 홱 낚아챘다.

"도둑이 들어와도 모르겠네. 무슨 일이라도 난 줄 알았다니까요. 준이까지 밖에 나갔을 리 없고……. 당신도 당신이지만 준이는 웬일이래요? 쟤가 낮잠도 다 자요? 별일이네. 얼마나 소리를 쳤는지 목이 아파 죽겠네. 안 그래도 하루 종일 회사에서 전화통을 붙잡고……."

다음 말은 뻔했다. 신용카드 대금을 연체한 사람들이 얼마나 많으며, 그들과 통화하기 위해 하루 종일 누른 전화번호 숫자들을 합하면 전 세계인구의 수십 배가 될 거며, 게다가 밀린 대금을 받아내기는 하늘의 별을 따는 것보다 더 힘든 일이라는 푸념이 장황하게 계속될 게다. 외출복을 벗어 던지며 역시 아내는 순서대로 읊어대기 시작했다. 목이 아파 죽겠다는 건 아무래도 순 허풍인 모양이었다. 이놈의 지긋지긋

엄현주 소설집

한 일을 언제쯤 그만둘 수 있을까, 라는 대목까지 와서 한숨을 한 번 크게 쉰 후에야 끝낼 게 분명하다. 그는 도저히 그때까지 참지 못하고 있는 대로 입을 벌려 하품을 하고 말았다. 아내는 새침해진 얼굴로 잠시 그를 노려보더니 방문을 꽝 닫고 나갔다.

그새 몽이는 모든 동작을 멈춘 모양이었다. 언제 다시 작동할지 모르지만 그는 잠시 휴식을 얻은 기분이었다. 창으로 들어오는 빛살이 그의 눈을 찔러대며 엉덩이를 들썩이게 했다. 봄기운은 집밖에서 놀라운 광경들이 벌어지고 있는 것처럼 그를 유혹해 왔다. 하지만 그는 캔버스 앞에서 구체적인 형체를 표현하려 애썼다. 현실적인 형태가 전혀 없는 선과 면과 색으로 구성된 이미지 속에서 삶의 진실을 표상하기 위해 쩔쩔매는 자신이 마치 실어증 환자처럼 느껴졌다. 아아, 어떤 시으로 접근해야 주제가 자연스럽게 녹아날 수 있을까? 그는 의식적으로 소리를 내어보았다. 하지만 머릿속을 아무리 뒤적거려보아도 좋은 아이디어가 떠올라주지 않았다. 참신한 발상이나 개성 따위는 도저히 자신에게서 나올 수 없는 모양이라고 생각하며 그는 낙담했다.

얼마 전 공모전에 응모한 그림이 또 낙선한 탓이 크리라. 실망과 분노를 애써 가슴 밑바닥에 처박아두고 모른 체하려 했지만 그것들은 자꾸만 목구멍까지 슬금슬금 기어 올라와 그의 기분을 건드리곤 했다. 작년에 지방에서 개최한 미술대전에 입선작으로 뽑혔을 뿐, 근래 그의 실적은 아주 부진한 편이었다. 그는 부쩍 초조해졌다. 삼십대 후반으로 접어든 나이와 별다른 직업이 없다는 사실이 백수들의 무리 속에 그를 영원히 가두어버릴 것 같아서였다. 손가락마디를 뚝뚝 꺾다가 그는 담배를 꺼내 초조하게 빨기 시작했다.

"아저씨 만날 집에만 있는 거예요? 우리 아빠 회사 나갔었는데……. 회사 가지 말고 나랑 놀아달라고 하면 아빠 그랬어요. 백수들이나 그러는 거야. 아빠가 돈도 한 푼 못 벌고 너랑 집에서 빈둥거리면 좋겠어? 이러면서 용돈을 내밀곤 했어요. 참, 그러면 아저씨도 백수인가요?"

"난 집에 있어도 빈둥거리며 노는 게 아니잖아? 그림을 그리고 있는 거지, 그림을. 하기야 네가 그림이 뭔지 제대로 알기나 하겠냐?"

걸핏하면 지네 아빠 자랑만 늘어놓더니 이제 와서, 뭐 나더러 백수라니? 별소릴 다 듣겠네. 순간 달아오르는 얼굴과 대조적으로 그의 음성은 냉랭하게 울려났다. 이 녀석을 데려오자는 아내의 제안에 대해 좀 더 신중하게 생각하지 않았던 것이 가슴을 치고 싶도록 후회가 되었다. 하지만 신중하게 생각했더라도 결과는 마찬가지였을 것이다, 무엇보다도 그에게는 선택권이 없었으니까. 아직 생활력이 없는 그와 생

엄현주 소설집

활전선에서 열심히 뛰는 아내. 누구의 의사에 따라야 하는가는 처음부터 정해져 있었던 게 아닐까. 사실 아내는 제안하는 형식으로 그에게 통고했을 뿐이었다.

"준이 아빠 사고소식을 들었어요. 며칠 전에 연락이 왔더라구요. 장례식엔 참석할 수 없다고 했지만…… 괜찮아요. 헤어진 남편 장례식에 가는 여자가 몇 있겠어요? 그것도 멀리 지방까지. 그런데 문제는 준이에요. 걔를 맡을 사람이 아무도 없어요. 어떡하죠?"

"어떡하긴? 당신이 엄만데……. 데리고 와야지."

비록 이혼녀였지만 아무 것도 걸릴 게 없는 현실을 그는 괜찮은 결혼조건으로 받아들였었다. 전 남편과 아들은 멀리 있고, 제법 반반한 얼굴과 경제력을 갖춘 여자. 무엇보다도 마음 놓고 그림을 그릴 수 있다는 게 얼마나 신나는 일인가. 내세울 것 하나도 없는 노총각인 그에게는 구미가 당기지 않을 수 없었다. 그런데 이 년도 채 못 가 그 조건에 문제가 생긴 거다. 하지만 어떡하랴. 대범한 척할 수밖에 별도리가 있겠는가?

"고마워요. 그런데……, 그런데 말이에요. 우리 준이, 다른 애들과 좀 달라요. 당신이 어떻게 받아들일지……."

"다르다니, 어떻게? 구체적으로 얘길 해야지. 알아들을 수 있게……."

불길한 예감이 그의 목구멍을 확 틀어막았다.

"팔다리가 기형적으로, 그러니까 한 마디로 말하자면……. 그래요, 쉽게 말해 난쟁이죠. 게다가 선천적으로 심장까지 안 좋아요. 누굴 닮았는지, 우리 쪽엔 그런 사람 없거든요. 준이 아빠 쪽도 없대요, 분명히 유전적인 건데. 그 문제로 끊임없이 다퉜어요. 아무런 소용없는 짓거리였죠. 당신한테 이런 것들까지 미리 얘기할 필요는 없었다고 생각해요."

"그랬겠지. 이제야 어떡하겠어? 아무리 그래도 당신 자식인데, 데리고 와야지. 사내애니까 아무래도 서로 통하는 데가 많을 거야. 염려 마."

난쟁이라니, 이거야 원. 뒤통수를 심하게 얻어맞은 기분이었다. 게다가 아내가 자기 방어까지 잊지 않는 게 얄미웠지만 그는 별도리 없이 끝까지 대범한 척할 수밖에 없었다. 서로 소통이 잘 되리라고 장담까지 해댄 자신의 혀를 그만 깨물어버리고 싶은 충동을 느꼈다. 하지만 그의 속마음까지 알 필요 없다는 듯, 아내는 뱅긋 웃어 보였다.

관념의 주제를 과도하게 밀고 나가려는 욕심을 버려야 하시 않을까. 무엇보다도 감각을 절제할 수 있어야 한다. 색채를 절제하고 조형을 단순화시켜 대상에 부과하는 공간적 깊이를 억제하면서 시간을 포착해야 한다. 그리하여 도달한 그윽한 서정의 세계에서 얻을 수 있는 아름다움. 하지만 그의

엄현주 소설집

손은 붓을 쥔 채 움직이지 못하고 있었다. 넌 재능을 타고났단 말이여. 진짜 좋은 화가가 돼야 헌다. 아버지의 간절한 목소리가 자꾸만 들려왔다. 복잡한 머릿속을 뒤흔들어 놓으려는 듯 몽이는 또다시 노래를 시작했다.

"우리들이 이것을 없애지 않는 이유는 꿈의 심장을 겨냥하고서 서로가 격려하기 위해서……."

준이의 목소리가 그의 심장을 겨냥하고서 금방이라도 찔러댈 것 같은 느낌이었다. 굳은 손으로 두 주먹을 꽉 쥐고 그는 짜증스럽게 내뱉었다. 아아, 저놈의 입을 막아버려야 하는데……. 수면제를 듬뿍 먹여 재울 수도 없고, 때려줄 수도 없고……. 고장 난 인형은 그에게 속수무책이었다. 준이는 이제 이 세상에 없는데, 저 미친 몽이는 왜 놔두는지 모를 일이었다. 무슨 일이 있어도 오늘은 아내가 퇴근해서 돌아오면 낭상 내버리라고 그는 단호하게 말할 생각이었다. 준이 대신이거라도 있어야 할 것 같아서요. 이제 이런 따위 말에 더 이상 넘어가서는 안 된다. 준이가 간 지 한 달 반이 넘었는데 언제까지 쓸데없는 감상에 빠져 있을 거냐고 호통을 치려는 참이었다.

코코아 속의 노란 분말은 조금씩 양을 더해 가야만 했다, 준이의 수면시간을 늘 일정하게 유지하기 위해. 그리하여 그에게도 일정시간 동안 주어지는 완벽한 고요와 평화. 그야말로 최상의 시간이었다. 그 시간이 끝날 즈음이면 또다시 마주쳐야 할 소동에 그는 거의 공포를 느낄 정도였다. 소리 지르고, 깨부수고, 쏟으면서 준이는 집 안을 늘 난장판으로 만들었다. 그러면서 집밖을 한 걸음도 나가지 않는 아이. 한 달에 한 번씩 병원을 가기 위해 나가는 게 외출의 전부였다. 하지만 그것마저도 사실은 제 발로 나가는 게 아니었다. 이른 아침, 아내의 등에 납작하게 업혀 나갔다가 한밤중에 또 그렇게 업혀오곤 했다. 왜 하루 종일 걸리느냐고 물었더니 둘 다 입을 열지 않았다. 머쓱했지만 그는 내친김에 또 물었다.

"다 큰 애를 왜 그렇게 업고 다녀? 힘들잖아? 준아, 넌 집 안에서는 잘만 뛰어다니면서 병원 갈 때는 왜 그러냐? 갑자기 다리에서 힘이 빠져 버리냐?"

그의 말이 끝나기 바쁘게 고개를 치켜들고 늘 말대답을 하던 준이는 고개를 푹 숙이고 제 방으로 가버렸다. 아내는 그에게 마치 새끼고양이를 잘못 건드려 독을 품고 있는 어미고양이처럼 으르렁거렸다. 뭐가 잘못된 것인지 그는 얼른 파악이 되지 않았다.

"어쩌면 당신이라는 사람은, 그렇게 둔해요? 그러니 그림인들 어떻게 제대로 그린담."

빈정거리는 투가 영락없이 준이였다. 목소리를 착 가라앉히고 한 마디씩 또박또박 말하면서 상대방의 속을 뒤집어놓

엄현주 소설집

는 게 똑같았다. 그는 뒤집힌 속 때문에 왜 자신이 둔한가를 따져 볼 여유가 없었다. 남의 눈에 띄기를 꺼려한다는 생각은 한참 후에야 들었다. 그러고 보니 준이가 처음 집에 왔을 때의 그 기이한 광경이 떠올랐다.

새벽잠에서 깨어났을 때, 그는 현관문을 열고 들어서는 아내를 보았다. 이어 그녀의 등에 업힌 아이와 아이의 등에 업힌 또 하나의 아이까지. 하나라고 하더니, 둘인가? 눈앞이 아찔해지려는 순간 아이는 등에 업힌 걸 내려놓았다. 사람과 너무나 흡사한 인형이라는 걸 알기까지 약간의 시간이 필요할 정도였다. 그는 인형에 온 신경을 집중한 탓에 아이가 왜 업혀 들어왔는지, 하필이면 왜 새벽에 데리고 왔는지 따위를 따져볼 여유가 없었다.

"앤 몽이예요. 우리 아빠가 지어 주셨어요. 꿈이란 뜻이래요. 제가 늘 꿈을 가졌으면, 하고 바라는 뜻으로 지으신 거래요."

아무리 내 심정을 눈치 챘더라도 그렇지. 어떻게 자기소개는 쏙 빼고 인형만 소개한담. 하지만 못마땅한 표정을 그가 짓기도 전에 아이는 인형과 함께 돌아다니며 여기저기 기웃거리기 바빴다. 정말 인형이었던가? 인형이 걷는 모습에 다시 놀라 아이의 비정상적인 몸뚱이가 그의 눈에 얼른 들어오지 않았다. 보다 못해 아내가 아이를 다시 그 앞으로 데려왔다.

"네 소개를 해야지."

"꼭 그래야 돼? 얘가 바로 나라니까요. 에이 참, 강준이에요. 꼭 준이라고 안 불러도 돼요. 그냥 몽이라고 해도 좋아요."

무슨 이런 애가 다 있어. 그는 걱정과 짜증 섞인 눈빛으로 아이를 쏘아보았다. 그를 빤히 올려다보고 있는 아이의 눈빛에서도 적의가 흘렀다. 아내는 재빨리 아이를 제 방으로 보내고 그가 들으라는 듯 중얼거렸다.

"엄마 떨어져 낯선 곳에서 정 붙일 데가 어디 있었겠어? 보나마나 아빤 매일 바빴을 테구……. 불쌍한 것, 허구한 날 인형이나 갖고 놀면서 지냈겠지. 그러니 인형이 제 분신으로 여겨질 만도 하지, 뭐. 근데 무슨 인형이 저런 게 다 있담? 요샌 별게 다 나오네. 꼭 사람처럼 생겨가지고, 하는 짓도 꼭 사람이라니깐. 하기야 사람 흉내 낸 게 인형이긴 하지."

"그래도 인형은 어디까지 인형이라야지. 어떻게 애한테 저런 걸 다 사줬담?"

아이에 대한 분노를 그는 엉뚱한 데 쏟아놓으려 했다.

"그러니까 뭐예요? 인형이 인형답지 않고 감히 사람 흉내 내서 기분 나쁘다는 거예요? 당신도 참, 이럴 땐 꼭 어린애 같다니까. 아하하……."

아내는 어색한 분위기를 억지웃음으로 마무리 지었다.

그는 팔을 쭉 뻗어 기지개를 켰다. 등과 어깨가 결리면서

엄현주 소설집

묵직한 느낌이 들었다. 운동 부족이라는 걸 안다. 하지만 그는 집밖을 나가기 싫어 운동할 엄두도 내지 않는다. 틀어박혀 사는 생활에 너무 익숙해져버린 탓이었다. 준이를 못마땅해 할 자격이 없었다. 사실 따지고 보면 그도 준이만큼 밖을 나가지 않았다. 나가봤자 딱히 만날 사람도 없었다. 귀찮고 어색해져 피하다 보니 이제 만날 사람조차 없었다. 직장에 다니고 있는 동창들과는 어느 새 이야기가 되지 않았다. 관심사가 다르기 때문에 공통된 화제를 찾기 힘들었다. 그들이 늘어놓는 이야기는 알아듣기에 하나같이 어렵고 복잡했다. 업무에 관계되는 전문용어, 조직의 상하관계, 주식, 펀드, 육아에 이르기까지 그와 상관되는 것은 단 하나도 없었다. 그런 것들을 환히 꿰뚫고 있는 동창 녀석들이 대단하게 보일 뿐이었다. 더구나 그림은 잘 돼 가냐, 언제쯤 개인전 열거냐, 라는 질문들이 나올 때면 그는 만나 것을 뼈저리게 후회하며 그 자리에서 증발이라도 해 버리고 싶은 심정이었다.

준이의 장례를 치르고 난 뒤 아내는 그에게 직장을 권했다.

"환경을 새롭게 바꿔보자는 거예요. 기회가 닿으면 그때 새로 하는 거고……. 너무 답답하지 않아요? 아니면, 하다못해 미술학원이라도……. 완전히 세상하고 담을 쌓고 있으니까. 그리고 나도 이젠 좀 쉬어……"

"됐어. 아직은 그럴 맘 없어. 꽤 잘 나가는 화간 줄 알고 잘

못 찍은 게 후회가 돼? 발등을 찍은 기분인가보지? 왜, 이제 공짜로 날 먹여 살리려니까 되게 억울해? 난 무슨 일이 있어도 그림을 그릴 거야. 오래오래 남을 수 있는 그림을, 아름다운 그림을 그리고 싶어. 누구나 감동받을 수 있고, 오랫동안 가슴에 남는 그런 그림 말이야."

옆에 있는 나 하나도 감동시키지 못하면서…… 그만하면 이제 꿈에서 깰 때도 됐건만, 참. 그를 과대망상증 환자로 만들어놓고 아내는 혀까지 가볍게 찼다. 그는 손가락마디를 몇 번이고 계속 꺾었다. 우두둑, 우두둑……. 그의 손가락뿐 아니라 온몸에서 울려나는 소리였다.

아무리 그렇더라도 생계를 위해 아버지처럼 그림을 포기할 마음은 전혀 없었다. 완벽하게 잘된 작품. 그래, 난 꼭 해내고 말 거야. 이걸 들고 보란 듯이 세상 속으로 당당하게 들어가는 거야. 결코 백수가 아니었음을 확실하게 증명해 주지. 그는 다시 캔버스를 들여다보았다, 마치 금을 캐기 위해 광산으로 들어가는 인부의 눈처럼 빛을 내며.

그는 가슴에 묻어둔 자신의 꿈과 희망을 진실 되고 아름답게 시각화하려고 늘 애를 썼다. 그래서 나름대로 새로운 기법들까지 동원해 보곤 했다. 화면에 물방울이 떨어진 것처럼 느껴지는 엠보싱효과나 격자무늬, 음양의 극적인 대비. 하지만 나타내고자 하는 것들을 제대로 전달할 수 없다는 한계의

엄현주 소설집

식을 항상 느꼈다. 천재화가 소년 김차웅이라고 불리던 때, 이 세상은 꿈과 희망이 충만한 아름다운 세계라고 믿었었다. 그리고 그것을 마음껏 표현할 자신이 있었다. 하지만 이젠 그런 세계를 머릿속에서조차 그릴 수 없다. 어쩌면 자신이 나타내고자 하는 세계가 바로 유토피아일지도 모른다는 생각이 문득 들었다. 유토피아라고 그가 낮게 중얼거리는 순간 전화벨이 울렸다.

"나예요. 오늘 좀 늦을……"

"당신, 무슨 일이 있어도 오늘 저 미친 것부터 좀 내다 버려. 나까지 미치겠어."

잠시 잊고 있었던 짜증이 그의 목구멍을 찢을 듯한 기세로 덤벼들었다.

"이미 미쳐 있었던 건 아니구요? 왜요? 몽이가 준이처럼 느껴져 겁나요?"

어디에 이런 독침을 숨겨놓았던가? 매섭게 쏘는 아내의 말투에 그의 기세는 잠시 무춤해졌다. 그런데 도대체 이 여자가 무슨 의도로 이러는 걸까?

"지금 무슨 이야길 하자는 거지? 도대체 왜 그러는 거야?"

"아니에요. 됐어요. 회식이 있어서 좀 늦을 거예요."

됐긴 뭐가 된 건데? 이렇게 말했지만 송수화기에서 뚜뚜, 하는 소리만 들렸다. 거실에서는 여전히 몽이가 노래를 부르며 걸어 다니고 있었다. 손가락마디를 꺾다가 몽이의 관절을 꺾고 싶은 충동으로 그의 손끝이 떨렸다. 폭발물을 안고 적진을 향해 돌진하듯 마침내 그는 몽이를 향해 온몸을 던졌다. 박살내버릴 거야. 하지만 부드러운 감촉이 그에게 느껴지는 순간 뒤로 잠시 넘어지려던 몽이가 다시 사뿐 서는 게 아닌가!

푸른색 멜빵바지 안에 입은 셔츠가 눈부시도록 희다. 거실의 열린 창에서 들어오는 햇빛과 바람으로 몽이의 윤나는 머리카락은 더욱 반짝이면서 부드럽게 날린다. 결코 부딪혀오는 법 없이 노래를 부르며 유유히 걷는 모습에 그는 왠지 두려움이 느껴졌다. 두 번 다시 몽이의 몸에 손댈 마음이 없어졌다.

"그래서 우리들은 마음의 작은 공터에서 서로 털어버린 말들의 소나기. 답을 내지 않는 건 바로 그것이 답인 것처럼, 바늘이 사라진 시계로 시간을 보는 것처럼……. 온 유어 마크, 제자리에!"

준이가 악을 쓰며 금방이라도 소리를 질러댈 것 같다. 그의 가슴속에서 맹렬하게 불꽃이 치솟았다. 손에 잡히는 대로 그는 물건을 던지기 시작했다. 책과 리모컨, 사진틀……. 거실은 마치 폭격이라도 맞은 듯했다. 하지만 몽이는 약간 위로 시선을 둔 채 그것들을 완벽하게 피해 가는 묘기까지 부리고 있었다. 지칠 대로 지친 그는 발로 물건들을 밀어내고는 벌렁 누워버렸다. 준이가 죽은 이유는 정확하게 뭘까, 생각하는 순간 그의 가슴은 또다시 쿵쿵거리기 시작했다.

　와장창, 하는 소리가 그의 귓가를 때렸다. 붓을 든 손이 순간 멈칫했다. 다음날이 공모전의 출품마감일이라 바빴지만 그는 내다보지 않을 수 없었다. 눈부시게 반짝이는 유리파편들이 그의 눈 속으로 수없이 박혀 들어왔다. 그리고 이어 싱크대 위에 의자를 얹어 두고 올라가는 준이가 눈에 들어왔다. 그는 부르르 떨면서 다가가 준이의 멱살을 와살스럽게 잡은 다음 방안으로 내동댕이쳤다. 야, 이 쌔꺄, 차라리 죽어버려. 미치겠어, 증말. 더 이상 함께 살 자신이 없어졌다. 하지만 이런 사실들을 아내에게 일일이 말할 수도 없는 노릇이었다. 말해봤자 아무런 개선책도 없을 뿐더러, 의붓아비에게 행여 구박이라도 빌을끼봐 더 씨고 돌 게 뻔했다. 어금니를 악다물고 그는 마지막으로 걸레질까지 마치고 방으로 들어갔다. 악, 이젤 앞에 앉아 있는 준이를 발견하는 순간 그는 자신도 모르게 외마디소리를 내질렀다. 몇 달이나 걸려 작업한 작품 위로 덧칠된 검정색은 그의 눈앞을 깜깜하게 했다. 옆에서 킥킥거리며 웃고 있는 녀석에게 잘못 손댔다가는 무슨 일이 일어날지 자신도 장담할 수 없었다. 어쨌든 대처방법을 시급하게 강구해야 했다. 그러기 위해서는 무엇보다도 조용히 생각할 시간이 필요했다. 시간이.

코코아 속에 설탕과 함께 노란 분말이 듬뿍 들어갔다. 무표정한 얼굴로 아무런 말없이 준이는 그걸 받아들고 마셨다. 그리고 제 방으로 들어갔다. 저녁에 아내가 돌아와서 흔들었을 때 잠시 눈을 떠서 몇 마디 웅얼거리고는 도로 잠이 들었다. 하지만 다음날 아침에는 아무리 흔들어도 눈을 뜨지 않았다. 사인은 심장마비라고 했다. 주치의는, 이 아이 심장상태로 봐서 있을 법한 일이라고 말했지만 아내는, 새로 쓴 약의 부작용이라고 주장했다. 그들의 분쟁이 어떻게 결말날지 그는 굳이 알려고 하지 않았다. 수면제 과용이 아니라는 점에 그는 가슴을 쓸어내리긴 했지만 찜찜한 기분은 아직도 가셔지지 않고 있었다.

누워 있는 그를 밟지 않고 몽이는 계속 잘도 걸어 다녔다. 늘씬하고 탄력 있는 팔다리를 자연스럽게 흔들며 오로지 앞만 향해 갔다. 흠, 아무리 사람처럼 굴어도 뒤는 돌아볼 줄 모르는군. 드디어 그는 몽이가 사람과 다른 점을 찾아내고 만족스러워 했다. 계속 보고 있으니 얼굴의 오묘한 분위기가 이상하게도 슬프고 애처로운 느낌마저 자아내게 했다. 언젠가 준이가 환한 햇살이 쏟아져 들어오는 거실 유리창에 얼굴을 갖다 대고 밖을 뚫어져라 바라볼 때의 분위기와 흡사하다. 하지만 걸어 다니며 노래 불러야 하는 저주가 내려진 것

88                                          엄현주 소설집

처럼 몽이는 몸속에 녹음된 노래들을 끊임없이 되풀이하면서 돌아다니고 있었다. 어쩔 수 없는 심정으로 그는 일어나서 방으로 들어갔다. 그리고 또다시 이젤 앞에 앉았다. 그에게 영원토록 주어진 과제가 그림 그리기인 양……

모든 것을 지워버리고 정제된 상태의 화면 위에서 간략화된 몇 개의 형상들만 새롭게 관련지어 구성하는 방식에 대해 잠시 생각해보았다. 형태보다 분위기를 추구한다면, 보이는 것 이면에 존재하는 것이 표현되지 않을까? 그림이 반드시 시각적인 이미지만을 요구하는 건 아니니까. 대상의 이미지를 선명하지 않게 처리하기 위해 세부묘사를 될수록 피해야 하리라. 팔레트 위에 유성물감을 섞는 그의 손이 바쁘게 움직이기 시작했다.

초인종 소리가 거칠게 울렸다. 누구냐고 그도 소리를 버럭 질렀다.

"나란 말이에요."

아내의 입에서 나고 있는 술 냄새가 도전적으로 느껴졌다. 그녀는 그를 본체만체하고 거실을 돌아다니고 있는 몽이를 보았다.

"저 봐, 저 미친 걸 내다버리라니깐. 저기에, 혹시 충전을 해 두었어? 왜 그딴 쓸데없는 짓은 해 가지고, 참. 하루 종일 정신이 산란해서 견딜 수 있어야지. 덕분에 오늘 작업은 완전히 망쳤어."

"그 잘난 그림을 말이죠? 방에 넣어버리면 될 걸. 그것도 못해요? 몽이 몸에 손대는 것조차 싫단 말이죠? 별일이야, 증말. 몽아, 이리 온. 새 옷을 갈아입고 가야지."

그는 말문이 막혀 아내를 노려보기만 했다. 아내가 몽이를 꼭 껴안는 순간 거짓말처럼 조용해졌다. 비로소 몽이가 움직임을 멈추자 가라앉은 밤공기 사이로 숨 막힐 듯한 정적이 흐르기 시작했다. 모든 것이 정지된 상태에서 그녀는 몽이를 가만히 들여다보고 있었다. 마치 자신의 몸속으로 몽이를 빨아들이기라도 할 태세다. 언제까지라도 계속될 듯한 이 상황에 그는 금방이라도 질식할 것 같아 소리를 내어 보려고 안간힘을 썼다.

"도 도대체⋯⋯."

"흥, 정말 하루 종일 괴로웠겠네. 사람이라면 수면제를 써서 어떻게 재우기라도 했을 텐데, 것두 마음대로 못하고⋯⋯."

빠르고 거칠게 들리는 숨소리가 누구의 것인지 알아내려는 듯 그는 잠시 숨을 멈추어보았다. 술기운 탓인지 아내는 정확하지 않는 손동작으로 몽이에게 새로운 옷을 입히기 시작했다. 몇 번의 헛된 손놀림 후, 검정 양복과 넥타이와 흰 와이셔츠를 입히고 마지막으로 흰 상장을 가슴에 달았다. 마

엄현주 소설집

침내 상주의 복장을 갖춘 몽이가 그를 지그시 바라보았다. 그는 다른 쪽으로 시선을 돌리다가 아내와 눈이 마주쳤다. 싸늘하고 날 선 눈빛이 그의 눈을 찌르면서 깊이 파고들었다. 더 이상 시선을 피할 수 없게 되자 그는 아파오는 눈을 자신도 모르게 깜빡거렸다.

"내일이 준이 사십구재예요. 당연히 모르셨죠? 그 애 옆을 지켜준 건 사람이 아니라, 사람 모습을 한 인형이었어요. 몽이, 내일 준이 곁으로 보낼 거예요. 몽이처럼 긴 팔다리를 갖고 싶었던 준이와 준이처럼 사람이 되고 싶었던 몽이가 저승에서 만나겠죠. 다음 생에선 한 몸으로 태어나 원하던 대로 가수가 되게 해 달라고 빌어야겠어요. 준이가 그랬어요, 한낮에 꿈속을 헤매는 것도 즐겁다고. 밖으로 뛰어나가고 싶은 욕구를 누르는 것보다 차라리 자는 게 더 편했겠죠. 아저씨도 불쌍하다고 죽기 얼마 전에 그러더라구요. 자기처럼 밖으로 안 나가니까 답답하고 힘들어서 짜증을 내는 거라고. 누가 누구 걱정을 한 건지……. 지금 생각하면 내가 너무 모자라는 에미였어요. 어쨌든 밖으로 끌어내야 하는 건데, 남의 시선 따위가 뭐 어떻다고……. 달래서라도……. 이젠 다 소용없는 얘기죠."

짜증을 부리며 온 집 안을 돌아다니는 자신의 모습과 연방 사고를 일으키며 설쳐대는 준이의 모습이 순간 겹쳐진다.

그러다 곧 준이의 비정상적인 몸뚱어리와 자신의 답답한 얼굴이 하나가 되어 눈앞을 아른거린다. 그는 두 눈을 질끈 감았다.

"그래서, 그렇게 확보한 시간으로 당신은 좋은 그림을 얼마나 그렸어요? 준이가 가고 난 뒤 이걸 묻고 싶어서 미치는 줄 알았다니까. 아니, 것보다 왜 그림을 그려야 하죠? 돈이되는 것도 전혀 아니고, 그렇다고 재능도 별루 있어 뵈지 않는데……. 도대체 이해할 수가 없어요."

"모르겠어. 내가 할 일은 오로지 그림 그리는 거라고만 믿었으니까. 완벽하게 잘 된 그림을 그리는 게 꿈이었어. 글쎄, 그 뒤에 자기 확인의 욕구가 숨어 있는지도 모르겠어. 존재에 대한 확인. 잘못된 걸까?"

김차웅. 전교생이 모인 자리에서 자신의 이름이 불리어지던 그 순간의 설렘과 감격이 그대로 느껴진다. 흰 도화지 위에 그려진 그림들은 빛나는 왕관이 되어 그의 머리를 씌운다.

"그게 그렇게 필요해요?"

당신이 알 리 없지. 흰 종이를 보면 가슴 속에 묻어둔 이야기들을 털어놓고 싶은 욕구로 온몸이 떨리면서 설레는, 그 느낌을 어떻게 당신이 알겠어? 어두운 현실 뒤에 숨겨진 것들을 그렇게 털어놓아야만 비로소 환하게 빛날 수 있게 되리라는 믿음. 그게 잘못일까? 꿈 희망 추억 사랑……. 그것들

엄현주 소설집

의 형체를 제대로 나타낼 수 있어야 온전히 내가 존재하리라
는 생각은 헛된 망상에 불과한 걸까?

"흥, 존재에 대한 확인? 그 잘난 존재를 드러내기 위해 당
신이 끊임없이 그림을 그리는 동안, 우리 준이는 자신의 꿈
을 접어야 했죠. 물론 이룰 수 없는 꿈이긴 했지만……. 한
공간에 둘 다 갇혀 있었지만 너무나 다른 입장이었죠. 나도
당신에게 동조한 셈이었어요. 나야말로 어쩌면 영원히 준이
의 존재가 숨겨지기를 바랐는지도 몰라요. 나쁜 에미였어요.
이런 말도 술기운을 빌어야 하고, 아무리 생각해봐도 우리
더 이상 같이 산다는 건……."

그녀의 입에서 나오는 말들을 끝까지 듣고 있을 수 없어서
그는 방으로 들어갔다. 그리다 만 그림이 그의 눈에 들어왔
다. 자신의 욕구 때문에 숨죽이고 있어야 했던 준이의 욕구,
그것이 되살아나 맹렬한 기세로 ㄱ의 가슴을 뒤흔들었다. 나
이프를 부르르 쥔 그는 준이처럼 숨을 헐떡거리며 캔버스 앞
으로 다가갔다.

아내는 몽이를 안고 거실바닥에 잠들어 있었다. 그는 그녀
의 품에서 몽이를 빼냈다. 말랑말랑한 촉감과 함께 사람이
되고자 하는 몽이의 욕망이 서글프게 손끝에 와 닿았다. 내
일이면 활활 타는 불길 속에서 재가 되어 준이에게로 떠날
몽이의 몸을 그는 쓰다듬어 보았다. 그러자 준이의 체취와

반달(vandal)

온기가 그대로 전해오면서 그의 가슴에 심한 통증을 일으키기 시작했다. 이룰 수 없는 꿈이 남긴 허망함과 슬픔이라는 걸 알아차리고 통증에 순응하듯 그는 잠시 가만히 있었다. 그러다가 그는 제법 싸늘한 밤기운에 몸을 오그리고 있는 아내의 몸 위에 담요를 덮어주었다.

그가 방으로 들어가자 찢긴 캔버스가 너덜거리며 눈앞을 흔들기 시작했다. 그는 자신도 모르게 손가락마디들을 꺾었다. 뚝뚝, 가슴 속에서 신음처럼 끊임없이 터져 나오는 소리를 그는 오랫동안 듣고 있었다.


\* 노랫말은 '차게 앤 아스카'의 '온 유어 마크'에서 따왔습니다.

엄현주 소설집

# 몽마르트르베이커리

# 1

오븐에서 달콤하고 고소한 냄새가 흘러나오기 시작한다. 그 냄새는 실내의 공기를 흔들면서 그의 몸속으로 슬며시 스며들어온다. 그러자 그는 나른해지는 몸을 가누지 못해 의자에 주저앉아 두 눈을 감고 만다. 화사한 기운과 함께 막막한 슬픔이 밀려온다. 그것에 잠시 모든 걸 맡기듯 그는 잠자코 있다.

"아저씨, 곰보빵 두 개랑 샌드위치 하나 주세요."

돌연 들려오는 새되고 명징한 음성에 그의 온몸의 세포들이 화들짝 깨어났다. 그는 의자에서 벌떡 일어났다. 계집애의 동그란 두 눈이 그를 향하면서 입가에는 피식 웃음이 떠오르다가 사라졌다.

"웬 낮잠이에요? 크크, 곰보빵이 아니라 소보로빵? 됐네요. 백번 그래도 난 곰보빵이걸랑요."

언젠가 그는 계집애에게 일러주었다. 하하하학생 고고오곰보빠빵이 아니라 소소보로…… 제빵사로서 빵의 이름을 제대로 알려주어야만 한다는, 가당찮은 사명감에 그는 끊임없이 더듬거리면서도 안간힘을 다해 말했다. 하지만 그때 계집애는 그의 말을 흉내 내면서 얼마나 깔깔거렸던가. 얼굴 군데군데 붉게 돋아난 여드름 사이에서 비웃음과 호기심을 담은 두 눈을 반짝거리기까지 하면서. 그는 계집애의 시선을 피해 샌드위치와 소보로빵을 비닐봉투에 얼른 담아 내밀고서 말했다.

"사사아천 오오오……"

하지만 그의 말이 채 끝나기도 전에 계집애는 천원 권 지폐 네 장만 카운터에 달랑 얹어두고는 날쌔게 출입문을 밀고 사라졌다. 벌써 몇 번째인가. 몹쓸 계집애, 얼굴에 여드름이 더 많이 돋아나서 완전히 곰보처럼 되어 버리라구. 좀 전과 달리, 그는 조금도 더듬지 않고 유창하게 악담을 퍼부었다. 그런 다음 그는 유리문에 시선을 주었다. 그새 계집애는 횡단보도를 건너 버스정류장 쪽으로 유유히 걸어가고 있었다. 계집애의 노란 반팔셔츠 위에서 유월 오후의 햇살이 이빨을 환하게 드러내며 깔깔거렸다.

그는 스테인리스그릇에 베이킹파우더와 밀가루를 담고서 나무주걱으로 섞기 시작했다. 주걱이 그릇에 부딪힐 때마다 제법 요란한 소리와 함께 밀가루입자들이 풀썩거리며 날렸다. 날아오른 그것들은 그가 양쪽 팔에 착용한 검정색 토시 위로 흰색 자국을 수없이 남기고 있었다.

아버지가 사용하던 토시. 고철더미나 다름없는, 낡고 고장 난 전자제품들 속에서 바삐 흔들어대는 아버지의 팔은 언제나 토시를 두르고 있었다. 아버지는 아들도 자기처럼 토시를 착용하고 전자제품 따위를 수리하는 기술자가 되기를 바랐다. 아버지는 숨을 거둘 때까지, 아들이 자신의 토시를 끼고 전자제품 대신 밀가루를 주무르게 되리라고는 단 한 번도 생각해보지 못했을 것이다. 평생을 함께했던 자신의 일터가 '만물보수'라는 간판 대신 '몽마르트르베이커리'라는 상호를 내걸고 탈바꿈해버릴 줄은 더더욱 몰랐을 것이다. 그런 아버지가 행여나 꿈에서라도 다시 살아나 왜 네 맘대로 했느냐고 따질 것을 대비해 나름대로 그는 적당한 변명을 준비해두고 있다. 제 서른일곱 해를 통틀어 가장 행복했던 시기가 언젠 줄 아십니까? 여기서 빵과 과자 굽는 냄새가 나던, 그때였다고요. 겨우 일 년간이었지만 말입니다. 그래서랍니다. 전 그때처럼 행복해지고 싶거든요, 아버지.

고장 난 전자제품들 속에 파묻혀 작동이 영원히 불가능할 것처럼 보이던 오븐 하나가 아버지의 손에서 마침내 본래의 기능을 회복하게 되었다. 누구보다도 기뻐했던 사람은 엄마였다. 이제 우리 석이 간식을 마음껏 만들 수 있겠구나, 라며 엄마는 활짝 웃었다. 그러자 아버지도 엄마를 향해 희미하게 웃어 보였다. 그가 알고 있는 한, 아버지가 엄마에게 웃음을 보인 적은 딱 그때 한 번이었다. 아버지는 늘 화가 난 듯한 얼굴로 입을 다물고 있었다. 엄마의 손이 오븐에 가 닿으면서부터 그가 난생 처음 보는 쿠키나 빵들이 나오기 시작했다. 그녀가 제과점 점원이었고, 그 시절 어깨 너머로 배웠던 솜씨라는 것은 그녀가 사라지고 난 뒤 안 사실이었다.

고철덩어리나 다름없는 물건들이 산더미처럼 쌓인 곳에서부터 화사한 기운을 퍼뜨리며 그에게로 다가오는 엄마가 괜스레 딱하게 여겨지곤 했다. 그녀의 손에 들린 것이 쿠키나 빵이 아니라 김치전이나 감자전이었더라면…… . 그랬더라면 음식냄새와 늘 동반해서 찾아오는, 가슴을 먹먹하게 하는 슬픔을 그는 느끼지 않게 되었을지도 모른다. 주변과의 부조화가 보는 이로 하여금 애틋한 슬픔을 자아내게 할 수도 있다는 걸 그는 그때 처음 깨달았다. 어쨌든 그 슬픔은 어느 순간 신기하게도 나른한 행복감으로 변해 그를 감싸 안곤 했다.

그는 밀가루와 베이킹파우더가 충분히 잘 섞였다고 판단하고는 럼주에 재어놓은 트로피컬을 혼합시켰다. 세르클 원형 롤에 넣기 전, 한 삼십 분 가량 실온에 두어야 했다. 이번에야말로 제법 그럴싸한 프루트케이크가 완성되겠지. 우유, 맥주, 설탕, 소금, 꿀, 계란의 양들을 빠짐없이 정확하게 넣었을 뿐더러 특별히 질 좋은 밀가루를 곱게 체 쳐 내렸으니 말이야. 이렇게 중얼거리며 그는 벽시계를 올려다보았다. 하트모양의 빛바랜 분홍색 시계가 네 시 사십 분을 가리키고 있었다.

사흘에 한 번씩 들러 식빵만 사가는 여자. 그 여자가 가게 앞의 횡단보도를 건너 맞은 편에 있는 언덕 위로 오르려면 최소한 두 시간 이상은 더 지나야 하리라. 어제 식빵을 샀으니 아마 오늘은 그냥 지나쳐갈 것이다. 그는 가게의 유리문에 매달려 언덕을 오르는 여자를 자주 훔쳐보곤 한다. 거기를 오르는 엄마를 바라보았을 때처럼 여전히 그는 발돋움해서 한껏 키를 키워야 했다.

여자의 등 뒤에는 늘 해가 지고 있다. 노을의 붉은 빛이, 때로는 일모의 어슴푸레한 빛이 온힘을 다해 여자의 등을 누른다. 여위고 조그마한 등은 그 빛들을 감당하기 힘들어 금방이라도 앞으로 고꾸라질 듯하다. 하지만 여자는 끝까지 쉬지 않고 높고 가파른 언덕을 오른다. 어느 순간 언덕의 꼭대기에 다다르자 여자는 등을 꼿꼿하게 일으켜 세우고선 가뭇없이 그의 눈앞에서 사라지고 만다. 여자의 모습이 사라지고 없는 높디높은 언덕. 거기엔 어느 새 급하게 몰려온 어둠으로 채워져 있다. 어둠 속에서 조그만 섬처럼 떠오르는 엄마의 등. 그는 그만 눈을 감고 만다.

풀 한 포기 제대로 자라지 않는 황량하고 거친 그곳을 그는 몽마르트르언덕이라 부르며 한동안 오르내렸던 적이 있었다. 그 언덕꼭대기에 있던 미술학원을 다니기 위해서였다. 거기에 갔던 첫날, 가쁜 숨을 내쉬는 그에게 원장이 말했다.

"올라오느라 힘들었지? 하지만 보통 언덕이 아니란다. 한국의 몽마르트르언덕이야. 들어본 적 있어? 진짜는 프랑스 파리에 있는데, 거기 가면 유명한 화가들이 여기저기에서 이젤을 세워놓고 그림 그리는 걸 볼 수 있지. 우리도 그런 화가가 되는 꿈을 갖자고. 여기를 몽마르트르언덕이라 생각하고 멋진 화가가 될 거라 믿으면서 열심히 그리는 거야. 어때, 상상만 해도 신나고 근사하지 않냐?"

원장은 그에게 말하면서도 시선을 엄마에게 주고 있었다. 어머, 어쩜……. 엄마는 감동한 듯한 얼굴로 입을 가리고 웃었다. 그때 엄마에게서 풍겨 나오는 엷은 분내 때문에 그는 약간 어지럼증을 느꼈으나 어쩔 수 없이 원장을 향해 고개를 끄덕였다. 언덕길을 내려오면서도 엄마는 그의 손을 꼭 잡고 나지막하게 속삭이듯 말했다. 몽마르트르, 몽마르트르……. 그래서 학원이름도 몽마르트르미술학원이라 지었구나. 하지만 정확하게 일 년 후, 그는 몽마르트르가 '똥마루'라고 불리는 걸 들어야 했다. 똥마루, 이놈의 똥마루 새끼를……. 아버지는 분노에 찬 몸을 부르르 떨며 어금니 사이로 저주스럽게 뱉어냈다. 아무리 아버지가 그렇게 했었지만 그는 몽마르트르라고 부르면서 즐거워했던 시절의 기억을 결코 버릴 수가 없었다. 그래서 결국 그는 한 걸음 더 나아가 만물보수를, 몽마르트르베이커리라고 바꾸기까지 한 것이다. 어쩌면 음산한 기운을 뿜어내던, 고장 난 전자제품들과 함께 아버지를 그의 기억 속에서 내심 영원히 지워버리려 했는지도 몰랐다.

2호 크기의 세르클 원형 롤에 반죽한 밀가루를 넣고, 그 위에 박력분을 뿌리고, 아몬드 슬라이스를 올리는 일련의 일들을 하면서 그는 자신의 손이 아직도 많이 서툴다는 걸 또다시 깨달았다. 하기야 제과제빵학원 속성반에서 겨우 6개월 익힌 솜씨로 베이커리를 덜컥 열었으니…… 그나마 시골바닥이기에 이만큼이라도 버틸 수 있다는 걸 그도 잘 안다. 시로 승격한 지 얼마 되지 않은, 자신이 나고 자란 이곳을 답답한 촌구석이라고 못마땅해 하다가 요즘 들어서는 사람 살기 제법 괜찮은 곳이라며 그는 만족해한다. 우리 아버지가 살아생전에 잘한 일이 딱 한 가지 있다면, 이 바닥을 끝까지 떠나지 않은 거라는 소리를 그는 이제 공공연하게 해댈 정도다. 엄마가 사라졌을 때, 그는 동네사람들이 수군거리는 소리를 듣고 혹시 멀리 이사라도 가게 되지 않을까 생각했었다.

"만물보수 말이여, 남세스러워서 여기 어찌 더 살겠나. 어데 멀찌감치 가버리지나 않을까 몰라."

"그러게, 동네 창피혀서라도 못 살겄지. 정말 안됐네. 만물보수도 처복이 지독허게 없나벼. 마누라는 일찌감치 죽어버리고, 겨우 새로 하나 들여놨더니 다른 놈이랑 눈 맞아 나가고⋯⋯. 에이고, 살고 싶은 생각이 들겄어?"

한동안 동네 어디를 가도 만물보수이야기였다. '만물보수'가 아버지의 이름을 대신하는 만큼 자동적으로 엄마는 '만물보수네새여자'로 불렸다.

"어쨌든 고게 여우라니까. 만물보수네새여자 말이야. 읍내 제과점에 있을 때도 안주인자리 넘보다 반쯤 맞아죽을 뻔했던 걸 만물보수가 구해줬잖아. 어쨌든 그때 오가며 배운 빵 굽는 기술로 미술학원원장까지 후려냈으니, 참. 가지가지 다 하네."

"꼭 그렇게만 말할 게 아닌 겨. 우리끼리니까 하는 말인듸, 스물 살이나 위인 남자랑 뭔 재미로 살겄어? 게다가 만물보수가 좀 무뚝뚝혀? 그 반반한 인물에 아깝지 뭘."

그들은 뭐가 우스운지 킥킥거리고 웃기까지 했다. 그런 꼴들을 대하고 나니 그야말로 정말 떠나고 싶은 마음이 간절해지기 시작했다. 그는 아버지의 눈치를 이리저리 보며 언제쯤 여기를 떠날까 점쳐보곤 했지만 허사였다. 아버지는 요지부동이었다. 더욱 입을 굳게 다물고 일에만 열중하는 아버지의 손에서 죽었던 물건들이 신기하게도 되살아났다. 역시 최고 기술자야. 정말 용하네, 하는 사람들의 찬사로 아버지는 버티어내고 있는 듯했다.

그의 빵 굽는 솜씨야 아무래도 괜찮다는 듯, 오븐에서는 구수한 냄새가 흘러나오기 시작했다.

"우와, 냄새 한번 기가 막히네. 맛도 죽여줄걸? 이참에 동네사람들 불러 모아 시식회를 한번 열어봐? 만물보수아들이 이렇게……."

그의 말을 자르듯 경수 할머니가 손지갑을 흔들고 출입문으로 들어섰다.

"오매, 혼자여? 말소리가 들리기에 다른 사람도 있는 줄 알았네. 그러문 자네 혼자 시부렁거린 소리였어? 하나도 안 더듬거린 것 같은듸 어떻게 된 거여? 인자 그 병이 말짱하게 다 나은 겨? 이게 얼마만이여? 하이고, 잘 됐네. 키만 한 뼘 쯤 더 커주문 딱 좋겠는듸."

그녀는 손바닥까지 쳐가며 호들갑을 떨어댔다. 마흔이 다 되가는 사람을 두고 아직도 키가 더 커주기를 바라다니, 그는 아무런 대꾸도 않고 그녀를 빤히 바라보기만 했다.

"사람을 그래 빠안히 보지만 말고 앙코빵 하고, 구리무빵 하고 몇 개 얼릉 담아보더라고."

그는 빵 집게를 날렵하게 움직여 봉투에 빵들을 담아서 내밀었다. 그런 다음 어쩔 수 없이 입을 열었다.

"치치칠처언……"

"참말로 요상허네. 방금 전엔 하나도 안 더듬었는듸……."

그녀는 꼭 의문을 풀고야 말겠다는 듯 의미심장하게 눈을 빛내며 쪼글쪼글 주름진 눈가를 더욱 찡그렸다. 그는 손에 든 봉투를 흔들어 보인 다음 다시 그녀 앞으로 내밀었다. 그제야 그녀는 빵 봉투를 받아들었다.

"빵 값은 외상으로 달아놓더라고. 저번 거랑 합쳐서 메칠 내 다 갚을 겨. 갱수 애비가 오늘 저녁에 밀린 품삯을 받아온다고 했다. 그라고 삼층에 새로 세든 색시헌테 받을 방세도 있응께 염려 말어."

그녀는 쏟아내듯 빠르게 말한 다음, 여전히 의문이 풀리지 않아선지 몇 번이나 고개를 갸우뚱거리고는 나갔다. 야위고 굽은 등이 눈앞에서 사라지고 나자 그는 큰 소리로 말했다.

"쳇, 또 외상이네. 근데 이건 완전히 병신취급이잖아? 혼자 있을 때는 이렇게 멀쩡한 줄 아무도 모르다니, 너무나 억울한 노릇이야. 내가 정상인 걸 알리려면 녹음을 해둘 필요가 있다고. 이번 참에 녹음을 해서 가게 앞에 내놓고 오가는 사람 다 듣게 해버려? 그러면 이번에는 미쳤다고 하려나? 미친놈과 병신. 어느 게 나은 건지 모르겠네, 거참. 근데 누가 옆에 있기만 하면 왜 더듬거려지는 걸까? 정말 알 수 없는 노릇이란 말이야. 어쨌든 지랄 맞은 병이긴 해."

그는 침이 튀도록 혼자 떠들어대다가 의사가 한 말을 습관처럼 떠올렸다. 구강구조에는 아무런 문제가 없습니다. 얼마 전부터 갑자기 그랬다니, 혹시 최근에 충격적인 일을 당한 적이 있습니까? 어쨌든 심리적인 현상이죠. 물론 일시적일 수도 있긴 하지만, 이왕 오신 김에 정신과상담을 받아보는 게 어떻겠습니까? 난생 처음 그를 병원에 데리고 갔던 아버지는 정신과라는 말에 대답 대신 그의 손을 왁살스럽게 잡아끌고는 병실 문을 나섰다. 외부로 연결된 계단들을 씩씩거리며 내려가다가 아버지는 계단이 다 끝난 자리에서 그의 손을 놓고는 중얼거렸다. 최근에 충격적인 일이라……. 어느새 기세가 누그러진 아버지의 목소리 위로 초겨울의 바람이 스산하게 불어왔다. 바람을 맞으며 읍내로 가는 버스를 타기 위해 앞장서 가고 있는 아버지의 다리가 허청거리는 걸 그는 보았다. 하지만 집으로 돌아가자 아버지는 평상시와 다름없는 얼굴로 한나절 넘게 닫았던 가게 문을 열고 곧바로 물건들을 수리하기 시작했다. 세상만물을 다 고칠 수 있을 듯한 아버지였지만 아들의 말 더듬는 입만은 도무지 어떻게 해볼 재간이 없는 모양이었다. 묵묵히 물건을 고치고 있는 아버지의 등이 간간이 떨리는 것을 그는 놓치지 않고 보았다. 그 떨리는 등을 보며 그는 입가에 싸늘한 웃음을 떠올렸다.

그의 입을 아버지는 주먹으로 쉬지 않고 쥐어박았다. 주둥아린 말하고 뚫어놓은 거야. 왜 다물고 있었던 거야? 열두 살이나 처먹은 놈이 설마 그만한 눈치가 없었겠냐? 네가 그

학원을 왔다 갔다 했으면서 둘이 눈 맞은 걸 어떻게 모를 수 있었겠냐 말이야. 그런데 왜 모른 척했느냐고? 아무짝에도 쓸모없는 이 주둥아릴 내가 이번 참에 작살내고야 말겠어. 아예 못 놀리도록 해 버릴 거야. 아버지는 엄마가 다른 사내와 도망간 것이 오로지 그의 무거운 입 탓이라고 믿는 모양이었다. 그의 입을 향해 날아오는, 살의를 품은 아버지의 주먹을 멈추게 한 사람은 경수 아버지였다. 고장 난 보온밥통을 맡기러 왔다가 그 광경을 보고는 필사적으로 뜯어말렸다. 하지만 그의 입은 이미 형체를 거의 알아볼 수 없을 정도였다. 늘 분단장을 곱게 하는 엄마의 모습을 담고 있던 거울이 아버지에게 작살이 나버린 그의 입을 환하게 비추었다. 견딜수 없는 통증과 함께 뜨거운 기운이 울컥 치밀어 올랐다. 으으으……. 그의 입에서 자신도 모르게 괴성이 신음처럼 새어 나왔나.

문고리가 조심스럽게 벗겨지는 소리. 그 소리에 불빛도 없는 화장실의 변기에 쭈그리고 앉아 있던 그는 본능적으로 숨을 죽였다. 곧이어 삐걱거리며 문 열리는 소리가 났다. 그는 바지를 올리고 화장실을 급하게 나왔다. 가게 쪽문 틈으로 어스름한 달빛이 새어 들어왔다. 그는 문 뒤에 몸을 숨긴채 밖으로 고개만 살짝 내밀었다. 엄마가 주위를 연방 두리번거리고, 원장은 엄마의 트렁크를 받아들고서 차에 옮겨 실었다. 그들을 둘러싼 다급하고 긴장된 분위기가 그의 접근을 단호하게 막으며 목을 죄었다. 그들을 부르려고 입을 달싹거려 보았지만 허사였다. 어느 순간 그들을 실은 차가 부르릉 소리를 내며 눈앞에서 사라져버렸다. 그들이 사라지고 없는 빈 공간. 거기에 어슴푸레한 달빛이 내리고 있었다. 그는 문밖으로 나가서 하늘을 올려다보았다. 반쪽만 남은 달이 그의 눈에 아프게 들어왔다. 그는 몸을 한 번 부르르 떨고는 가게 안으로 들어갔다. 아무렇게나 쌓인 잡동사니들을 그는 어둠 속에서 발끝으로 툭툭 차면서 중얼거렸다. 아무짝에도 쓸데없는 것들. 그런데 내가 한동안 꿈을 꾸었던가? 참으로 화사하고 행복한 꿈이었는데……. 그때 방에서 요란하게 들려오는 아버지의 코 고는 소리에 그는 움켜잡고 있던 꿈의 끝자락을 놓으며, 이제 그들 부자만이 또다시 남게 되었다는 걸 깨달았다.

그가 세 살 때 죽었다는 생모에 대한 기억은 전혀 남아 있지 않았다. 딱 일 년을 머물다간, 제과점 점원이었다는 여자가 멋쩍게 어머니라고 부르는 그에게 다가와 어깨를 감싸 안으며 엄마라고 부르게 했다. 그러니까 엄마라는 단어를 처음으로 가르쳤던 그녀만이 그에게 유일한 엄마일 뿐이었다. 그런 엄마가 바로 눈앞에서 사라지고 만 충격은 타인과의 소통을 어렵게 했다. 게다가 열두 살에서 자라기를 멈추어버

엄현주 소설집

린 키 때문에 그는 군대조차 갈 수 없었다. 그를 바라보는 아버지의 시선 또한 냉담했다. 여기서 기술이나 배워 일해. 그것만이 네가 살길이야. 결혼 같은 건 꿈도 꾸지 말고. 이렇게 가끔씩 말해주는 것만이 아비로서의 의무를 다하는 길이라고 아버지는 알고 있는 듯했다. 여러 가지 면에서 부족한 아들과 죽거나 도망간 아내들만 아니었다면, 아버지는 자신의 생애가 그런 대로 괜찮은 편이라고 믿고 싶었던 걸까? 그래서 자신처럼 아들도 망가지고 고장 난 전자제품 따위나 고치며 살아가기를 원했던가?

그는 몇 번이나 오븐 앞으로 다가가 타이머를 들여다보았다. 맛있는 빵을 먹으려면 참고 기다릴 줄 알아야 된단다. 공기가 반죽 속으로 충분히 스며들도록 기다려야 하고, 잘 부풀어 오를 때까지 기다려야 하고, 또 제대로 익어주기를 기다려야 돼. 오븐의 문을 만지작거리는 그의 등 뒤에서 엄마의 나직한 목소리가 금방이라도 들려올 듯했다. 그는 고개를 끄덕이며 뒤로 물러났다. 얼마 지나자 드디어 타이머가 경쾌하게 울리면서 그를 불렀다. 그가 오븐의 문을 여는 순간, 잘 구워진 프루트케이크가 향긋한 향을 풍기며 틀 사이로 얼굴을 드러냈다. 그는 제법 그럴 듯해 보인다고 좋아하며 오븐에서 그걸 꺼내려 했다. 하지만 틀에서 분리가 쉽게 되지 않아 그는 애를 먹어야 했다. 재료들을 빠짐없이 챙기고 필요한 분량들을 정확하게 다는 데 몰두한 나머지, 그는 틀 안쪽에다 버터로 칠해주는 것을 그만 잊었던 모양이었다. 가장 기본적인 것도 못 챙기니, 참. 그는 결국 가장자리가 약간씩 벗겨져나가고 만 프루트케이크를 바라보며 자신의 형편없는 실력을 새삼 한심스러워했다. 진열대에 둘 수 없게 된 프루트케이크를 시식용으로 쓰기 위해 조각조각 나눈 다음, 그는 일회용 포크로 하나 집어 입으로 가져갔다. 따뜻하고 고소한 빵이 그의 입속으로 부드럽게 녹아들고 있었다. 엄마가 제일 처음 만들어주었던 카스텔라의 속살이 입안으로 녹아들 때처럼……. 그때 옆에서 그를 바라보던 엄마의, 이유를 알 수 없는 슬픔을 담은 미소가 함께 녹아들고 있는 것 같아 목이 꽉 메었었다. 그 광경을 떠올리며 그는 자신도 모르게 침을 꿀꺽 삼켰다.

"저기요, 케이크를 하나……."

마치 창문을 조심조심 두드리는 듯한 목소리였다. 돌아보니 놀랍게도 그 여자가 서 있었다. 벌써 시간이 그렇게 되었던가? 포크를 황급히 놓으며 당황해하는 그를 향해 여자는 잔잔한 웃음을 지어 보였다.

"식빵이 아니고 케이크라서 놀라셨어요?"

평소에 가지고 있던 속마음을 들킨 것 같아 그는 멋쩍게 웃었다. 오로지 식빵만 사가는 여자에게 그는 덤으로 크림빵

엄현주 소설집

이나 도넛을 주기도 했다. 그러면 여자는 핏기 없는 입술을 조금씩 달싹거리면서 서툴게 사양을 했다. 괜찮아요. 가져가봤자 먹을 사람이 없어요. 혼자 입이라……. 그럴 때마다 부드럽고 달콤한 향이 여자의 입에서 흘러나오곤 했다. 그 향은 그의 가슴을 묘하게 흔들고서 여자가 사라지고 난 뒤에도 오래 남아 있었다.

"어어어떠떠언 조조종류?"

그는 자신의 입을 쥐어뜯고 싶은 충동을 문득 느꼈다. 여자의 딱하고 안타까운 시선이 그의 얼굴을 피해 시식대 옆에 설치된 쇼케이스 속에 머물렀다. 뿜어져 나오는 찬 기운 덕분에 신선함을 유지하고 있는 케이크들을 여자는 영 마뜩찮은 시선으로 바라보다가 입을 열었다.

"생일케이크가 필요한데요. 내일 아침 일찍……. 그러자면 오늘밤에 시기는 수밖에 없겠지요? 하지만 전날 만들어진 건 아무래도 신선도가 떨어질 텐데. 게다가 요즘 날씨도 덥고요."

보기보다 여자가 꽤 까다롭다고 생각하며 그는 물었다.

"아아아치치임 며몇시시이요?"

"여섯시요. 아무래도 너무 이르죠? 가게 문도 열지 않을 시각이죠?"

여자는 괜한 억지를 한번 부려보았다는 얼굴로 다시 쇼케이스 속을 유심히 들여다보기 시작했다. 도대체 누구 생일일까? 여자의 얼굴에 서려 있는 아쉬움과 실망스러움이 자꾸만 그의 마음에 걸렸다. 그는 자신도 모르게 불쑥 말을 꺼냈다.

"제제에에가 트트특벼별이히 지지직저저저젖 마마만드으으며면 되되돼요. 어어떠떠어언 케케이크크로?"

어쩌자고 이런 말을, 게다가 아직 모자라는 솜씨로⋯⋯. 이런 생각이 들었을 때는 이미 늦었다.

"어머, 정말 그렇게 해 주시겠어요? 괜찮으시겠어요? 그렇다면 딸기무스케이크로 하나 해주세요."

뭐든 주문하면 척척 다 만들어낼 줄 아는, 아주 실력 있는 파티셰로 보이는 모양이지? 딸기무스케이크라, 밤을 새워서라도 만들어보는 수밖에. 약간 으쓱해진 그는 안심하라는 듯 일단 여자에게 고개를 끄덕여 보였다.

"새벽잠도 제대로 못 주무실 텐데⋯⋯. 미안해서 어쩌지요? 내일 오후에는 제가 회사에서 브랜딩이 있는 날이라⋯⋯. 아들애 얼굴이라도 잠시 보고 케이크를 주려면 등교시간밖에 없어요."

"브브브래래앤디잉?"

"아, 네. 제가 술 만드는 회사의 주류연구실에 근무하거든요. 곧 신제품 출시가 있기 때문에 하루 종일 맛을 봐야 해요."

술 냄새를 풍기면서 아이를 만날 수는 없으리라. 여자의

엄현주 소설집

심정을 알 것 같아 그는 고개를 끄덕였다. 그런 다음, 원하는 크기를 물어보고는 주문서에 적었다. 딸기무스케이크, 3호, 6월 27일 오전 6시. 거침없이 쓰이고 있는 자신의 글씨를 보며 남들 앞에서 말도 이렇게 잘 할 수 있다면……, 지금 이 순간만이라도, 하는 생각을 그는 간절하게 해 보았다. 하지만 그의 바람과 달리 여자의 이름과 연락처를 물을 때는 더욱 형편없이 말을 더듬고 있었다.

"서서성하하하아아암이…… 여여여라라락처……."

"제 이름은……. 아니에요, 우리 아들 이름으로 주문할게요. 신지후. 그리고 제 휴대폰번호는 공일공에……."

그는 여자의 아들 이름과 여자의 휴대폰번호를 받아 적었다. 그런 다음, 어쩔 수 없이 또다시 입을 열어야 했다.

"초초초는 며며며어엇개개 주우준준비비……."

"여넓 개요. 그럼 내일 아침 여섯시에 올게요. 부탁드립니다."

주문서에 8을 덧붙여 쓰고 그가 고개를 들었을 때, 여자는 이미 밖으로 나가고 없었다. 그는 문 밖에 시선을 주었다. 여자는 횡단보도를 건너서 언덕을 향해 가고 있었다. 여자의 등 뒤에서 불어대는 바람이 보랏빛 치맛자락을, 어깨까지 내려오는 긴 머리카락을 자꾸만 흔들었다.

해지는 언덕에 바람이 불고 있었다. 그 바람에 엄마의 조그만 체구가 금방이라도 날려가 버릴 것 같았다. 하지만 빵과 쿠키를 넣은 종이 백을 한 손에 움켜쥐고 엄마는 달리기 선수처럼 빠르게 바람 속으로 달려 들어갔다. 아버지가 들어오기 전에 무조건 집으로 돌아와 있어야 하기 때문에 엄마로서는 어쩔 수 없었을 것이다. 자전거로 읍내를 한 바퀴 돌며 필요한 기계부속을 사고, 수리가 끝난 물건들을 배달하는 데 아버지는 결코 긴 시간을 보내지 않았다. 아버지가 나가자마자 급하게 뛰쳐나가는 엄마의 뒷모습을 그는 가게의 유리문에 매달려 지켜보곤 했다. 엷은 어둠이 내리고 있는 언덕을 다급하게 오르는 엄마에게서부터 느껴지는 절실함. 그 절실함이 어린 그의 가슴을 아프게 파고들면서 그를 슬픔에 빠뜨렸다. 그는 어린애답지 않게 깊고 긴 한숨을 내쉬었다.

엄마와 미술학원원장. 그들 사이에 형성되어 가는 사랑의 기류를 감지했을 때, 그는 이미 화가가 되는 꿈에 깊이 빠져 있었다. 그들의 사랑이 여물어가고 있는 동안, 그의 그림솜씨 또한 무르익어갔다. 그들은 자신들의 감정을 마치 그의 그림에다가 전달하고 있는 듯했다. 그림 위에 머물고 있는 사랑의 눈빛들, 그 순간의 황홀함. 그는 그들의 사랑을 자신이 고스란히 받고 있는 듯한 느낌을 받았다. 그래서 그는 그 사랑을 도화지 위에 숨김없이 표현했고, 그들은 그가 그린 그림에 아낌없이 찬사를 퍼부었다. 그리하여 그는 몽마르트르를 정말 꿈꾸기 시작했다. 그들과 함께 있을 때 그는 행복했다. 그래서 때때로 아버지의 자리에 원장을 슬쩍 밀어 넣는, 불효막심한 상상을 즐기기도 했다. 어쨌든 그들이 자신을 사랑해준다고 믿었고, 그 사랑에 그는 만족했다. 지금도 그는 조금치의 의심 없이 그걸 진심으로 여기고 있다. 그렇지 않으면 그에겐 사랑의 기억이라는 게 아예 존재하지 않으므로…….

엄마는 떠났지만 달콤하고 고소한 냄새와 함께 사랑을 받았던, 행복한 시간 속에 그는 그대로 있었다. 아버지는 눈 감기 며칠 전에 그의 손을 잡고 말했다. 제발 나잇값을 해라. 아직도 열두어 살 먹은 놈 마냥……. 어떻게 살래? 정말 걱정이다. 그는 거칠고 야윈 아버지의 손을 잡고, 걱정 마시라고 했다. 적어도 아버지보다는 잘살 자신이 있다는 말까지 덧붙이려다 그만두었다. 떠난 여자를 잊는 데 걸린 시간이 딱 하루였다면 과연 그 여자를 사랑했다고 할 수 있을까? 적어도 겉으로 보기에 아버지는 엄마가 나가고 난 뒤 하루가 지나자 완전히 멀쩡해져 있었다. 어린 아들의 입을 주먹으로 치며 발광한 적이 언제 있었느냐는 듯한 얼굴로 아버지는 평소와 다름없이 망가진 물건들을 고쳤다. 하지만 아버지가 고칠 수 있는 건 어디까지나 물건에만 한정되어 있었다. 아들의 아픈 마음은 물론이고 고장 난 자신의 마음조차 고치려는 생각이 전혀 없어 보였다. 아니, 고장 난 줄조차 모르는 듯했다. 그는 아픈 마음을 달래며 아버지 곁을 엄마가 떠난 것은 당연한 일이라고 생각했다.

아버지를 떠나보내면서 엄마는 물론이고, 비로소 엄마와 함께한 시간들도 잊으려고 했다. 하지만 몇 개월이나 지났는데도 그의 기억 속엔 여전히 엄마가 머물러 있다. 게다가 이제 가게 이름까지 몽마르트르베이커리라고 지었으니……. 어쩌면 자신의 의식 깊숙이에서 그 시절의 기억을 지우는 걸 강하게 거부하고 있는지도 모른다는 생각이 들었다. 보다 자신을 강하게 사로잡는, 새로운 것이 나타나기 전까지는 불가능한 노릇이라는 걸 그는 어렴풋이 알아차렸다. 어쨌든 아버지에게는 단 하루밖에 걸리지 않은 일이 그에게는 이십 오 년 넘게 걸리고 있는 것도 문제임을 이제야 스스로 인정하게 되었다.

그는 딸기무스케이크를 만들기 위해 필요한 재료부터 미리 챙겨보아야겠다고 마음먹었다. 딸기, 키위, 오렌지, 레몬즙, 플레인 요구르트……. 냉장고에 든 재료만으로도 다행히 부족함이 없었다. 재료를 급하게 구입하지 않아도 되기 때문에 느긋해진 걸까? 부족한 게 있다면, 자신의 실력이라며 그는 다소 자조 섞인 웃음을 지어 보는 여유까지 부렸다. 어쨌든 여자의 아들을 위해 그는 자신이 만들 수 있는 최고의 생일케이크를 만들어 볼 작정이었다. 아무래도 오늘은 가게 문을 다른 날보다 조금 일찍 닫아야겠군. 잠시 눈을 붙였다가 한밤중에 일어나려면 말이야. 이렇게 혼자서 중얼거리며 그는 냉장고 앞에서 물러나 가게 안을 치우기 시작했다. 시식대와 진열대 위를 정리하고, 제품의 유효기간을 일일이 확인하고 폐기해야 할 것들을 골라냈다. 그런 다음 그것들을 미련 없이 쓰레기통에 집어넣었다.

케이크 하나를 사들고 취객이 비틀거리며 가게 문을 나가자 그는 기다렸다는 듯 바로 셔터를 내렸다. 셔터가 내려진 공간. 그 안에는 유월의 뜨뜻미지근한 밤공기가 온몸에 달라붙으며 그의 잠을 쫓아냈다. 하는 수 없이 그는 자리에서 일어나 선풍기를 켰지만 끽끽거리는 날개의 회전음이 듣기 싫어 그는 금방 꺼버렸다. 다시 자리에 누워도 잠이 오지 않아 그는 이리저리 뒤척이다가 결국 이불을 박차고 일어났다.

주문 받은 케이크를 만들기 위해 그는 학원에서 공부했던 실습노트를 일단 꺼내들었다. 거기에 쓰인 레시피를 다시 한번 읽고 숙지한 다음 작업하기 시작했다. 젤라틴을 먼저 물에 불려두고, 저울에 정확하게 달아놓은 딸기 퓌레 500그램과 설탕 200그램을 불 위에 약간 끓인 후 내려놓았다. 아들을 위해 지극히 신선한 케이크를 원하던 여자를 떠올리면서 그는 정성과 사랑을 다하겠노라고 스스로 다짐했다. 아이에게 영원히 잊히지 않는 생일케이크를 만들 수 있다면……

그는 다시 한 번 노트를 들여다보다가 맨 아랫줄에 적힌 글귀를 발견했다.

'남에게 감동을 줄 수 있으면 그게 바로 예술이다.'

그는 그걸 받아 적을 때 감동했던 기억을 떠올리며 피식 웃었다. 그가 다녔던 제과제빵학원의 강사는 늘 예술성을 강조했다. 만드는 사람의 혼과 정성이 담기면 그게 바로 예술이 되는 겁니다. 우리는 맛의 창조자, 맛의 예술가가 되는 겁니다. 그 말에 그는 너무나 감격한 나머지 혼자 박수치는 해프닝을 벌이기까지 했다. 더 이상 몽마르트르를 꿈꿀 수 없었던 그에게 과자나 빵이나 케이크가 그림을 대신할 수 있다는 데 생각이 미치자 그는 잃었던 꿈을 되찾아가는 길을 발견한 기분이었다. 한 걸음씩 다가가다 보면 언젠가는 최고의 경지에 이르게 되리라고, 그는 믿고 싶었다. 그는 머릿속으로 예술적 감동을 줄 만한, 대단한 케이크를 그려보았다.

그는 여전히 서툰 손으로 트리플색을 넣어 거품을 내고 플레인 요구르트와 레몬즙을 섞었다. 그런 다음 케이크 틀 안쪽바닥에 스펀지케이크를 깔고 그 위를 무스로 채웠다. 그는 그것을 냉동고의 제일 위 칸에 넣으면서 낡은 분홍시계가 두시 사십분을 가리키는 것을 확인했다. 엄마가 남기고 간 단 하나의 물건인 저 시계를 아버지가 버리지 않은 것을 그로서는 정말 이해할 수 없었다. 어쩌면 아버지는 엄마의 물건이라는 것조차 잊어버리고 있었는지 몰랐다. 이제 아버지도, 엄마도 다 없어진 공간에 낡은 시계만이 유품처럼 남아 자신을 지키고 있다는 생각을 하며 그는 자꾸만 하품을 삼켰다. 무슨 일이 있어도 두 시간 정도는 견뎌야 했다. 만약 그 전에 잠이 들어 시간을 놓친다면 냉동고에서 무스케이크는 꽁꽁 얼고 말 것이다. 그는 몰려오는 잠을 참아내며 케이크 위를 장식할 과일을 준비하기로 했다. 냉장고에서 여러 종류의 과일들을 꺼내 깨끗이 씻고 껍질을 벗겨냈다. 그런 다음 어떻게 꾸밀까 골똘히 생각하느라 두 시간을 다 보내고 말았다. 마침내 적당히 굳은 무스케이크가 빨그스름하고 매끈한 몸매를 자랑하며 냉동고에서 나왔다. 그는 윗면에 미로아 글레이즈를 바른 다음 틀에서 조심스럽게 빼냈다. 그것을 앞에 놓고 이리저리 돌려보며 무스가 골고루 잘 입혀져 있는가를 확인하고는 그 위를 장식하기 시작했다. 자신이 지닌 솜씨를 최대한 발휘해서 케이크를 아름답게 꾸미려 애썼다. 몇 번씩이나 다시 시도한 끝에 가까스로 작업을 끝냈다. 윤기 도는 붉은 빛 무스 위에서 황도복숭아와 키위와 오렌지와 버찌가 적당한 크기와 모양으로 서로 조화를 이루면서도 각자의 아름다움과 맛깔스러움을 뽐내고 있었다. 그는 케이크를 이리저리 들여다보며 만족스러운 웃음을 흘렸다. 우와, 꽤 그럴싸해 보이는걸. 나도 이제 제법이야. 맛도 틀림없겠지? 예술

작품이라고까지 하기에는 아직 미흡한 점이 좀 있긴 하지만 그래도 가능성이 엿보이지 않아? 완성된 케이크를 두고 감탄한 나머지 혼자 중얼거리다가 그는 케이크를 들고 쇼케이스 앞으로 다가갔다. 그 속에 있는 다른 케이크들과 비교도 안 될 만큼, 그의 눈에는 고급스럽고 우아해 보였다. 아무리 까다로운 여자라고 해도 분명 만족해할 거야. 그녀의 어린 아들은 이걸 받아들고 얼마나 기뻐할까? 한 번도 본 적이 없는 아이를 눈앞에 그려보기까지 하며 그는 조심스럽게 쇼케이스 속에 넣어 두었다.

마침내 그는 자리에 누워 잠을 청했다. 해야 할 일을 아주 멋지게 잘 해냈다는 만족감과 안도감에 그는 곧 깊은 잠에 빠져들었다.

학교에서 나오는 길이다. 파란 하늘에 둥둥 뜬 흰 구름을 올려보다가 그는 집으로 발걸음을 옮긴다. 그런데 얼마 못 가 어디선가 흘러나오는 달콤하고 향긋한 냄새에 그는 걸음을 멈춘다. 냄새는 보이지 않는 손이 되어 그를 이끌어가기 시작한다. 그는 자신의 의지와 상관없이 조그만 마을을 지나고 풀밭을 거쳐 개울 위에 놓인 다리를 건넌다. 그러다 그를 향해 다가오는 엄마를 본다. 하늘하늘한 블라우스의 소맷자락을 흔들며 그녀는 그에게 손짓을 해 보인다. 점점 가까이 다가가고 있는데 어느 순간 발밑에서 다리가 와르르 주저앉고 만다. 그 충격에 그는 고꾸라지면서도 있는 힘을 다해 팔을 뻗는다. 하지만 엄마를 잡을 수 없다. 저만치에서 그를 향해 손을 뻗던 엄마가 점점 더 멀어지고 있다. 엄마아……. 있는 힘을 다해 불렀지만 정작 소리는 목구멍에서 나오지 않는다. 그러다 물살에 휩싸여 엄마의 모습이 온데간데없다. 안타까이 개울 속을 들여다보자 그의 눈앞에 난데없이 둥근 케이크 하나가 떠오른다. 얼른 집어 드는 순간 그건 자신이 만든 무스케이크라는 것을 알고 소스라치게 놀란다. 케이크는 저절로 여러 조각으로 나뉘어져 딸기 향을 강하게 풍기면서 그의 입으로 들어온다. 미처 그가 삼키기도 전에 쉴 새 없이 케이크조각들이 들어와 입안을 가득 채우고 만다. 참을 수 없어 그는 소리치려고 하지만 목구멍을 막고 있기 때문에 신음조차 마음대로 낼 수가 없다. 그런 그를 더욱 고문하려는 듯 전지를 뒤흔들 내세로 요란한 소리가 나기 시작한다. 그는 소스라치게 놀라 눈을 번쩍 뜬다.

그 소리는 그의 잠을 깨운 것만으로는 만족할 수 없다는 듯 여전히 다급하고 크게 울리고 있었다. 삐요, 삐요, 삐……. 금방이라도 숨이 넘어갈 듯 긴박하게 내지르는 소리가 구급차 소리라는 것을 뒤늦게 깨달으며 그는 자리에서 일어났다. 그는 문득 벽시계를 올려보다가 여섯시라는 것을 확인하고는 그제야 여자와의 약속시각을 떠올렸다. 그는 급하게 셔터부터 올리고는 가게 주위를 둘러보았다. 하지만 여자는 아직 오지 않은 모양이었다. 가게 주위를 둘러싸고 있는 뿌연 안개 속을 몇 번이나 졸린 눈을 끔뻑거리며 살폈지만 여자의 모습은 보이지 않았다. 가게 안으로 들어와도 여전히 그의 귓가에서는 구급차 소리가 들려오고 있었다. 그 소리는 아직 새벽잠에서 깨어나지 않은 거리를 마구 흔들어놓고 어딘가로 내빼는 것 같았다. 그는 더 이상 무법자 같은 그 소리를 참아낼 수 없었다. 그는 구급차를 붙잡을 듯한 태세로 가게 밖으로 뛰쳐나가 온 사방을 두리번거렸다. 그러자 기다렸다는 듯 흐릿한 안개를 헤치고 붉은 빛이 그의 눈 속으로 박히듯 들어왔다. 거의 본능적으로 그는 눈을 감았지만 그 빛이 언덕 위로 숨 가쁘게 올라가고 있다는 것을 알았다. 구급차 소리가 사라질 때까지 그는 눈을 감고 서 있다가 가게 안으로 들어갔다.

쇼케이스 속에서 무스케이크는 여전히 은은한 광택과 함께 아름다운 자태를 뽐내고 있었다. 목구멍을 틀어막던 좀 전의 악몽을 떠올리며 그는 고개를 내저었다. 개꿈이야. 개꿈일 뿐이라고. 아무래도 내가 케이크를 만드는 데 너무 신경을 썼나봐. 그렇게까지 정성을 들인 줄 그 여자는 물론 모르겠지. 어쨌든 여자의 아들이 좋아해줬으면 좋겠는데 말이야. 여섯시라고 하더니 혹시 늦잠이라도 자는 걸까? 등교시간에 맞추지 못하면 영영 아들에게 전해주지 못할지도 몰라. 그렇다면 저 케이크는……. 안 되지. 여자를 깨워서라도 아들에게 꼭 전해주게 해야지. 휴대폰번호를 적어놓은 게 있을 걸. 그는 주문서를 뒤적여 번호를 확인했다. 그런 다음 침을 몇 번이나 삼키고는 말하기연습을 했다. 저, 지후 엄마 되시죠? 생일케이크가 다 완성되었는데요. 여섯시까지 오시기로 해서 기다리고 있습니다만……. 하지만 영 자신이 없었다. 긴장해서 더 더듬거릴지도 몰랐다. 결국 그는 여러 가지 생각 끝에 문자메시지를 보내기로 했다. 주문한 생일케이크 완성, 빨리 찾아가길 요망. 그런 다음 스마일 이모티콘을 첨부하고 싶었지만 절제하는 게 아무래도 바람직하다는 생각을 하고서 그는 참았다.

　아침 햇살이 유리문 위에서 환하게 부서지고 있었다. 등교하는 아이들과 출근하는 직장인들이 바쁘게 유리문 밖으로 오가고 있었지만 여전히 여자는 나타나지 않았다. 그는 가게 안을 쓸고 닦으면서 틈틈이 문 밖을 내다보았다. 그러다 어느 새 아침시간이 지났는지 밖은 한산해졌다. 문에 매달려 몇 번이나 언덕을 올려다보았지만 여자의 모습은 보이지 않고, 누런 흙들이 이루는 가파른 경사만이 그의 눈에 선명하게 들어왔다. 온몸을 환하게 드러내고 누운 흙들. 그 위를 유월의 뜨거운 햇볕이 서서히 달굴 태세다.

그는 큰 스테인리스그릇에 박력분 밀가루와 베이킹파우더를 담고는 나무주걱으로 섞기 시작한다. 주걱이 그릇에 부딪힐 때마다 유리문으로 들어오는 강한 햇빛이 그 위에서 부서지면서 비명을 지른다. 타악 탁 탁……. 그 소리에 놀란 듯 그의 발성기관들도 갖가지 음들을 제멋대로 쏟아내려 한다. 그는 한꺼번에 터져 나오려는 그것들을 통제하기 위해 목을 가다듬는다. 아아아……. 햇빛과 그의 음성이 이루는 하모니 위로 시간이 소리 없이 조용히 지나가고 있다.


2


그녀는 가파른 언덕을 오르다 걸음을 멈추고 습관처럼 하늘을 올려다본다. 이럴 때면 늘 하늘 끝에서부터 서서히 몰려오는 붉은 기운과 함께 달짝지근하고 시큼한 냄새를 맡곤 한다. 잘 익은 홍시 냄새 같기도 하고 자신의 땀내 같기도 한, 그 냄새가 어디서 흘러나오는지 알 수 없다. 여하튼 그 익숙한 냄새에 그녀는 왠지 조금 편한 마음이 되어 발걸음이 가벼워진다. 유월인데 불어오는 바람은 벌써부터 후텁지근한 기운을 품고 있다. 목덜미와 가슴께에서 땀이 조금씩 배어난다. 다가올 한여름의 더위를 그녀는 미리감치 걱정하면

엄현주 소설집

서 발끝에 힘을 준다.

낡은 삼층 건물 아래의 구멍가게에서부터 흘러나오는 티
브이소리가 언덕바지까지 들려왔다. 저렇게 티브이를 크게
켜둔 것을 보니 아마 경수 할머니가 가게를 보고 있는 모양
이었다. 아니나 다를까, 가게 앞까지 채 가기도 전에 할머니
가 그녀에게 손을 흔들어 보였다.

"새댁, 택배 왔댜. 얼릉 와."

할머니는 아주 대단한 사건을 보고하듯 목청을 높여 말했
다. 허리를 굽혀 양손으로 상자를 들어 올리는 그녀의 등에
다 대고 호기심이 잔뜩 묻어나는 소리로 물었다.

"어디서 온 겨? 누가 보냈남?"

삼층에 처음 세들 때도 할머니는 그녀의 신상에 대해 무척
이나 궁금하게 여기는 듯 했지만 아주 간략하게 설명했다.
직장이 이 근처로 이전해서 저 혼자 여기로 온 거예요. 그라
믄 식구들은 서울에 다 두고 온 겨? 그녀는 가볍게 고개를
끄덕이기만 했다. 그런데 이번에는 누가 택배를 보낸 것인지
꼭 알아내고야 말겠다는 의지가 확고하게 느껴져서 어쩔 수
없이 대답했다.

"집에서요. 친정어머니가 보내신 건가 봐요."

"그랴, 걱정이 되시겠지. 새댁 혼자 객지에 떨어져 있응께
말이여. 시엄니야 한 다리 건너 천리고, 아무래도……"

"할머니, 고맙습니다."

무슨 질문을 더 할지 몰라 그녀는 서둘러 택배상자를 들고 계단을 올랐다.

전등스위치를 누르자 열 평이 채 안 되는 실내가 한눈에 환하게 들어왔다. 그녀는 한가운데 택배상자를 놓고는 열어볼 생각도 않고 그 옆에 쭈그리고 앉았다. 고춧가루나 밑반찬 등속이 들어 있을 게 뻔했다. 어머니의 치매기가 좀 가라앉은 건가?

저번 아버지 제사에 갔을 때였다. 바쁘게 옷을 갈아입고 부엌으로 들어가려는 그녀의 팔을 잡고 이모가 낮은 목소리로 걱정스럽게 말했다.

"네 어머니 말이다. 치매기가 있는 게 아닌가, 싶어. 그저께는 갑자기 시장에서 집으로 돌아오는 길을 잊어 한참이나 헤맸고, 또 며칠 전에는 돈 계산을 전혀 못 하더라. 병원으로 데리고 가봐야지 않겠니?"

그게 시작이었다. 그때부터 이모는 전화통에다 대고 늘 어머니의 안부를 그녀에게 전했다. 하지만 회사 일에 바쁜 그녀는 그런 전화를 받을 때마다 일일이 대응하기가 힘들었고 난감하기까지 했다. 그런 그녀의 속을 환하게 들여다보고 있는 듯 이모는 약간 날선 소리로 서운함을 여지없이 드러냈다.

"자식이라곤 너 말고 누가 있냐? 이럴 줄 알고 너한테 그

엄현주 소설집

렇게 잘했나 보다. 난 내 속으로 난 자식들한테도 그렇게는 못 했어. 하지만 어떡해? 다 지난 이야기고, 네 아버지도 안 계시는 이 마당에……. 네가 정 바쁘다면 별 수 있겠어? 나라도 어떻게 해보는 수밖에……."

그녀는 이모의 입을 막기 위해 돈을 보낸다거나 허겁지겁 무리해서 찾아가야 했다. 그럴 때면 어머니는 말짱한 얼굴로 회사 일로 바쁜 네가 뭣 하러 힘들게 집으로 왔느냐고 하면서 덧붙여 말했다.

"내 걱정일랑 말아라. 건장한 네 이모가 옆에 있잖니? 하기야 집 생각이 간절하게 날 때가 있긴 하겠지. 나라도 있기에 망정이지, 또 누가 있냐? 나 눈감고 나면 천지에 어지가지 없이……. 다 내 탓이다. 내가 부실한 탓에……. 쯧쯧……."

어머니는 자기 탓에 그녀에게 동생을 낳아주지 못했다는 소리를 또 할 참이었다. 아마 그 소리를 어머니는 눈 감을 때까지 계속할 것이다. 적어도 그때까지 그녀는 가슴을 죄며 죄의식을 느껴야 하리라. 아버지가 살아 있을 때는 그건 분명 그의 몫이었는데……. 잘 익은 감 냄새와 함께 가버린 아버지. 감 냄새가 나지 않는 집에 더 이상 그녀는 마음을 둘 수 없었다. 어머니가 안다면 서운함을 넘어 배은망덕하게까지 여기겠지만 그녀는 어쩔 도리가 없었다.

그녀는 택배상자 속에 있는 것들을 꺼내 냉장고 안에 집어

넣었다. 실내의 후터분한 공기와 반찬 냄새가 섞여 비위를 거슬러 놓았다. 그녀는 창문을 활짝 열어젖혔다. 깜깜한 어둠이 넘실거리며 금방이라도 달려들 것 같았다. 창 앞에서 한 걸음 뒤로 물러서는데 습기를 품은 바람이 불어와 머리카락을 흔들어놓았다. 그녀는 머리카락을 쓸어 올리며 싱크대 앞으로 다가갔지만 저녁을 지을 엄두가 나지 않았다. 주류연구실에서 연구원으로 근무하는 그녀는 요즈음 신제품을 출시하기 전 막바지 작업에 들어갔기 때문에 하루 종일 술과 씨름해야 했다. 그래선지 입안이 깔깔해 오늘 낮에는 점심도 건너뛰었다. 저녁은 따뜻한 국물로 빈 위장을 달래줘야겠다고 해놓고선 막상 싱크대 앞에 서니 마음이 달라졌다. 그녀는 하는 수 없이 식빵을 꺼내서 토스터에 집어넣고 우유 한 잔을 전자레인지에 데웠다.

"시시식빠빵만 드드시시시지이 마마아시시고⋯⋯."

언덕 맞은편 사거리에 있는 빵가게 남자가 문득 떠올랐다. 아주 작은 키에 말더듬이인 그 남자가 하는 빵가게는 그녀에게 동화나라를 연상케 했다. 열 평이 채 안 돼 보이는 실내는 아늑하고 쾌적한 느낌을 주면서 늘 달콤하고 고소한 향으로 가득 차 있었다. 그 안에서 흰 앞치마와 검정 토시를 두르고 조그마한 남자가 바삐 움직이는 모습을 볼 때면 그녀의 입가에 저절로 미소가 지어졌다. 그녀는 빵가게 앞을 지나갈 때마다 아이에게 읽어주던 동화를 떠올리곤 했다. 그래서 그들은 오랫동안 행복하게 살았어요, 라고 언제나 끝이 나는 이야기들. 아이는 또랑또랑한 목소리로 언제부턴가 묻기 시작했다. 행복하게 사는 게 어떤 거야? 어떤 걸 말하느냐고? 그녀는 질문에 제대로 대답할 수 없어서 아이를 와락 껴안고서 이런 걸 말하는 거야, 라고 속살거렸다.

몇 달 전, 그녀는 초등학교에 입학한 아이를 보기 위해 새벽 일찍부터 서둘러 서울로 갔다. 꽤 쌀쌀한 삼월의 바람을 맞으며 교문 앞에서 아이를 기다렸다. 하지만 멀리서 할머니의 손을 잡고 걸어오는 아이를 보고 그녀는 얼른 몸을 피해야 했다. 그래, 네가 정 갈라서겠다면 어쩔 수 없지. 나긋나긋하던 목소리가 일순 단호하게 돌변했다. 어멈아, 그래도 술이 들어가지 않을 때는 아범이 얼마나 순하고 다정하냐. 사나흘에 한 번씩이 일주일이 되고 보름이 되고, 그러다 보면 저놈의 술병이 없어질 게야. 그때까지만 우리 참아 보자구나, 응? 손을 잡고 사정하다시피 하던 시어머니는 그녀가 내민 이혼청구서 앞에서 고개를 돌리며 냉엄한 얼굴로 말했다. 지후는 안 된다. 그 애는 우리 신 씨 집 핏줄이니까 그리 알아라. 폭력과 모성 사이에서 갈등할 여유조차 없었다. 시퍼렇게 멍들고 부은 몸이 질러대는 비명을 더 이상 참아낼 수 없었다. 그만한 인물에, 미국서 받은 박사학위에, 교수에……. 제가 먼저 감히 이혼이라니, 주제를 알아야지. 그런 것들보다 생존권이 우선이라는 말을 내뱉은 탓에 그녀는 양육권까지 빼앗기고 말았다. 그녀는 그때를 떠올리며 멀어져 가는 아이와 시어머니의 등을 바라보았다. 몇 달 새 쑥 자란 아이를 안아보고 싶은 충동을 참느라 그녀는 어금니를 사려물었다.

그녀는 어머니에게 전화를 해야겠다는 생각을 뒤늦게 했다. 신호음이 한참이나 울린 다음에야 어머니가 전화를 받았다.

"주무셨어요, 어머니?"

"으응, 그랬나보다. 요즘은 초저녁잠이 늘었어. 꿈에서 네 아버지를 봤구나, 글쎄. 난데없이 흰색 모시두루마기를 입고 와서는 널 찾더라. 나는 모른척하고……. 얼마나 서운한지 눈물까지 다 나지 뭐냐."

어머니는 여전히 서운한 기분이 가시지 않았는지 목이 약간 잠긴 소리를 냈다. 그녀는 어이가 없었지만 달래는 투로 말했다.

"그러니까 꿈이지요. 실재였다면 그럴 리가 있겠어요? 아버지가 누구보다도 어머니를 제일 먼저 찾으셨지, 안 그래요?"

조금 위로가 되었는지 어머니는 묻지도 않은 말들을 했다.

"아영이가 미국서 나왔어. 그래서 세영네에 다 모이기로 했다더라. 희영이도 오늘 대전서 올라온대. 네 이모는 아마 오늘밤 거기서 자고 올 게야. 빈집에 혼자 있으려니 이런저런 생각이 다 들고 무섬증도 난다. 네가 가까이 있으면 좋겠다만…….”

얼마나 부러울까? 그녀는 가슴이 짠해지면서 어머니가 안됐다는 생각이 들었다.

“어머니도 같이 가시지 그러셨어요? 오랜만에 조카들 만나면 얼마나 반가우시겠어요.”

“아니다. 첫날은 저희들끼리 모여 회포를 풀어야지. 눈치 없는 늙은이 모양, 싫다. 자기네들끼리 하고 싶은 이야기가 좀 많겠냐?”

“그럼 문단속 잘 하시고 주무세요.”

그녀는 전화를 끊고 나서야 택배로 보낸 물건들을 잘 받았다는 말을 빠뜨린 걸 알았다. 그 말 하려고 전화를 해놓고선, 나도 참. 그녀는 이렇게 중얼거리며 침대에 걸터앉았다. 아랫집에서 켜놓은 티브이 소리가 열어 놓은 창으로 생생하게 날아 들어왔다. 그래, 죄책감 때문이야. 물론 알아, 첨부터 그러면 안 되었다는 걸. 속일 생각은 없었어. 정말 추호도 없었다고. 그것만은 알아줬으면 좋겠어. 그런데 말이야, 시간이 지나갈수록……. 약간 목쉰 소리로 상대에게 호소하듯 말하는 중년남자의 목소리를 들으며 어떤 장면일까, 그녀는 상상해보았다. 그러다 어느 순간부터 그 목소리가 아버지가 내는 소리처럼 느껴지기 시작했다.

그녀의 동생이 갑자기 교통사고로 죽은 것은 그녀가 여덟 살 때였다. 집 앞 도로를 동생과 무단횡단을 하다가 벌어진 일이었다. 도로 맞은편 문방구에서 파는 비눗방울놀이세트를 사기 위해서였다. 아이들이 쉬는 시간이면 운동장 여기저기서 불어 날리는 비눗방울들이 햇빛을 받아 영롱하게 반짝이며 하늘로 날아오르는 광경을 며칠째 부러운 눈길로 바라보다가 더 이상 참고 볼 수만 없어 그녀는 집으로 달려갔다. 그러고선 급하게 용돈을 챙겨 나오는데 동생이 따라붙었다. 동생을 뿌리치는 것보다 데리고 가는 편이 빠르리라는 계산을 하고서 황급하게 길을 건너던 중이었다. 갑자기 날카로운 경적소리가 울리더니 순간 온천지가 새까맸다. 몇 번이나 눈을 감았다가 뜨자 어느 순간 눈앞에 수많은 비눗방울들이 공중으로 날아오르기 시작했다. 저 비눗방울들을 누가 불어 날린 걸까? 혹시 내가? 그런 생각을 하며 그녀는 아른거리는 봄 햇살 속에서 그것들이 신기하게도 꽃으로 피어나는 걸 보았다. 하늘을 향해 무더기로 피어난 꽃들이 날아가는 광경이 너무 눈부셔 그녀는 금방 눈을 감고 말았다. 그때 동네아주머니들이 수군거리는 소리가 귓가에 들려왔다.

"우짜노? 인자 주희네는 대가 끊기게 되겠다. 얼마 전에 주희 아부지가 그 수술 받았다카더만. 이런 일이 생길 줄 모

엄현주 소설집

르고 말이다. 하기사 우째 미리 알았겠노? 하필이몬 준희가……."

"쉿, 주희 들으면 어쩌려고. 애라도 이만하니 얼마나 다행이야? 요즘 세상에, 대 잇는 일 따위가 무슨 소용이람. 근데 병원 가봤자 뭔 수가 있겠어? 이미 숨이 끊어졌는데 말이야. 인제 앞으로 주희네는 죽은 자식이 눈앞에 밟혀 어찌 살아갈까 걱정이야."

분명히 횡단보도 위에 있었는데 어떻게 집 마루에 누워 있게 되었는지 그녀는 도무지 기억나지 않았다. 동생이 죽었다니, 그녀는 슬픔 속에서도 강한 궁금증이 일어났다. 그 수술이라는 게 뭘까? 아버지가 무슨 수술을 받았기에 앞으로 우리 집 대가 끊긴다는 말일까? 그 후에도 아버지나 엄마에게 물어볼 수 없다는 것쯤은 그녀도 눈치로 알았다. 억누르고 있던 궁금증은 그녀가 슬픔에 감길 때면 슬며시 고개를 들고 일어나 머릿속을 휘저어놓곤 했다.

자식을 잃은 그녀의 부모는 다른 동네로 급하게 이사를 했지만 슬픔에서 빨리 벗어날 수가 없었던 모양이었다. 시름시름 앓던 엄마마저 이듬해 세상을 떠나고 나자 그녀는 외로움과 두려움에 한동안 말수가 줄었다. 아버지까지 잃을지도 모른다는 불안감에 사로잡혀 그녀는 학교에서 돌아오면 대문 앞에 쭈그리고 앉아 퇴근하고 돌아오는 아버지를 기다렸다.

아버지는 늘 어깨 위에 붉은 노을을 짊어지고 돌아왔다. 노을 처럼 불그스름한 얼굴로 그녀의 볼에 입을 맞추며 속삭였다.

"우리 주희가 기다릴까봐 딱 한 잔만 했지."

감 냄새를 풍기는 아버지의 품에 안겨서야 그녀는 편안한 마음이 되어 집 안으로 들어가곤 했다.

아버지는 서둘러 재혼을 했다. 그게 딸을 위하는 길이라는 소리들을 하며 주위에서 부추긴 탓이었다. 엄마가 떠난 지 딱 일 년 만이었다. 아버지는 결혼식 올리기 전날 밤 그녀를 안고 꺽꺽 소리를 내며 울었다.

"네 엄마나 준희 몫까지 다 합쳐서 널 행복하게 해주고 싶은 게 이 아비의 맘이다. 오직 널 위해서니까 그렇게 알아, 응?"

새로 들어온 어머니는 지극한 정성으로 그녀를 보살폈다. 그러니 그녀도 새어머니에게 아무런 불만이 없었다. 아버지도 매우 만족스러워하는 눈치였다. 예전 같지는 않았지만 그녀나 아버지는 그런 대로 안정을 찾아가고 있는 듯했다. 그러다 어머니가 불임치료를 한답시고 한의원이나 산부인과를 드나들기 시작하면서부터 상황이 달라졌다. 빨리 애가 생기지 않는다고 노골적으로 초조해하거나 미안해하는, 어머니의 모습을 보면서 아버지의 얼굴은 서서히 굳어져갔다. 그걸 옆에서 지켜보는 그녀 또한 마음이 무거워졌다. 오직 널 위해서니까 그렇게 알아, 응? 그렇다면 아버지가 불임수술 받은 사실을 숨긴 것도 나를 위해서라는 말이지? 그녀는 아버지에겐 공범의식을, 어머니에겐 죄의식을 갖기 시작했다.

아버지가 술잔에다 자신의 양심을 빠뜨리고선 허위와 과장으로 어머니를 대한다는 걸 그녀는 더 자라면서부터 알게 되었다. 매일 귀가할 때마다 아버지에게서부터 엷게 나는 술 냄새. 그 달짝지근한 냄새는 결코 들키면 안 되는, 딸을 향한 아버지의 비밀스럽고도 지극한 사랑에서부터 비롯된 것이라고 그녀는 생각했다. 하지만 언제부턴가 그 냄새 속에서 어렴풋이 섞여나는 들쩍지근하고 시큼한 기운까지 그녀는 감지할 수 있었다. 죄의식을 품은, 농익은 사랑이 내는 썩은 과일 냄새. 아버지와 공범자가 되어 어머니를 속이고 있는 대가로 여기며 그 냄새를 그녀는 담담히 받아들였다.

가게 앞에서 취객들이 싸우는 소리가 유월의 농밀한 밤공기를 흔들고 있었다. 더 이상 잠을 수 없다는 듯 경수 아버지와 할머니까지 나섰다.

"그만들 하라니까요. 싸우려면 다른 데 가서 싸워요. 영업방해 말고, 어서들 가요."

"술을 처먹었으문 곱게 집에나 돌아갈 것이지. 뭐 땜시 남의 가게 앞에서 싸우고들 지랄이여? 아범아, 경찰을 불러부러."

경찰이란 말에도 수그러들지 않는 듯했다. 그러자 경수 할머니의 목소리는 더욱 커지고 취객들도 질세라 고함을 쳐댔다. 결국 싸움은 취객들과 가게주인으로, 상대를 바꿔 진행되는 모양이었다. 그 왁자지껄한 소음 속에서도 그녀는 어슴푸레 잠이 들었다. 꿈속에서 아이를 본 걸까, 베갯잇이 축축하게 젖은 느낌이 들어 눈을 떴다. 시계를 보니 두시가 조금 넘어 있었다. 그 사이 싸움이 다 끝났는지 주위가 조용했다. 그녀는 창문 앞으로 다가갔다. 캄캄한 밤하늘에는 구름 사이로 그믐달이 어슴푸레한 얼굴을 조금 내밀고 있었다. 방금 전 꾼 꿈을 떠올려보다가 사흘 후면 아이생일이라는 것을 그녀는 알아차렸다. 생일상 대신 생일케이크라도 안겨주고 싶었다. 정성이 듬뿍 들어간, 세상에서 가장 아름답고 먹음직스러운 케이크. 하지만 그녀에게는 케이크를 만들 시간도, 재주도 없었다. 그렇다고 원하는 케이크를 이런 촌 동네에서 구하기도 쉽지 않은 노릇일 게다. 빵 가게에 특별히 주문하는 수밖에 없을 것 같았다. 어디가 좋을지 생각하다가 그녀는 사거리 빵 가게의 남자를 떠올렸다. 아참 그렇지, 그 사람이라면 만들 수 있지 않을까? 그런데 케이크를 주문 받기도 하는지 몰라. 이렇게 중얼거리다가 일단 한번 부탁해보리라고 그녀는 마음먹었다.

다시 침대에 누웠지만 잠이 오지 않았다. 그녀는 냉장고에서 맥주 캔 하나를 꺼냈다. 부글거리며 끓어오르는 거품에다 입술을 살며시 갖다 댔다. 차고 톡 쏘는 기운이 입안에 감돌면서 금방 속이 시원해지는 느낌이었다.

"바로 이 맛이야. 회사에서 만드는 제품에선 이 맛을 낼 수가 없단 말이야. 물론 술의 종류가 다르긴 하지만……."

독특한 맛과 은근한 향을 지니면서 자극이 적고 부드럽고 숙취가 적은 술. 이런 술을 만드는 게 그녀에게 주어진 연구 과제였다. 그 과제를 위해 끊임없이 술의 냄새를 맡고 맛을 보아야 했다. 그럴 때 술은 그녀에게 연구해야 할 대상일 뿐이었다. 아버지에게서 나던 감 냄새도, 남편에게서 나던 시궁창냄새도 다 잊고서 그녀는 술의 냄새와 맛에 집중하려 애썼다.

그녀는 잠을 설친 탓이지 얼굴이 부석했다. 찬물로 얼굴을 두드렸지만 별로 나아지질 않았다. 하는 수 없이 대충 화장을 하고는 집을 나섰다. 가게 문을 열던 경수 아버지가 그녀에게 인사를 건넸다.

"어젯밤에 많이 시끄러웠지요? 겨우 소주 서너 병 팔아주면서 그렇게 소란을 피운다니까요. 아예 이참에 술은 팔지 말까 하는 생각이 다 들데요. 우리 어머니는 여직 일어나시지도 못 했구면요."

그는 구석에 있던 소주박스들을 양손으로 들고서는 가게 앞에 진열하기 시작했다. 아마 술을 팔지 않으면 매출이 반 이상은 줄어들 걸, 이런 생각을 하며 그녀는 고개를 가볍게 숙이고 가게 앞을 지나쳤다.

하이힐을 신고 내리막길을 걸어가는 것은 여전히 힘이 들었다. 발끝에 힘을 주고는 미끄러지지 않게 조심하면서 한 걸음씩 발을 내디뎌야 했다. 높은 언덕을 오르내려야만 되는 집이어서 그녀는 처음에는 계약하기를 망설였다.

"경치 한번 끝내줘요. 공기도 맑고 조용하고……. 일부러 등산도 하는데, 저절로 운동도 되고 좀 좋아요?"

결국 전월세계약서에 사인을 하게 된 것은 부동산중개업 자가 떨어대는 너스레 때문이 아니라, 어처구니없게도 아버 지가 술에 취해 부르던 '언덕 위의 하얀 집'이라는 흘러간 칸 초네 가사를 그녀는 떠올렸기 때문이었다. 막상 가보니 낡 은 집은 묵은 때와 더러움을 지우기 위해선지 짙은 밤색으로 페인트칠 되어 있었다. 바람이 불어올 적마다 한쪽이 떨어져 나간 판자문이 덜커덩거렸다. 덜커덩거리는 문소리와 함께 아버지의 노랫소리가 들려오는 듯했다.

"그 집을 다시 세우고 싶어요…… 추억이란 다 그런 거지 요…… 세월이 흐르면 알게 되지요 시간이 마음을 속인다는 걸…… 지난날은 이제 어디로 갔지요…… 그 집을 다시 세우 고 싶어요……"

아버지가 다시 세울 수 없는 집을 그녀는 세우고 싶었다. 어떻게 하더라도 아이를 도로 찾아 나지막한 언덕 위에 아담

엄현주 소설집

한 집을 짓고 살아야겠다고 마음먹었다. 언덕을 오르내리며 그녀는 날마다 그 꿈을 키워가고자 했다.

회사에 도착했을 때는 흰색 반팔블라우스의 목깃이 땀으로 젖어 축축했다. 그녀는 손수건으로 목뒤를 훔치면서 회사 정문 옆에 있는 화단에 눈을 주었다. 활짝 피어난 붉은 달리아와 장미가 아침햇살에 속살을 한껏 드러내고 있었다. 그 속을 벌 한 마리가 윙윙 소리를 내며 거침없이 파고들었다. 어디선가 난데없이 남편의 목소리가 들려오는 듯했다.

"세상이 많이 바뀌었다고 해도 아직 멀었어. 이혼녀라면 일단 아무나 넘보니까, 잘 생각해서 결정하라고. 날 위해서가 아니라 당신을 위해서 말이야."

지난밤, 취기에 힘입어 흔들었던 남편의 주먹이 그녀의 눈두덩과 입 위에 붉고 푸른 흔적을 어지러이 남겨 놓았다. 거울을 늘여나보며 언고를 마르디기 그녀는 새삼스럽게 치밀어 오르는 분노와 증오로 악다구니를 쳤다. 당장 갈라서자고, 악을 쓰는 그녀에게 남편은 등을 또닥거리며 세상경험을 혼자 다해본 것처럼 낮고 여유로운 목소리로 말했다. 간밤에 갖은 행패와 난동을 부린 자가 정말 이 사람이 맞는가, 하는 의문이 새삼 들 정도였다. 폭음을 하면 남편이 완전히 다른 사람이 된다는 것을 그녀는 그때만 해도 잘 알지 못했다.

결혼 전 포장마차에서 둘이 함께 술잔을 기울일 때면 그에게서 느껴지는 푸근함과 솔직함이 그녀는 좋았다. 평상시의 수줍음이 사라진 얼굴 위로 발그스름한 기운이 감돌면서 시작되는 그의 다변. 그의 입에서부터 나오는 이야기는 하나같이 신기하고 흥미로웠다. 그의 박학다식함에 그녀는 탄복했고, 그런 그녀를 그는 사랑스러워했다. 술이 둘 사이에 사랑의 매개체가 될지언정 원흉이 될 조짐은 그 어디에도 찾을 수 없었다.

결혼생활의 연륜이 조금씩 늘어 가는데 비해, 그의 주량은 엄청날 정도로 빠르게 늘어갔다. 늘어난 주량에 비례해 그의 주먹과 다리의 힘도 세어졌다. 점차 강해지는 그의 주먹질과 발길질을 그녀는 도저히 견뎌낼 재간이 없었다. 그리고 무엇보다도 그녀를 더욱 견딜 수 없게 하는 것은 다음날 돌변하는 남편의 태도였다. 전날 밤 부렸던 행패를 사죄하는 남편은 비열한 웃음과 아첨 섞인 말투로 빌빌 기다시피 했다. 그 비굴한 태도에 구토를 느끼면서 간밤에 남편의 행패를 참았던 자신에 대해서도 그녀는 모멸감을 갖게 되었다. 그러면서 그녀는 이혼녀로 살아가는 게 백번 낫겠다는 생각을 서서히 굳혀갔다.

그녀는 흰 가운을 걸치고 연구실로 들어갔다. 열린 창으로 늘 신선한 공기가 들어오는 곳이었다. 연구원들이 향을 제대로 느낄 수 있게 하기 위해 연구실의 위치를 공기가 잘 통하는 곳에 잡아두었기 때문이었다. 대학 졸업 후, 수많은 지원 회사 중에서 그녀가 유일하게 최종합격까지 한 곳은 주류회 사였다. 그녀는 술과 운명적인 관계라고 믿으며 회사업무에 자신을 되도록 맞추려고 노력했다. 그러다 보니 마늘이나 카 레나 허브 같은 자극적인 음식을 자연적으로 피하게 되었고, 감기 또한 걸리지 않기 위해 지극히 조심했다. 직접 시음하 기도 하지만 주로 후각을 통해 맛과 향을 평가해야 하기 때 문이었다.

이번에 새로 출시하는 위스키는 꿀맛의 달콤한 향과 상큼 한 과일 향을 첨가해서 깊은 부드러움과 감칠맛을 내게 하고 자 했다. 원액과 첨가물의 배합비율에 미묘한 차이가 있어도 맛은 완전히 달라지고 말기 때문에 신경 또한 극도로 예민해 져 있었다. 그런 그녀의 신경을 일부러 건드리고 말겠다는 듯 가운의 호주머니에서 휴대폰이 떨어댔다.

"나야. 큰일 났구나."

이모의 목소리를 듣는 순간부터 그녀는 큰일 났다는 직감 이 먼저 들었다.

"말씀하세요."

무슨 일이든 다 받아들일 태세로 그녀는 낮고 담담한 음성 으로 대꾸했다. 그러자 이모도 무슨 말이든 다할 듯 목을 가 다듬고는 말을 늘어놓기 시작했다.

"어제 저녁에 네 어머니 혼자 두고서 세영네 갔었다. 아영이가 잠시 귀국해서……. 근데 아무래도 오늘 아침에 갑자기 불안한 기분이 들어서 전화를 해봤지. 안 받더구나. 부랴부랴 집으로 돌아왔더니, 기가 막혀서……. 온 집을 난장판으로 해놓고 그 가운데 퍼질고 앉아 있구나."

지난밤에 분명 어머니와 통화를 했지 않았던가? 그때는 아무렇지도 않았는데 하루가 채 지나지 않아서……. 도무지 믿을 수 없다는 투로 그녀는 말했다.

"무슨 말씀이세요? 어젯밤에 통화를 했는데……. 그때는 조금도 이상하지 않으셨어요."

"그러니 나도 네 어머니 혼자 두고 간 것 아니겠냐? 불과 몇 시간 새 완전히 넋이 나가고 말았어. 이 일을 어쩌면 좋으냐?"

어쩌면 좋을지에 대한 정답을 알아내야 할 사람은 바로 너라고 말하는 것처럼 그녀에게 들렸다. 그 말이 목을 죄어와, 오늘 퇴근하고 가겠다는 말만 남기고 급하게 그녀는 전화를 끊어버렸다.

혀끝에서 술을 굴리며 삼킬 듯하다가 도로 뱉어놓기를 몇 번이나 해봐도 웬일인지 감각이 둔해져 그녀는 제대로 향이나 맛을 감지할 수 없었다. 출시한 지 일 년도 넘은, 제품의 문제점을 이제야 개선하라는 과제가 더 추가됐지만 새로운 방안은커녕 현재의 상태조차 제대로 파악할 수 없어 그녀는

엄현주 소설집

답답하기만 했다. 튤립모양의 비커는 그녀가 뱉어놓은 술들로 채워져 갔다. 아예 비커에 뱉은 술을 도로 삼키고선 듬뿍 취하고 싶었다. 그런다면 튤립으로 피어나는 꿈을 꾸며 잠시라도 행복해질 수 있을 것 같기도 했다.

일찍 퇴근을 서둘러 그녀는 회사를 나왔다. 나날이 길어지고 있는 여름 해가 여전히 하늘 한가운데 머물러 그 기세를 떨치고 있었다. 서울 행 고속버스에 몸을 실을 때까지만 해도 그녀는 아무런 생각이 없었다. 몸과 머리가 따로따로인 듯 움직이다가 버스가 빠른 속도로 서울을 향해 가자 그제야 어머니와 아들에 대한 생각들이 복잡하게 얽히게 시작했다. 어머니는 요양병원에 입원시키고, 아들은 무슨 수를 써서라도 데리고 오면 된다고 단순하게 믿고 싶었다. 법원에 아이면접교섭권신청부터 해두었지만 앞으로 거쳐야 할 길이 얼마나 험난하고 고된가를 모를 리 없기에 그녀는 한숨만 나왔다.

그녀의 대학졸업을 얼마 앞두고, 아버지는 눈을 감으면서 말했다.

"널 위한다는 게, 되려 짐만 남기게 되는 꼴이 아닌가 싶다. 네 어머니, 잘 부탁한다."

이제 혼자서만 느껴야 하는 죄의식이 더 무겁게 가슴을 짓누를 것이다. 하지만 다 나를 위한 것이었으니……. 그녀는 아버지의 손을 잡고, 그런 걱정은 하시지 말라고 자신 있게 말했다. 평생 아버지와 나를 위해 수고한 어머니에게 노후에 무엇인들 못 해드리겠느냐는 말까지 덧붙이며 안심시키려 했다. 얼마간 홀가분한 얼굴을 하는 아버지의 얼굴 위로 창에서부터 들어오는 저녁 해의 붉은 빛이 어른거렸다. 어디선가 잘 익은 감 냄새가 은은하게 풍겨오고 있었다. 술을 입에 대지도 않았건만 난데없는 취기가 몰려와 그녀의 정신을 혼미하게 했다. 뿌옇게 흐려오는 그녀의 눈앞으로 아버지의 젊고 탄탄한 등이 떠오르고 있었다. 그 등에 업혀 어딘가로 가다가 퍼뜩 정신을 차리고 보니, 아버지 혼자 이미 저만큼 길을 떠나가고 있었다.

유월의 덩굴장미가 저녁의 어슴푸레한 빛 속에서도 붉은 색을 발하며 눈을 끌었다. 담장을 휘감고 요염하게 피어난 덩굴장미 때문에 골목어귀에서부터 그녀의 집은 눈에 띄었다. 어머니의 머릿속도 덩굴장미처럼 신경들이 엉겨버려 기억들이 미로를 찾아 헤매고 있는 건가? 그녀가 대문 앞에 섰을 때 마당의 한가운데서 바람에 펄럭이는 빨래를 걷고 있는 이모가 눈에 띄었다.

"빨래 걷을 정신도 없었구나. 웬 종일 나까지 넋이 나가서……."

왔느냐는 인사 따위는 늘 생략하는 이모. 이모로 인해 그녀는 자신이 어머니와 피 한 방울 섞이지 않은 남남이라는

엄현주 소설집

사실을 떠올리게 되곤 했다.

"어머닌……, 좀 어떠세요?"

그녀는 빨래를 안고 현관으로 들어가는 이모의 등 뒤에 대고 물었다. 납작하고 좁은 등에서부터 전해오는 피곤함과 냉랭함에 저절로 한숨이 났다.

"좀 전에야 겨우 잠이 들었어. 동네병원에서 약을 지어 와서 먹이긴 했는데……. 종합병원에 가서 정밀진단을 더 받아봐야 정확한 건 알겠지만 치매란다. 아직 그렇게 심한 건 아니라고 해도 빨리 손을 써야 된다더라."

이모는 마루에 빨래를 늘어놓고 주섬주섬 개키면서 말했다. 날쌔고 정확한 손놀림을 멍하니 지켜보다 그녀는 안방으로 들어갔다. 두 눈을 감고 자리에 누운 어머니의 얼굴은 조용하고 평화롭게 보였다. 집 안을 온통 뒤집어 놓을 만한 광기는 전혀 찾아볼 수 없었다. 그녀는 어머니의 손을 꼭 쥐어보았다. 야위고 조그만 손이 손안에 쏙 들어왔다. 어머니의 한평생이 마치 손안에 잡혀오는 듯해 그녀는 급하게 놓아버렸다. 이모가 개킨 빨래들을 들고 들어오더니, 그녀에게 못마땅한 심사를 풀어놓을 참인 듯했다.

"너희 집에 들어온 지가 올해로 벌써 삼십 년이 넘었다. 남편하고 겨우 십삼 년밖에 못 살았네. 뭔 수를 써서라도 자식 하나는 둬야 한다고 그렇게 말했건만……. 왜 멀쩡한데 애가 안 생기냐고? 부부사이 금슬에 뭔 문제가 있으니까 안 그랬겠어? 죽은 아내 못 잊어하는 줄 뻔히……"

이모의 거침없는 입을 막기라도 할 듯이 어머니가 눈을 부스스 떴다. 방 안을 휘휘 둘러보는 어머니의 눈 속으로 몰려드는 낯설음과 공포. 어머니는 놀란 듯 벌떡 몸을 일으켜 앉았다.

"여기가……. 여기가……. 어디지?"

"어디긴, 언니 집이지. 봐, 주희도 왔잖아."

이모는 좀 전과 달리 살갑게 그녀의 손을 끌어다가 어머니에게 쥐어주었다. 그러자 어머니는 놀랍게도 그 손을 슬그머니 뿌리치며 고개를 꼬고 말했다.

"뉘신지……."

아, 그녀는 자신도 모르게 탄식인지 비명인지 모를 소릴 질렀다. 모녀로 맺고 있던 끈이 끊어져 나가는 소리가 들렸다. 삼십 년 넘는 세월이 뭉떵 잘려나가고 그녀는 열 살의 아이가 되어 대문 앞에 쭈그리고 앉아 아버지를 기다린다. 그녀의 눈 속으로 새카만 어둠이 몰려들고 있다. 그녀는 울음을 쏟아낸다.

"언니, 정신 좀 차려. 이제 주희까지 못 알아보면 어떡해? 이봐, 너무 서운해서 울고 있네. 주희야, 울지만 말고 네 어머니 정신 좀 차리도록 어떻게 좀 해봐라, 응?"

　　　　　　　엄현주 소설집

그녀는 손바닥으로 눈물을 훔쳐내고 어머니를 똑바로 바라보았다. 그제야 암전됐던 머릿속에 불이 반짝 들어오듯 어머니의 눈에 생기가 돌기 시작했다.

"내가 꿈을 한참 꿨나보다. 그런데 네가 웬일이냐? 회사는 어떡하고? 뭘 제대로 먹고 다니는지 모르겠다. 얼굴 꼴이 그게 뭐냐? 비쩍 말라가지고서. 보내준 반찬들 하고 밥해서 꼭 끼니는 거르지 말아야 한다."

이번에는 옆에 있던 이모가 울먹거리며 말했다.

"이제 우리 언니 정신이 말짱해졌네. 마흔이나 되는 딸 걱정일랑 그만하고 언니 몸이나 챙기라니까. 얘가 일부러 여기까지 왔잖어. 제 어머니 병원 모시고 가려고……."

"병원은 무슨……. 내가 어디가 어떻다고 병원이야? 바쁜 애는 뭣 하러 불러올려? 주희야, 넌 낼 아침 여기서 바로 출근해. 아참, 아영이 나왔냐고 했잖이? 세영네에 안 가?"

이모는 대답 대신 코웃음을 치고는 코를 흥 풀었다. 그녀는 그제야 순간 피로가 한꺼번에 몰려오는 듯해 벽에 몸을 기대고 눈을 감았다. 마당에서부터 꽃향기를 실은 바람이 불어오고 있었다. 그 바람에 실려 자신의 몸이 어딘가로 떠가고 있는 느낌이었다. 모든 근심걱정과 고통도 바람에 실어 어딘가로 날려 보낼 수 있다면, 그런 다음 시간이 그대로 멈추어버린다면…….

아무도 깨어나지 않은 아침에 그녀는 살짝 현관문을 열고 나왔다. 마당에서는 수목과 여름 꽃들이 부스스 눈을 뜨고 일어나 아침을 맞아들이기 위해 단장하느라 부산을 떨고 있었다. 그녀는 그것들에게 고루 한 번 눈을 준 다음 대문을 나섰다. 아직 해가 들지 않은 골목에서 끼쳐오는 축축하고 서늘한 기운에 그녀는 부르르 몸을 떨었다. 골목이 끝나는 지점에서 그녀는 돌아서서 애절한 눈빛으로 자신의 집 대문을 바라보았다. 다시 여기로 돌아올 수 없을지도 모른다는, 방정맞고 불길한 예감에 그녀는 머리를 세차게 흔들고는 걸음을 빠르게 재촉했다.

하루 종일 그녀는 일이 손에 잡히지 않았다. 후텁지근한 기운이 몸을 무겁게 누르면서 모든 감각을 다 앗아간 듯했다. 무감각한 혀와 코로 기존제품의 문제점을 발견하기는커녕 새로운 문제들을 더하게 될지도 모른다는 생각이 들었다. 게다가 점심시간에 난데없이 남편으로부터 걸려온 전화가 그녀의 속을 긁어놓았다.

"오늘 거기로 갈 거니까, 좀 만나."

아이면접교섭권 때문이라는 걸 알았지만 그녀는 짐짓 시치미를 떼고 대꾸했다.

"만날 일이 뭐가 있다고 만나요?"

"근데 이 여자가……. 뭐, 면접교섭권? 웃기고 있네. 나도 할 만큼 했다고."

위자료로 겨우 몇 천 만원 내어놓은 것을 두고 하는 말이라는 것을 그녀도 모를 리 없었다. 그녀는 자신도 모르게 코웃음을 치고는 전화를 끊어버렸다.

퇴근시간쯤 그녀는 휴대폰을 들여다보며 남편의 전화가 또 걸려올까 마음을 졸이다가 재빨리 회사를 나왔다. 횡단보도 앞에 왔을 때야 그녀는 아이의 생일케이크를 떠올렸다. 그러자 몽마르트르베이커리 말고는 달리 아는 데도 없다는 생각에 망설이지 않고 그곳으로 들어갔다.

달콤하고 고소한 냄새가 코끝에 스쳐오면서 그녀는 마치 동화의 나라로 들어간 기분에 빠져들었다. 그곳에 있는 모든 것들이 '헨젤과 그레텔' 속에서처럼 과자나 빵으로 다 만들어진 게 아닐까, 하는 상상을 해보며 그녀는 잠시 모든 근심걱정을 다 잊었다. 그녀가 들어온 것도 모르는지 남자는 시식대 위에 빵을 놓고 열심히 썰고만 있었다. 항상 시식대 위에 빵이 넉넉히 놓인 것을 보고 그녀는 남자의 후한 인심을 짐작해보곤 했다. 마침내 빵을 다 썰고서 남자는 포크로 한 조각을 입안에 넣었다. 순간 얼굴에 미소를 떠올리며 행복에 잠기는 듯한 남자의 얼굴. 그걸 바라보는 그녀의 입안에서도 달콤한 맛과 함께 침이 괴이고 있었다. 그녀는 침을 삼키고서 조심스럽게 말문을 열었다.

"저기요, 케이크를 하나······."

돌아보는 남자의 얼굴에 언뜻 놀라움이 스치고 지나갔다. 그녀는 갑자기 느껴지는 장난기를 들키지 않기 위해 웃음을 지어보이며 물었다.

"식빵이 아니고 케이크라서 놀라셨어요?"

속마음을 들켜버린 듯 멋쩍게 웃는 남자를 보니 그녀의 입도 저절로 벙긋 벌어지고 있었다. 그녀는 남자의 시선을 느끼면서 쇼케이스 안을 기웃거려 보았다. 하지만 작년 아이의 생일 때 사다 준 것과 같은 딸기무스케이크는 찾을 수 없었다. 아이가 입맛을 다시면서 하던 말이 떠올랐다. 엄마 너무 너무 맛있어. 내년에도, 또 내년에도, 또 또 내년에도 사줘, 응? 그러겠노라고 새끼손가락까지 걸며 아이와 한 약속. 그녀는 그걸 지키고 싶었다. 하지만 쇼케이스 속에는 딸기무스케이크가 없었고, 그걸 주문하기도 쉽지 않을 것 같았다. 게다가 다음날 아침 일찍 찾아가려면 더욱······. 그래도 그녀는 말이나 한번 꺼내보자는 생각으로 입을 열었다.

"딸기무스케이크가 필요한데 될까요? 내일 아침 여섯시까지. 아이 등교시간에 맞춰 서울까지 가려면······.

의외로 남자는 고개를 끄덕이며 선선히 응해주었다. 그런 그가 너무 고마워서 그녀는 큰절이라도 올리고 싶은 심정이었다. 끊임없이 말을 더듬거려가면서도 필요한 것들을 알아내어 주문서를 작성하는 남자에게서 진실함과 간절함이 느껴졌다. 남자의 손에서 만들어진 케이크라면 맛이나 품질에서 틀림없을 것이다. 자신의 마음을 대신할 수 있을 만큼 사랑과 정성이 들어갈 것이라는 믿음이 들었다. 그녀는 아이의 얼굴을 또다시 떠올리며 빵가게를 나와 가뿐한 걸음으로 걸어가기 시작했다. 다음날 아침 일찍 그걸 들고 아들을 찾아갈 생각에 벌써부터 가슴이 벅차올랐다.

불그스름한 노을빛에 잠겨드는 언덕길을 그녀는 오르고 있었다. 예의 그 달짝지근하고 시큼한 냄새 속에서 미세하게 나고 있는 달콤하고 고소한 향을 놓치지 않고 그녀의 코는 감지했다. 순간 행복하다고 그녀는 느꼈다. 하지만 아주 오랜만에 느끼게 된 행복은 지극히 짧게 끝나고 말았다. 언덕의 꼭대기에 다다랐을 때 구멍가게 앞에서 서성이고 있는 남편을 발견했다. 여길 어떻게 알아냈을까, 순간 그녀의 두 다리가 풀리는 듯했다.

"올라가서 이야기 좀 해."

그는 건물을 올려다보며 말했다. 벌써 한잔했는지 그의 입에서 술 냄새가 풍겨 나왔다. 그녀는 자기도 모르게 뒷걸음쳤다. 그러자 그는 가까이 다가와 그녀의 손목을 낚아채듯 잡아끌고는 계단을 오르기 시작했다. 더 이상 피할 수 없다는 걸 알아차리고 그녀는 순순히 현관문의 비밀번호를 눌렀다.

그는 자기 집처럼 서슴없이 들어와서는 마루 한가운데 있는 탁자 앞에 털썩 앉았다. 그러고선 바지뒷주머니에서 종이와 조그만 인주 통을 꺼내놓았다. 뭔 수작을 부리려고? 그녀는 입을 앙다물고 그를 노려보았다. 그는 네모반듯하게 접은 종이를 활짝 풀어헤치면서 말했다.

"읽고 여기에 도장 찍어."

면접포기각서,라고 크게 인쇄된 글자들이 너울너울 눈 속으로 날아들었다. 그녀는 고개를 절레절레 흔들었다.

"고개를 흔든다고 해결될 문제가 아니야. 감히 내게 소송을 걸어? 이혼한다고 했을 때는 모든 걸 다 포기할 각오가 되어 있었을 것 아냐? 근데 이제 와서 아이를 만나겠다고? 어림없어. 위자료까지 받아 챙겨놓고선."

"흥, 위자료를 몇 푼이나 줬다고. 매값으로 쳐도 그것보담 몇 배 많겠네. 그리고 내 아들 내가 보겠다는데 뭐가 잘못이래? 천륜을 끊으려 드는데, 법에라도 호소해야 할 것 아냐?"

순간 그의 충혈된 두 눈이 살기와 광기로 번득거리는 걸 보고서 그녀는 더 이상 말을 계속하기 힘들었다.

"좋게 말할 때 찍어. 시간 없어. 오늘 밤차로 올라가야 해."

그는 어금니 사이로 자근자근 말을 씹듯이 하고서 그녀를 지그시 노려보았다. 그렇다고 해서 아이를 보는 걸 포기할 수 없었다. 그녀는 최대한 목소리를 낮게 깔고서 대꾸했다.

"그렇게는 못 해요."

"그렇게는 못 한다? 그럼 하게 해주지."

그는 거칠게 팔을 잡아끌어 그녀의 엄지손가락 끝에 인주를 묻히려고 들었다. 그녀는 필사적으로 몸을 비틀며 손가락을 움켜쥐었다. 그러자 그의 사나운 발길질이 시작되었다.

순간 눈앞에 불이 확 댕겨지면서 그녀는 자신도 모르게 온 힘을 다해 남편에게 달려들었다. 불시에 습격을 당한 그는 잠시 멈칫하다가 이내 기세를 회복했다. 둘이 엉겨 붙어, 치고 할퀴고 물어뜯는 육탄전이 진행되기 시작했다. 그들은 두 마리의 맹수가 되어 사납게 소리 지르며 싸워댔다. 하지만 그들의 싸움은 구멍가게에서 한껏 볼륨을 키운 티브이소리 때문에 어느 누구의 관심도 끌 수 없었다. 말리는 사람이 없는 싸움을 몇 시간이나 계속 하다 보니, 둘 다 제풀에 힘이 꺾여들고 있었다. 하지만 그녀는 기회를 틈타 남은 모든 힘을 다해 달려들어 그의 손등을 물어뜯었다.

"이거 놔! 놓으라니까……."

비명처럼 질러대는 그의 소리에도 아랑곳하지 않고 그녀는 살점이 떨어져나가라 계속 물어뜯고 있었다. 입안에서 비린 냄새와 함께 짭짤한 맛이 느껴지는 순간 그녀의 숨통이 꽉 죄여왔다. 남편의 억센 손아귀가 그녀의 목을 움켜쥐고 있었다. 금방이라도 숨이 끊어질 듯해 그녀는 사력을 다해 발버둥 쳤지만 아무런 소용이 없었다. 점점 숨이 죄어오면서 정신이 혼미해지고 있었다. 그러면서도 그녀는 아련하게 나고 있는 술 냄새를 맡았다. 달짝지근하고 시큼한 냄새. 그 냄새가 몰고 오는 불그스름한 기운에 그녀는 조금씩 잠겨들고 있었다. 그러다 어느 순간 불가항력적인 힘에 의해 그녀는 자신의 몸이 위로 번쩍 들리는 느낌이 들자 본능적으로 창틀을 움켜잡으려 애썼다. 하지만 손바닥이 미끄러지면서 몸이 기우뚱하며 중심을 잃고 말았다. 비명을 지르며 사지를 버둥거리다가 그녀는 자신의 육신이 창밖으로 내던져지는 걸 알아차렸다. 그런데 놀랍게도 몸이 가벼워지면서 홀가분하고 편안해지는 느낌이 들었다. 그동안 자신을 옭아매고 있던 것들이 다 떨어져 나간 걸까? 그런 생각을 하며 빠른 속도로 떨어져 내리고 있는데, 그녀의 눈앞으로 난데없이 환하게 불을 밝힌 집이 나타났다.

뾰족지붕과 흰색 벽돌로 쌓아올린 아담한 집. 이 하얀 집을 언제가 잡지에서 본 적이 있지 않았던가? 그때 마음에 쏙 들어 휴대폰으로 사진까지 찍어두었었는데 어떻게 여기에……. 그녀는 믿기지 않아 눈을 깜빡이다가 집의 창가에 놓인 케이크를 발견했다.

"저 케이크는……"

그녀는 떨어져 내리면서도 그 케이크를 자세히 보려고 두 눈을 부릅떴다. 갖가지 과일과 과자로 장식한, 윤기가 감돌면서 붉게 빛나는 딸기무스케이크. 그건 자신이 주문한 아들의 생일케이크라는 걸 그녀는 알아차렸다. 케이크는 기대했던 것 이상으로 훌륭하게 보였다. 케이크를 찾으러 가야 하는 수고로움을 덜어주기 위해 일부러 그 남자가 여기까지 가지고 온 걸까? 그녀는 점점 희미해지기 시작하는 의식을 붙잡고서도 남자에게 고마움을 어떻게 표시해야 할까, 하는 생각에 잠시 골몰했다. 그러다 생일케이크를 받아들고 좋아하는 아들의 얼굴이 떠올랐다. 그 순간 그녀는 행복해져 설핏 웃음을 지으면서 마지막 힘을 다해 입을 벙긋거렸다.

"고…… 마아…… 워……"

말이 채 끝나기도 전에 그녀의 육신은 땅으로 떨어져 내렸다. 그 위로 유월의 밤바람이 불며 검은 꽃잎들이 소리 없이 흩어져 내리고 있었다.

3

하루 종일 출입문을 기웃거리다가 그는 여자가 지나갈 시간쯤에는 아예 문 밖에 나가 있었다. 하지만 여자는 보이지 않았다. 하는 수 없이 그는 가게 안으로 도로 들어가 쇼케이스 속에 있는 딸기무스케이크를 들여다보았다. 케이크는 아직 건재하고 있으니 염려마라는 듯 자르르 윤기가 흐르는 얼굴로 붉게 웃었다.

"아무리 봐도 흠 잡을 데가 없네. 내가 봐도 참 기막히게 잘 만들었단 말이야. 거의 예술품 수준인걸."

이렇게 혼자 중얼거리다가 그는 마침내 용기를 내서 여자의 휴대폰번호를 눌렀다. '소녀의 기도'가 한참 울리더니, 지금 저희 고객님께서는……,이라고 시작되는 안내멘트가 흘러나왔다. 그가 수없이 재 발신키를 눌러보았지만 마찬가지였다. 그의 귓가에 '소녀의 기도'가 여음이 되어 남아 있었지만 결국 여자와의 통화는 이룰 수 없었다.

며칠이 지나도 여자는 나타나지 않았다. 이제 여자에게는 식빵조차 필요 없는 모양이었다. 붉은 노을빛에 잠긴 언덕길을 오르는 여자를 더 이상 볼 수 없게 되자 그는 일이 손에 잡히지 않았다. 그의 머릿속은 온통 여자의 생각으로 채워졌다. 도대체 무슨 일이 생긴 걸까, 아니면 그녀의 아들에게? 어쩌면 여자는 자신이 생일케이크를 주문한 사실조차 까마득히 잊고 있는 건 아닐까? 살다가 보면 그럴 수도 있겠지. 혹시 급하게 출장이라도……. 별별 경우를 그는 다 떠올려보다가 결국엔 쇼케이스 앞으로 다가가 케이크를 들여다보곤 했다. 이제 케이크도 자신만만함과 여유를 잃어가고 있었다.

곧 끝나갈 유효기간 앞에서 수치심으로 붉게 달아오른 얼굴로 쩔쩔 매는 모습이 안쓰러워 그의 가슴이 저렸다.

"좀만……. 조금만 우리 더 기다려보자고, 응?"

그는 케이크를 향해 타이르듯 나직한 목소리로 말했다. 그때 출입문이 열리면서 경수 아버지가 들어왔다. 늘 빵은 경수 할머니가 사갔기 때문에 의외라는 생각이 들어 그는 물었다.

"어어어쩌쩌언 이이일로로…… 아아저저……"

"우리 어머니가 편찮으셔서……. 도무지 입맛이 없으신 모양이야. 나이든 사람한테는 워낙 충격적인 일이라. 나도 아직 다리가 후들거릴 정도니까."

무슨 일을 두고 하는 소린지 그는 전혀 알아차릴 수 없어서 멀뚱히 경수 아버지를 보기만 했다.

"어째 자넨 모르는 모양이네. 이 일대가 다 아는데……. 텔레비전 뉴스에도 잠시 나왔더라고. 며칠 진에 우리 집에 세든 여자가 죽어나가……. 말도 말게. 한바탕 난리가 났지 뭐야."

그렇게 큰일이 났는데 그는 자신만 몰랐다는 게 좀 마음에 걸렸다. 그러다 불현듯 그는 며칠 전 새벽에 울리던 구급차 소리를 떠올리면서 그것과 무관하지 않으리라고 막연히 추측해 보았다.

"주주우죽다다다니…… 어어쩌쩌……"

"그게 자살인지 타살인지 정확하게 밝혀지지 않아 계속 경찰이 들락거려. 그래서 장례도 못 지내고 있더라고. 이혼하고 혼자 사는 여잔데 참하고 얌전했지. 죽은 날 밤에 남편이 다녀갔다는데……. 어쨌든 안됐어. 우리 어머니 좋아하는 빵으로 몇 개 담아주어."

누군지 모르는 여자지만 죽었다니까 일단 그에게는 충격적이었다. 빵 집게를 잡은 손이 사정없이 떨려와 그는 간신히 빵들을 봉투에 담았다. 경수 아버지는 입을 잠시도 다물고 있기가 싫은지 주절주절 이야기를 늘어놓았다.

"곧 이사도 가야 한다네. 그래봤자 그 근처긴 하지만. 언덕을 깎아내고 거기다 아파트를 짓는대. 보상금 때문에 실랑이를 한참 벌이다가……. 겨우 합의를 끝내놓고 나니까 바로 공사를 시작할 모양이야. 이래 빨리 시작할 줄 모르고 있다가 갑자기 설쳐대는 바람에 정신이 없어. 어서 빨리 우리 어머니가 일어나셔야 이사고 뭐고 할 건데, 정말 걱정이야."

빵을 담던 그의 손에 힘이 빠져나갔다. 그러면 몽마르트르 언덕이 이제 영원히 사라진단 말이지? 그 언덕길을 오르던 여자도 어디로 갔는지 사라지고 없더니……. 그는 마치 자신의 일부가 금방이라도 허물어질 듯, 비감한 기분에 빠져들었다.

"얼마야?"

"유육처처언 사사배백원……"

경수 아버지가 거스름돈을 받아 챙겨 가게를 나가고 난 뒤

엄현주 소설집

에야 그는 경수 할머니에게서 받아야 할 외상값을 생각해냈다. 그러다가 그는 또다시 여자를 떠올리고는 다시 한 번 문자메시지를 보냈다.

"주문하신 케이크, 오늘 중으로 찾아가지 않으면 바로 처분할 것임."

메시지를 보내고 그는 곧바로 후회했다. 다분히 위압적으로 느껴질 것 같아서였다. 마음이 아주 여릴 것 같던데 혹시 상처라도 받으면 어떡하나, 하는 염려가 뒤늦게 되기 시작했다.

"나도 참, 기다리는 김에 좀만 더 참지 않고선. 어쨌든 오늘 문 닫을 때까진 기다려 봐야지."

그는 다른 날보다 문 닫는 시간을 삼십 분 더 늦추기로 했다. 발길이 뜸해진 가게 앞의 거리에서는 차 소리와 취객들의 고함소리만이 간간이 들려왔다. 지루함을 견디다 못해 그는 리모컨으로 티브이를 작동시킨 다음 이리저리 채널을 돌렸다. 토크쇼, 사극, 시사프로……. 그러다 '세계 여행지를 찾아서, 프랑스 편'이라고 쓰인 자막을 보고 그는 채널을 고정시켰다. 높은 성당을 잠시 비추어주던 카메라가 거리 곳곳에 이젤을 놓고 그림 그리는 사람들을 보여주면서 해설을 시작했다.

"파리, 하면 떠오르는 것들이 많겠지만 오늘은 제일 먼저 몽마르트르언덕으로 가보겠습니다. 파리 북쪽에 위치한 이곳은 어린 시절의 꿈과 즐거움을 찾아 모여드는 보보스들로 붐비고 있습니다. 이십 세기 초까지 가난한 화가들의 보금자리 역할을 하던 이곳은 피카소나 모딜리아니 같은 유명한 화가가 나왔던 곳이기도 합니다. 지금도 행인들의 초상화를 그려주거나 그림을 파는, 거리의 화가들이 많이 있습니다. 그런가 하면, 언덕을 올라가는 길에는 카바레 물랭 루주와 섹스 숍들로 환락가를 이루고 있기도 합니다. 이제 이곳은 더 이상 보보스들에게 꿈으로 남아 있기가 힘든 곳으로 변신해버리지 않았나 싶습니다. 게다가 비싼 땅이 되어버린 이곳은 가난한 화가들이 살 수 없는……"

첫사랑의 여인이 매춘부가 되었다는 소식을 전해들은 것처럼 그는 우울하고 서운했다. 그는 리모컨으로 전원을 꺼버렸다. 일시에 빛을 잃은 화면이 깜깜한 어둠 속으로 그를 끌어들일 것 같았다. 그 속으로 끌려 들어가면 보지 않는 게 좋을 듯싶은 영상을 끝없이 봐야 되는 게 아닐까? 그는 자리에서 벌떡 일어났다. 그러고서는 바로 근처에 있는 연쇄점으로 가서 소주 두 병을 샀다. 그가 발을 움직일 때마다 비닐봉투 안에서 소주병이 부딪치며 딸그락거리는 소리를 냈다. 그 소리를 들으며 가게 앞까지 와서 그는 문득 하늘을 올려다보았다. 별도 달도 없는 하늘은 캄캄하기만 했다.

"이런 날은 술 마시기 딱 좋은 날이야."

엄현주 소설집

그는 소주를 시식대 위에 올려놓고는 셔터를 내리기 시작했다. 이제 여자가 찾아와서 아무리 문을 두드려도 소용이 없으리라. 그는 큰 결심이라도 한 듯 뚜벅뚜벅 걸어 쇼케이스 앞으로 갔다. 이미 윤기와 생기를 잃은 딸기무스케이크는 그 속의 찬 기운을 더 이상 감당하지 못하고 빨갛게 언 몸으로 부들거리며 떨고 있었다. 그걸 급하게 꺼내는 그의 손끝도 떨렸다.

그는 탁자 위에 케이크를 얹어놓고는 긴 초 세 개와 짧은 초 일곱 개를 꽂았다. 서른일곱 해, 자신의 생애를 그 위에 고스란히 담아 놓은 것 같았다. 성냥을 댕겨 그는 정성스럽게 하나씩 불을 붙였다. 열 개의 초에서 화르르 불꽃들이 일어났다. 그동안 피어보지 못한 그의 생이 붉은 케이크 위에서 비로소 화려하게 피어나고 있는 듯했다. 그의 얼굴도 불꽃이 비치면서 환해졌다. 그는 불그스름하게 달아오르는 얼굴을 손바닥으로 몇 번이고 문질러보았다.

팔락거리는 불꽃 사이로 케이크를 주문한 여자의 얼굴이 언뜻언뜻 비친다. 그는 여자에게 뭐라고 말을 해야 할지 몰라 쩔쩔맨다. 그러자 더 이상 못 기다리겠다는 듯 여자는 사라지고, 그 위로 엄마의 얼굴이 보인다. 자신 있게 엄마를 불러보려 하지만 목이 메어 소리가 얼른 나오지 않는다. 그러는 사이 불꽃들은 이내 조금씩 힘을 잃어간다. 녹아내리는 양초를 안타까이 바라보면서 그들이 이제 아득히 먼 전생에서 만났던 사람들처럼 여겨지리라는 걸 그는 예감한다. 곧 영원히 사라지게 될 그들에 대한 기억. 그 기억들을 송두리째 뽑아내듯 다 녹은 양초를 케이크에서 뽑아내며 그는 아랫입술을 사리물었다.

그는 케이크를 잘라 한 입 베어 물었다. 무스가 물컹거리며 입안으로 녹아들자 딸기향이 났다. 달콤하고 향긋한 향. 그 향에 이끌려 그는 쉬지 않고 입안 가득히 케이크를 집어넣으면서 소주를 삼켰다. 달디 단 케이크와 소주가 그의 목구멍으로 하염없이 꾸역꾸역 넘어가고 있었다. 그러자 그의 눈에 눈물이 어른거리기 시작했다. 하지만 그는 자신의 서른일곱 해가 그대로 녹아 있다고 믿는 케이크를 한 조각도 남기지 않고 소주와 함께 다 먹어 치웠다. 그동안 먹지 못한 자신의 나이를 한꺼번에 다 먹었다고 믿으면서, 비로소 서른일곱의 나이로 제대로 살아갈 수 있을 것 같은 자신이 생겼다.

며칠 후, 그는 평소보다 늦게 일어나 가게 문을 열고는 손님 맞을 준비를 서둘러 했다. 하지만 청소와 진열대 정리까지 끝냈을 때는 이미 출근시간대가 훨씬 지나 있었다. 그는 의자에 앉아 한산해진 거리를 내다보고 있었다. 거리는 눅눅하고 끈끈한 기운을 품은 대기와 어디선가 들려오는 소음으로 지쳐 누워 있는 듯했다. 사람의 울부짖음 같기도 하고 맹

엄현주 소설집

수의 포효 같기도 한, 그 불쾌하고 시끄러운 소리에 그도 몸
이 찌뿌듯해져 어디에든 드러눕고 싶었다. 그러다 그는 자
신의 귓가를 사정없이 흔들며 계속 들려오는 소리를 더 이상
참지 못해 벌떡 자리에서 일어났다. 진원지를 찾아내기 위해
분연히 일어나자 그의 눈으로 허물어지고 있는 언덕이 들어
왔다.

"아, 저걸……."

낮은 소리로 울부짖으며 그는 자신도 모르게 몇 번이나 눈
을 끔뻑였다. 무시무시해 보이는 건설장비들과 그것들에게
몸뚱어리를 내주고서 속절없이 헐리고 있는 언덕이 그의 눈
에 선명하게 들어왔다. 캐터필러트랙터와 굴착기가 으르렁
거리며 언덕의 누런 속살을 파헤치는 꼴을 더 이상 볼 수 없
어 그는 그만 의자에 도로 주저앉고 말았다. 머릿속이 아찔
해져 그는 눈을 감았다.

여자는 보라색 치마 위에 묻은 누런 흙 자국을 손으로 털
어낸다. 그럴 때마다 바람에 흩날리는 긴 머리카락에서 부드
럽고 달콤한 향이 흘러나온다. 마침내 흙 자국을 깨끗이 털
어내고서 여자는 허리를 굽혀 샌들 끈을 맨다, 아주 멀리 떠
날 차비를 차리듯. 몇 번이나 샌들 끈을 새로 고쳐 매고서야
여자가 일어선다. 여자의 등 뒤로 불그스름한 하늘이 보인
다. 비로소 떠나야 할 때가 왔다는 듯 여자는 앞으로 발을 내

딛는다. 그러다 문득 뒤를 돌아본다. 곧이어 속살거리는 듯한 낮은 목소리가 들려온다. 몽마르트르언덕, 그리고 몽마르트르베이커리, 안녕. 여자의 입에서 나온 소린지 자신의 입에서 나온 소린지 그는 구분이 가지 않아 입을 벙긋거리며 그 소리를 따라 해본다. 몽마르트르……

"아저씨, 자요? 걸핏하면 낮잠이시네. 곰보빵 두 개랑 애플파이 하나 주세요."

그는 번쩍 두 눈을 떴다. 여드름이 붉은 꽃처럼 만발한 얼굴을 하고 계집애가 서 있었다. 계집애는 입가에 슬쩍 웃음을 떠올리며 비아냥거리듯 말했다.

"왜요? 곰보빵이 아니라 소보로빵이라고 또 하시려고요?"

"그래, 소보로빵이야. 곰보빵이 뭐니? 무식하게스리……."

계집애의 눈이 왕방울 만해졌다. 그는 커진 계집애의 눈을 보다가 방금 유창하게 쏟아져 나온 말이 자신의 입에서 나왔다는 걸 뒤늦게 알고 놀랐다.

"어머머, 이상하네. 그럼 아저씨 그동안 장난치신 거예요? 세상에, 사람을 어쩌면 그렇게 놀려먹어요?"

"당연하지. 너처럼 만날 빵 값 끄트머리를 떼어먹는 녀석에게는 그렇게라도 보복을 해줘야 되지 않겠냐? 오늘 건 다 합해서 사천 사백 원이야."

계집애는 빨개진 얼굴로 요란한 소리를 내며 카운터 위에 동전을 떨어뜨렸다. 그러든지 말든지 그는 다른 사람 앞에서 말을 더듬지 않게 된 것이 너무나 신기해서 또다시 계집애에게 말을 걸려고 했다.

"좀 살살 놓지 않고선……. 동전을 꼭 그렇게 떨어뜨려야 돼?"

계집애가 그를 향해 눈을 한 번 치켜뜨고는 빵 봉투를 움켜쥐었다. 그런 다음 계집애는 냉큼 출입문 밖으로 사라졌다. 이제 더 이상 오지 않을지 모르지만 그는 계집애를 상대로 말을 유창할 수 있게 된 게 너무나 기쁠 뿐이었다. 그의 마음을 전혀 알 리 없는 계집애는 횡단보도를 건너 버스정류장 쪽으로 잽싸게 걸어가고 있었다.

그는 눈을 들어 언덕 쪽을 올려다보았다. 반나절 만에 언덕은 완전히 사라지고 말았다. 언덕이 사라지고 없는, 거기에는 넓은 하늘이 끝 간 데 없이 펼쳐져 있었다. 허공이 되어버린 언덕. 저기에 정말 언덕이 있긴 했던가? 그렇다면 언덕과 함께했던 내 기억들은 사실일까? 마치 오랜 꿈에서부터 깨어나고 있는 듯한 느낌이었다. 정말 그랬을까? 믿어지지 않는 듯 그는 같은 말을 몇 번이고 반복했다. 그러다 이제 언덕이 없어도 아무렇지도 않게 살아갈 수 있어야만 한다고, 그래야만 한다고 자신에게 몇 번이나 다짐했다.


긴 사선을 그으며 햇빛이 유리문 안으로 비쳐든다. 그는 부신 눈을 가느스름하게 뜨고서 앞치마를 두르고 토시를 낀다. 그러고는 제일 큰 스테인리스대야를 꺼내 밀가루 한 포대를 다 풀어놓는다. 그의 팔에 두른 검정 토시 위로 밀가루 입자들이 하얗게 날아든다. 그는 하얀 가루를 뒤집어 쓴 토시 위를 손바닥으로 톡톡 친다. 그러자 그것들은 흰 나비 떼들처럼 하르르 날아 공중으로 사라지고 만다.

반죽도 하기 전에 그의 코는 달콤하고 고소한 냄새를 이미 맡고 있다. 그 냄새와 함께 오븐 속에서 쿠키와 빵들이 먹음 직스럽게 구워질 것이다. 맛있고 신선한 제품들을 만들어내기 위해 그는 날쌔게 손을 움직인다. 환한 햇살 아래서 반짝거리며 빛날 몽마르트르베이커리 간판과 그 앞에서 길게 줄지어 기다릴 사람들. 그 광경을 떠올려보며 그는 더욱 바삐 손을 움직인다. 그의 손을 간질이던 햇살들이 파닥거리며 놀라 저만치 달아난다. 달아나는 햇살 위에서 팔락거리며 흔들리는 보라색 치맛자락. 그는 바쁜 일손을 잠시 멈추고 치맛자락에 눈을 준다. 그러자 그건 눈부신 빛줄기가 되어 그의 눈앞을 환하게 비춘다. 아아아, 햇살들이 멀리 사라지면서 지르는 소리에 놀라 멈추었던 손을 그는 또다시 재빨리 움직이기 시작한다.

# 봄날은 지나가고

＊

    마침내 그들 셋이 다 모였을 때는 오후 세시가 조금 지나서였다. 약속시각을 두 시간이나 넘겼지만 어느 누구에게서도 불만스러운 기색을 찾아볼 수 없었다. 그도 그럴 것이, 약속장소에 모두 늦게 나타났을 뿐 아니라 무엇보다 그들에게는 사십 년 만의 만남이기 때문이었다. 사십 년에 비한다면 두 시간은 그들에게 너무나 짧은 시간일 수밖에 없었다. 그들은 호텔 레스토랑의 야외식탁 앞에 자리를 잡고 앉아 늦은 점심을 먹기 시작했다.

    "옛날에도 여기가 화단이지 않았어?"

    L은 굵은 웨이브가 앞이마를 살짝 가린 머리를 뒤로 젖히며 환하게 핀 벚꽃을 올려다보았다. 나뭇가지 사이로 오후의 햇살이 일렁거리며 그녀의 야윈 얼굴에 꽃그늘을 지우고 있었다. P는 애피타이저로 나온 훈제연어를 포크로 집다가 L의 말에 잠시 손을 멈추었다. 그러자 비로소 사십 년 전의 시간들이 물굽이를 이루며 그녀 앞으로 넘실넘실 다가왔다. 지난밤에 시어머니의 첫 제사라고 모였던, 시집식구들과의 불쾌한 기억이 죽은 혼령과 더불어 이곳으로 오는 내내 그녀의

머리채를 잡아 흔들었다. 그래서 오랜만에 밟아보는 고향땅에 대한 추억이나 만나기로 약속한 중학시절의 친구들에 대한 기억을 펼쳐 볼 엄두도 내지 못하고 약속장소로 허겁지겁 찾아왔다. 그것을 뒤늦게 후회하는 심정으로 P는 여러 말들을 늘어놓기 시작했다.

"이 어디쯤 조그만 연못이 있었던 같아. 그리고 그 주위에 돌로 된 의자들도 몇 있었고⋯⋯. 아닌가, 고등학교 때랑 헷갈리는 건가?"

"아냐, 확실해. 옆 반 애 하나가 연못에 빠질 뻔했을 때 의자를 끌어안았던 기억이 나."

K가 말을 끝내는 순간 그들 셋은 약속이라도 한 듯, 이제는 호텔로 변해버린 옛 학교의 모습을 찾기 위해 사방을 두리번거렸다. 오랜 역사를 자랑하던 붉은 벽돌의 교사와 그 위를 감아 오르던 담쟁이넝쿨, 운동장, 금방이라도 주저앉을 듯한 낡은 실습실들, 연못⋯⋯. 그런 것들의 흔적이 어디에도 남아 있을 리 없다는 걸 알면서도 그들의 눈에 허망함과 쓸쓸함이 몰려들었다.

"사십 년이잖아. 하루가 다르게 변하는 요즘 세상에 사십 년씩이나 변하지 않고 그대로 있는 게 어딨겠어?"

약속장소를 이곳으로 정한 K가 옛 학교의 흔적이 사라진 데 대한 변명을 이 도시에서 계속 살고 있는 자신이 해야 할 의무라도 진 것처럼 말했다. 필요 이상으로 약간 과장되게 내뱉듯이 말하고는 앞에 놓인 버섯샐러드를 포크로 뒤적거렸다. 그렇게라도 하지 않으면 혹 눈물들을 찔끔거릴까봐 K는 내심 두려웠다. 대학시절의 사 년을 제외하고 줄곧 이 도시에서 살아왔지만, 사실 그녀는 졸업과 동시에 학교로부터 완전히 멀어졌다. 다녔던 중학교는 그녀에게 단지 지나간 시간 속에 자리 하나를 잡고 있을 뿐이었다.

점심을 먹기에는 이미 너무 늦은 시각이라 유리문 안으로 보이는 레스토랑의 실내나 바깥에서 그들 외에 다른 손님을 찾아볼 수 없었다. 종업원들도 어디선가 한가한 시간을 즐기는지 눈에 잘 띄지 않았다. 푸른색 와이셔츠에 감색 넥타이를 한 종업원 하나만 비어 있는 자리 사이를 조용히 오가며 그들에게 음식을 나르고 있을 뿐이었다. 옛 학교의 흔적을 완전히 지우고 레스토랑은 사월 오후의 나른한 기운 속에 고즈넉이 잠겨 있었다. 그들은 자신도 모르게 나지막한 한숨들을 흘렸다. 몇 시간 전에 여기를 오기 위해 안달하며 동동걸음 쳤던 일이 먼 옛날의 기억처럼 아득하게 느껴졌다.

국회의원선거에 출마한 L의 남편은 눈을 부릅뜨고 소리 질렀다. 선거가 며칠 남았다고. 고양이 손이라도 빌리고 싶은 이 시기에 어딜 간다구? 도대체 당신, 제정신이야? 그런 남편을 뒤에 두고 L이 차의 운전대를 잡기란 쉽지 않았다. 늦은 출발, 잘못 들어선 길, 끝없이 서 있는 차량들……. 차 안에서 소리 지르며 발이라도 구르고 싶은 심정이었다. 그렇지만 그녀는 무슨 일이 있어도 약속장소에 꼭 가야 한다고 생각했다. 자신이 먼저 모임을 주선한 이유도 있지만 그보다 그녀는 두 친구들을 만나는 일을 더 이상 미룰 수 없을 때가 왔다고 판단했기 때문이었다.

K는 남편의 점심을 챙기고 난 후에도 그가 낮잠이 들기를 기다려야 했다. 그는 몇 번의 사업실패 끝에 집에 들어앉게 되자 K마저도 집 밖을 나가는 꼴을 가만히 보고 있지 못했다. K가 운신할 수 있는 범위는 집과 붙은 약국까지로, 거의 제한되어 있다시피 했다. 그동안 그녀에게 해준 것이라고는 빚만 잔뜩 안겨준 일밖에 없었지만 그런 남편을 내팽개치지 않는 이유는 그녀에게 마지막 남은 알량한 자존심 때문이었다. 주위의 반대를 무릅쓰고 별 볼일 없는 남자를 선택했던, 자신의 어리석은 실수를 결코 인정할 수가 없었다. 약속시각이 지나가자 아예 나가지 말까, 하는 생각까지 잠시 했지만 멀리서 사십 년 만에 오는 친구들에게 그녀는 차마 그럴 수가 없었다.

P는 제사 다음날까지 미적거리고 있는 시집식구들을 돌려보내고 가까스로 집을 빠져 나오면서, 아무리 험준한 산이라 해도 이보다는 넘기가 쉬울 거라고 중얼거렸다. 택시를 급하

게 타고 시외버스터미널에 도착했을 때는 한 시간 반 간격으로 있는 차가 뒤꽁무니를 보이면서 그녀의 눈앞에서 사라져 갔다. 평생 시집식구들에게 당하기만 하는 자신이 새삼 한심스러워 그녀는 몇 번이고 혀를 차다가 아무리 늦어도 약속장소에 가야 한다고 다짐했다.

각자 다른 생각에 잠시 빠져 있는 그들 앞에 종업원은 커다란 접시들을 하나씩 놓았다. 마늘소스와 겨자소스를 곁들인 치킨요리, 볶은 야채와 데리야끼소스를 얹은 연어스테이크, 바삭 구워서 사과소스를 끼얹은 생선요리. 주문한 대로 그들 앞에는 각각 다른 요리접시들이 놓여 있었다. 그들은 식탁 위에 있는 접시들을 둘러보고는 자신들 앞에 놓인 접시를 향해 나이프와 포크를 들었다. 마치 눈앞에 펼쳐진 여러 인생행로를 기웃거려보다가 자신에게 주어진 길을 찾아 막 출발하려는 사람처럼 약간 긴장된 표정들이다. 생선의 살점을 조그맣게 잘라 입안으로 넣다가 P는 뒤늦게 생각났다는 투로 말을 꺼냈다.

"며칠이라도 좀 더 일찍 만났을 텐데, 나 땜에…… 아무래도 주말은 몸을 빼기가 어렵고 개교기념일을 기다리다 보니 벌써 사월중순이 돼버렸네. 평일에 쉴 수 있는 날은 방학 말고는 개교기념일 밖에 없거든. 어쨌든 L아, 네 전화 받고 얼마나 반가웠는지 몰라. 그렇게라도 연락을 하지 않았더라면

우린 죽을 때까지 다시 못 만날지도 몰라."

P의 말은 처음 시작될 때와 달리, 중간쯤부터 조금씩 감정이 고조되더니 끝에 가서 결국 떨렸다. 연어스테이크를 자르다 말고 L은 고개를 천천히 끄덕이며 대꾸했다.

"죽을 때까지……. 그래, 죽을 때까지 못 만날지도……. 혹시 네가 날 기억 못 하면 어떡하나, 하고 많이 망설였어. 그런데 내가 이름을 말하자 대뜸 놀라면서 반가워하는 기색이 생생하게 전해져 오더라. 그러고 나니 갑자기 할 말이 생각나지가 않잖아. 얼마나 당황했는지 몰라."

"아무리 그래도……. 어떻게 내가 널 잊어버리기야 하겠냐? 가끔 생각은 하면서도 찾아볼 엄두조차 내기 어렵더라. 뭣 땜에 만날 그렇게 바빴는지 몰라. 사는 게 뭔지, 참."

P는 입가에 가는 주름을 지으면서 씁쓸하게 웃었다. P의 말에 K도 고개를 끄덕였다. 약국 문을 잠시 닫고 남편과 함께 동회에 다녀온 사이 셔터 위에 학처럼 접힌 메모지가 있었다. K는 메모된 글을 몇 번이나 읽으면서 정말 그 옛날의 L이 맞을까, 하는 의구심에 빠졌다. 일상사에 너무 지쳐 이제 낮에 멀쩡하게 눈뜨고도 혹시 꿈을 꾸고 있는지 모른다는 두려움이 짧은 순간 와락 들었다. L이 남긴 전화번호를 누를 때, K는 자신의 떨리는 손가락 끝을 보면서 아무래도 꿈같다고 중얼거렸다.

"나도 한 번씩 생각하곤 했어. 어떻게 살고 있을까, 얼마나 변했을까, 알아 볼 수 있을까, 한 번 찾아볼까. 그러다가 그 것으로 끝내버리곤 했어, 늘."

늘 그럴 수밖에 없었다. K는 퇴행성관절염을 앓는 왼쪽 다리를 절룩거리며 열 평 남짓한 약국 안에서 쉴 틈 없이 약을 팔고 조제해야 했다. 갚아야 할 부채에 눌려 다리의 통증조차 제대로 느끼지 못할 지경이었다. 그러니 옛 친구를 찾아 볼 만한 여유가 어디 있었겠는가. 약국 밖으로 보이는 거리의 풍경들이 때때로 그녀를 흔들며 계절이 바뀌었음을, 한 해가 흘러갔음을 깨우쳐주었다.

"P의 말대로 죽을 때까지 한 번도 만나보지 못하게 되면 어떡하나, 하는 생각이 어느 날 불쑥 들더라. 그런데 마침 동 창회 안내장이 집으로 왔지 뭐냐. 아마 오 년에 한 번쯤 왔던 것 같아. 그 전엔 항상 무슨 일들이 겹쳐서 못 갔었는데…….혹시 너희들이 오지 않을까, 하는 기대를 하고 이번엔 다른 일들을 다 제쳐두고 갔지. 그런데 아무리 찾아도 보여야 말 이지. 그러니까 더 궁금하고, 보고 싶어지더라구. 무슨 일이 있어도 꼭 찾아보기로 맘먹고 수소문했지."

우편물 속에서 동창회 안내문을 찾아낸 건, L이 병원에서 유방암 진단을 받고 집으로 돌아오던 날의 오후였다. 꽃봉오리를 매단 나무들아 삼월의 바람 속에서 가지를 조심스럽게

엄현주 소설집

흔드는 것을 보며 그녀는 자신의 한쪽 가슴에서 자라고 있는 암세포를 떠올렸다. 활짝 피어날 꽃들에 대한 기대와 엄습하게 다가올 죽음에 대한 공포. 흐르는 눈물을 닦지도 않고 미친 듯이 차를 몰고 집으로 돌아왔을 때, 여러 우편물 속에서 발견한 동창회 안내문은 손수건이 되어 그녀의 눈물을 닦아주었다. 오랜 세월 동안 자신을 잊지 않고 있는 것은 모교라는 사실에 놀라며 그녀는 감동했다. 소도시에 있는, 조그마했던 중학교의 교정이 떠오르자 그 시절에 대한 그리움이 갑자기 가슴에서부터 차올라와 그녀는 목이 메었다. 불안에 떨며 병원으로 향하기 전부터 누구에게서든 위로 받고 싶었지만 그럴 만한 사람이 주위에 아무도 없었다. 세상 떠난 지 오래인 부모, 뿔뿔이 해외로 지방으로 흩어진 형제들, 항상 엄청난 액수의 생활비를 요구하며 긴 유학생활을 보내고 있는 아들, 정치에 눈이 뒤집힌 남편……. 그녀는 진심으로 슬퍼하는 사람이 없을, 자신의 장례식을 상상해보다가 결국 대성통곡을 하고 말았다. '사십 년의 세월 저편, 하얀 칼라 속의 당신들은 언제나 눈부신 모습 그대로 남아 있습니다. 어쩔 수 없는 시간의 흐름 속에서 이제 만날 기회가 점점 줄어들고 있다는 슬픈 사실을 떠올리시고 부디……' 안내문의 문구는 그녀의 가슴을 뭉클하게 하면서 P와 K의 모습을 다시 떠올리게 했다. 어쩌면 자신에게 허락된 시간이 얼마 남지 않앉을지도 모른다는 생각이 들자 그녀는 갑자기 다급해졌다.

훈훈한 바람이 몇 차례 잔잔하게 지나갔다. 꽃잎들이 사르르 소리를 내며 식탁 위로 떨어져 내렸다. P는 해산물수프 속으로 떨어진 꽃잎을 들여다보다가 말했다.

"낙화네. 여기 도착하는 순간 갑자기 너희들 얼굴을 못 알아보면 어떻게 할까, 하는 걱정이 되더라. 무슨 옷을 입고 올지 미리 알아둘걸, 그러면서……. 괜한 걱정이었나 봐. 다들 별로 달라지지 않은 것 같아. 그렇지 않니?"

"쉿, 누가 들으면 웃겠다. 중학생 때랑 오십대 중반이랑 아무리……. 어떻게 별로 달라지지 않았겠냐?"

K의 말에 그들은 처음으로 깔깔거리며 웃었다. 하나같이 그들의 얼굴에 잡힌 주름들이 더욱 선명해지면서 처진 볼과 턱살들이 유쾌하게 흔들렸다. P는 시어머니를 또다시 떠올렸다. 휴일이면 계모임이니, 동창모임이니, 해가며 손님들을 집으로 불러들였다. 그들은 차려놓은 음식을 진탕 먹고는 며느리 흉들을 한참 보다가 그것도 지겨우면 옛이야기를 나누곤 했다. 그러다 이야기가 끝날 때쯤이면 서로들 얼굴을 들여다보며 모두 예전 모습 그대로라고 좋아들 했다. 이목구비보다 주름살과 검버섯들이 먼저 눈에 띄는 얼굴을 바라다보며 하나도 안 변했네, 하는 늙은이들의 모습이 우습기도 하고 안쓰럽기도 했다. 그럴 때면 P는 싱크대 위에 가득 쌓인

그릇들을 씻다가 허리를 펴며 시어머니에 대한 미움을 잠시 나마 잊을 수 있었다.

멀리서부터 들려오던 기차의 기적소리가 그들의 웃음 사이를 잠시 가로질러 어디론가 금방 사라졌다. 식탁 위에는 꽃 그림자가 조금씩 지고 있었다. 미적지근한 온기를 품은 음식들은 언뜻언뜻 비치는 그림자 속에서 특유의 빛깔과 향내를 점점 잃어갔다. 그들은 앞에 놓인 음식을 다 먹는 게 자신들에게 주어진 임무인 양, 나이프와 포크를 느리게 움직이면서도 멈추지는 않았다. 오후의 햇빛은 그들의 등 뒤에서부터 일렁거리며 사선을 그어 정원의 한쪽 끝을 그늘에 잠기게 했다. 어두운 그늘 속에서 활짝 핀 모습을 드러내고 있는, 흰색 헤스페란다와 푸른색 네모필라의 고운 자태가 더욱 눈을 끌었다.

"강민호 선생님……, 사모님을 몇 번 본 적이 있어."

식탁 위로 자목련이 툭 소리를 내며 떨어졌다. K의 말소리도 L의 가슴속에서 목련처럼 떨어져 내렸다. 그들은 순간 손을 멈추고 마주보았다. 삼총사였던 그들이 결국 사십 년 간이나 만나지 않게 된, 분쟁의 원인이었던 사람은 바로 강민호였다.

서울서 온 멋쟁이 미혼 영어선생님. 이 몇 가지 요건만으로도 시골 여학교에서 충분히 우상의 대상이 될 만한 하지 않았을까? 게다가 자상하고 부드러우면서도 카리스마적 요소까지 지녔다면 더욱……. 그는 처음엔 눈에 띄게 L을 편애했다. 영어발음이 좋다는 이유로. 하지만 아이들은 L이 육성회장 딸이고 얼굴이 예쁘기 때문일 거라고 쑥덕거렸다. 그리고 은근히 따돌리기까지 했다. L은 점점 영어시간이 괴로워 양호실에 누워 있기도 하고, 발레연습을 핑계로 빠지기도 했다. 그러던 중 언제부턴가 그의 관심이 K에게로 기울어져갔다. 하지만 전교 일등을 늘 놓치지 않는 K를 귀여워하는 것은 모두들 당연지사로 받아들였다. 그런 것들이 L에게는 상처가 되어 K와의 관계까지 머쓱하게 했다. 그 중간에서 제일 난처하게 된 사람은 P였다. 둘 사이를 회복시키려고 했으나 그럴수록 일이 꼬여 P로서도 더 이상 손을 쓸 수 없을 지경이 되었다. 항상 셋이 모여 다녔던 그들은 졸업이 가까워올 즈음에는 서로 마주치는 것조차 어색해했다. 그러다가 각각 다른 고등학교에 진학하게 되자 결국 그들의 관계는 끝나고 말았다. 그렇게 된 것에 대한 책임을 L은 다른 누구보다도 더 오랫동안 무겁게 지니고 있었다. 언젠가는 자신이 해결해야 할 과제라고 여기기까지 했다.

"강민호 선생님, 사모님? 언제?"

순간 놋그릇이 울리는 것처럼 밝고 높은 목소리가 났다. P의 호기심 담은 얼굴이 마치 소녀처럼 느껴져 K와 L의 입가에 웃음이 엷게 번져났다.

"우리 약국에 몇 번 오셨댔어. 사모님은 내가 강 선생님 제자인 줄 모르셨겠지만 난 알았지. 이 좁은 바닥에서야 누가 누군지 빤하게 아니까. 선생님은 여성편력에다 폭력까지 행사하셨나봐. 그러니 사모님이 약을 달고 사실 수밖에⋯⋯. 선생님 돌아가신 지도 벌써 십 년이 넘었을 거야."

K는 담담한 어조로 말했다. 그 시절 영어선생님한테 잘 보이기 위해서 죽자 살자 공부했던 것보다 L에게 미안했던 마음이 훨씬 더 선명하게 기억났다. 잘난 체하고 싶어서가 아니라 네게 괜히 미안해서 서먹서먹하게 대한 거라고, 수십 번도 더 마음속에 담아 두었던 말을 새삼스럽게 떠올려보았다. 하지만 그 말의 유효기간이 이미 오래 전에 지나가 버렸다는 걸 깨닫고 K는 쓸쓸한 기분에 사로잡혔다.

"믿어지지가 않네. 그 시절, 우리 모두의 이상형이었잖아? 실망이야. 하기야 그때 우리가 제대로 사람을 볼 줄 알았겠냐. 팝송도 잘 부르고, 세련되고⋯⋯. 그러니 어린 우리 눈에 얼마나 멋있게 보였겠어? 다 그런 거겠지, 뭐."

P는 실망스런 낯빛을 감추지 않은 채, 다 그런 거라고 또한 번 중얼거리며 고개를 끄덕였다. 꼼꼼하고 자상하고 다정다감한 남자. 같은 학교에 근무하고 있었을 때, P는 남편의 그런 점이 마음에 들어 결혼을 했다. 한평생 바람처럼 혼자

떠돌며 가족들을 지독한 가난으로 몰아넣었던 아버지와는 사뭇 다르리라고 기대했다. 하지만 그의 꼼꼼한 점은 아내의 잘못을 따질 때 그 면모를 드러냈고, 자상하고 다정다감한 점은 자신의 어머니와 형제들에 한해서만 적용되었다. 그녀는 지독한 가난 대신 지독한 외로움에 치를 떨어야 했다.

정말 아름답구나. 나중에 멋진 아가씨가 될 거야. 약간 비음 섞인 목소리로 강민호 선생은 L의 귓가에서 나지막하게 말했다. 학예회가 끝나고 무대 뒤로 가던 중이었다. 발레복 안에 처음으로 착용한 브래지어가 너무 두드러지게 드러나 발레를 하는 동안 계속 신경이 쓰였었다. 하지만 L은 선생님 말에 얼굴이 달아오르면서 가슴까지 발그스름하게 물들고 있는 기분이었다. 당장 벗어 던지려고 마음먹었던 브래지어를 그 이후부터 꼭 하고 다녔다. L은 집을 나서기 직전 병원에서 걸려온, 다음날이 수술 받을 날이라는 걸 다시 한 번 상기시키던 기계음 같은 전화목소리가 문득 생각났다. 브래지어 안에서 부끄러움을 타던 젖가슴. 이제 그 한쪽은 다음날이면 그녀의 몸에서 떨어져나갈 것이다.

K는 남편을 서클에서 처음 만나게 되었다. 신촌 근처에 있는 몇 개 대학의 학생들이 모여 주로 역사와 철학에 관련된 논문이나 서적들을 읽고 토론하는 모임이었다. 하지만 언제부턴가 토론 대신 점점 어울려 영화나 연극을 함께 보고

엄현주 소설집

때론 뒤풀이로 술 마시는 일들이 늘어났다. 그럴 때마다 그는 그녀의 옆자리에 앉곤 했다. 그러다가 그가 갑자기 서클에 얼굴을 내밀지 않게 되자 K는 궁금해 하다가 곧 잊어버렸다. 어느 날, 그는 데모를 하다 쫓기는 몸이 되어 K의 자취방으로 찾아들었다. 자취방에 있는 낡은 기타를 치며 팝송을 메들리로 몇 곡 부르고는 금방 사라졌다. 그때부터 그는 잊을 만할 때면 한 번씩 들러서 노래를 부르고는 급하게 떠났다. 낮은 목소리로 애절하게 부르던 노래가 그가 떠나고 없는 방 안에 남아 자신의 가슴 한 자락을 부여잡고 있다는 걸 그녀는 알아차리게 되었다. 너 같은 애가 어떻게 그런 남자를……. 정말 이해할 수가 없네. 주위에서 그렇게 말하며 결혼을 만류했을 때 그의 노래 때문이었다고 K는 차마 말할 수 없었다.

L은 물 한 모금을 마신 뒤 한참 후에야 컵을 제자리에 놓았다. L의 가운뎃손가락에서 커다란 다이아몬드가 비낀 햇살을 받아 번쩍 빛을 냈다. 그걸 놓치지 않고 본 K는 서글퍼졌다. 희고 야윈 손 위로 불거진 푸른 힘줄들이 앙상한 나뭇가지처럼 뻗어 있었다. 그 가운데 위세 당당하게 자리 잡고 번쩍거리는 다이아몬드가 그것을 낀 사람의 손은 물론, 그 사람까지 억누르고 있는 듯했다. 그 손을 L은 다리 위에 얹고 정원의 여기저기에 눈을 주었다. 그녀의 큰 눈동자 속에

꽃나무, 봄꽃, 엷은 구름들이 흔들리면서 차례대로 잠시 담기다가 어느 순간 비어졌다. 그녀의 시선을 같이 따라가던 P와 K의 눈도 잠시 멈추었다. 그때 제법 요란한 소리를 내며 거센 바람이 한바탕 그들 사이를 헤집고 지나가자 꽃들이 신음소리를 삼키며 땅바닥으로 떨어져 내렸다. 그들 각자의 눈 속으로 비로소 두 친구의 모습이 제대로 들어왔다. 염색한 머리 위로 삐죽이 고개를 내밀고 있는 흰 머리카락들, 파운데이션과 분으로도 커버할 수 없는 거뭇거뭇한 잡티, 세월의 무게를 못 견뎌 처진 볼과 턱, 얼굴 여기저기 패어 있는 주름살들……. 다들 별로 달라지지 않았다는, 조금 전 P의 말이 정말 무색하게 느껴졌다. 이런 모습들 속에서 사십 년 전의 얼굴을 찾아낼 수 있었다는 게 정말 놀라운 일이었다. 갑자기 왠지 견딜 수 없는 기분이 되어 K는 자리에서 벌떡 일어났다.

"이것들 좀 치워 달라고 해야겠다."

K는 종업원을 부르고는 화장실을 향해 갔다. 한쪽 다리를 약간 절룩거리며 걸어가는 그녀의 모습에 놀라 L과 P의 눈이 마주쳤다.

"하기야 우리 나이에 어떻게 온몸이 다 성할 수 있겠니? 나도 골다공증이래. 다리를 부러뜨려 지난겨울 내내 꼼짝 못 했어. 마침 방학이었기에 망정이지. 덕분에 우리 집 양반이

엄현주 소설집

평생 처음으로 부엌에 들어가게 됐어. 시집간 딸들이 와서 돌볼 수도 없고, 그러니 별 수 없는 모양이더라. 누워서 그 양반 꿈적거리는 거 보는 재미로 견뎠어. 당신도 이제 좀 당해봐라. 나나 당신이나 수십 년 똑같이 직장생활 하고 있지 않냐, 그러면서⋯⋯."

"그래도 어쨌든 돌볼 수 있으니 좀 좋아? 그럴 수 있는 시간을 내기가 대부분 어려울 거야."

L은 자신도 모르게 한숨을 내쉬면서 P를 부러워했다. 암이라고, 수술을 받아야 한다고, 남편에게 말할 기회조차 없었다. 병원에 동행해 줄 사람을 찾기도 쉽지 않았다. 분명 보호자가 필요할 텐데⋯⋯. 아무것도 모를 남편은 지금쯤 유세장을 돌며 선거운동에 열을 올리고 있을 게다. L은 다음날이면 사라질 자신의 한쪽 가슴에 가만히 손을 얹고 깊은 숨을 몇 번 내쉬었다. 약간씩 시워이기는 햇빛이 K의 좁고 처진 어깨 위에 내리고 있었다. K는 얼굴을 약간 찌푸리며 햇빛 속에서 잠시 서성였다. 예전에 총명하게 보이던 이마와 예리하게 빛나던 두 눈은 간 데 없고, 이제 음영을 드리운 이마와 뿌연 빛을 담은 두 눈이 흐릿하게 보였다. 종업원이 K의 곁을 빠르게 스쳐지나 식탁 앞으로 다가왔다.

"음식이 입에 맞으셨습니까? 화창한 봄날, 꽃들과 더불어 식사하시는 손님들이 저희 눈에는 다 꽃처럼 아름답게 느껴집니다. 디저트 올리겠습니다. 주문하시겠습니까?"

아부성 멘트를 던진 뒤 종업원은 탄탄한 등을 가볍게 흔들며 꽃나무 사이로 사라졌다. 하지만 그들은 종업원이 사라진 후에도 얼마동안 그 꽃나무에서 눈을 떼지 않았다. 그들의 주위를 환기시키려는 듯 휴대폰이 울렸다. P는 가방에서 휴대폰을 꺼내들고 저만치 걸어갔다. P의 발걸음에서 묻어나는 불안이 식탁주위의 나른한 공기를 뒤흔들었다. 그걸 수습하려는 듯 K의 말소리가 나직나직 울렸다.

"난 신문을 볼 때면 꼭 인물난을 빠뜨리지 않고 봐. 혹시라도 내가 아는 사람이 실렸나, 하는 생각이 들어서⋯⋯. 넌 발레리나로 꼭 활동할 줄 알았어. 아주 재능이 있었잖아."

"나도 그럴 줄 알았어. 열심히 하기만 하면 이룰 수 있다고 믿었는데⋯⋯."

L의 졸업발표회 때, 그는 꽃바구니를 들고 와서 환심을 쌓았지만 결혼과 동시에 그녀의 활동을 적극적으로 막았다. 결단력과 추진력이 뛰어난 그는 무슨 일이든 자신이 원하는 대로 이루어냈다. 아내가 발레를 그만두게 하는 것쯤은 그에게 일도 아니었다.

"네 말대로 의사가 되어 있지 않을까, 하고 종종 생각했었는데⋯⋯. 어쨌든 넌 전문직을 갖게 됐으니까 꿈을 이룬 것 아니니?"

"글쎄, 한 번도 그렇게 생각한 적은 없어. 아무래도 만족을 못 하고 있어서겠지."

그녀가 처해 있었던 가정환경은 의사가 되는 꿈을 이루기에는 무리였다. 빠듯한 공무원인 아버지월급으로 칠 남매 중 다섯째인 그녀가 서울서 대학 사 년을 무사히 졸업할 수 있었던 것만으로도 엄청난 행운이라고 형제들은 자주 이야기한다. 그녀의 실정을 정확하게 알지 못하는 형제들은 갑자기 목돈이 필요할 때면, 꼭 그때 이야기와 함께 행운이란 소리를 빼먹지 않고 들먹이며 손을 벌렸다.

죽어서도 시어머니의 혼령이 자신을 괴롭힌다는 생각에 P는 진저리를 쳤다. 흥, 삼십 년 가까운 세월 동안 호된 시집을 살린 것만으로도 부족했던 모양이지? 남들은 죽을 때 유산이라는 것도 남기더구만. 몹쓸 늙은이 같으니라구. 틀림없이 좋은 데 못 갔을 거야. 죽은 지 일 년이나 됐지만 시어머니가 남긴 빚들은 끊임없이 터져 나오고 있었다. 방금 휴대폰으로 걸려온 전화도, 최순임 여사님께서……, 하면서 시작되었다. 그러면 어김없이 그 다음은 갚아야 할 돈이 따라 나왔다. 지난 일 년 내내 매달 반 이상 사라지고 없는 월급을 쥐면서 그녀 곁에서 결코 사라지지 않는, 시어머니의 존재를 또다시 확인해야 했다.

아무렇지도 않은 얼굴을 하려고 애쓰며 자리로 돌아왔지

만 P의 미간에 몰려 있는 짜증기를 K와 L은 쉽사리 알아보았다. 하지만 그 이유에 대해서는 본인이 입을 열지 않는 이상 물어볼 수 없었다. 사십 년의 세월이 무관하지 않는, 조심스러운 관계를 그들에게 요구한다고 믿고들 있기 때문이었다. 만나기 직전, 그들이 서너 차례 했던 전화통화로 단절됐던 지난 시간들을 잇기에는 아무래도 무리였다.

차와 케이크가 나왔다. 각자의 기호대로 그들 앞에 녹차 홍차 커피가 놓였고, 한가운데 티라미슈 치즈케이크 한 조각을 담은 접시가 있었다. 녹차 티백을 건져내면서 K는 P에게 갑자기 생각난 듯 물었다.

"고등학교 때 우리 길거리서 우연히 스쳤던 기억 나? 근데 너, 왜 모른 체하고 그냥 지나갔니? 난 두고두고 그 일이 생각나더라."

치즈 향과 함께 케이크의 단맛이 입안에 감돌다가 순간 달아나는 걸 P는 느꼈다. 그때 K가 눈치 못 챘거니, 생각하면서도 가슴 한 구석에 개운치 않았던 기억이 오랫동안 남아있었다.

"으응, 그때? 난 실업계고등학교 간 게 너무 부끄러웠어. L은 서울로 가고, 넌 여기서 제일 좋은 학교 갔는데……. 그때처럼 우리 아버지가 원망스러웠던 적이 없었어. 너 하고 마주치고 난 뒤, 무슨 일이 있어도 대학 갈 거라고 결심했지.

엄현주 소설집

교대 들어가고서 널 한 번 찾아 갈까 망설이다가 그만 뒀어. 넌 얼마나 좋은 데 들어갔을까, 생각하니 또 자신이 없어지더라고."

그 나이에 그럴 수 있을 법하다고, K와 L은 고개를 가볍게 끄덕였지만 P에게는 큰 상처였다. 둘에 비해 아무것도 내세울 것 없는 자신이 늘 초라하게 느껴져 이를 악물고 노력했었다. 교감발령을 받을 때 그녀는 비로소 자신이 대견스러웠다. 하지만 잘살아 보겠다고 혼자 열심히 노력해봤자 아무런 소용이 없다는 걸 그녀는 곧 깨닫게 되었다.

식탁은 이제 완전히 꽃 그림자 속에 잠겨 들었다. 저물어가는 봄날의 오후, 그들은 엷은 향기와 함께 찻잔 위로 피어오르는 김을 보며 잠시 말들을 잊었다. 두 손바닥으로 찻잔을 감싸고 있다가 L은 문득 울고 싶어졌다. 사실 나, 내일 수술 받아, 암세포가 임파선까지 전이된 모양이야. 무서워. 죽을지도 몰라. 남편도, 하나밖에 없는 자식 놈도 모른단다. 아직 누구에게도 말해본 적이 없어. 이렇게 소리치면서 위로 받고 싶었다. 하지만 L은 울지도, 소리치지도 못하고 뜨거운 홍차 한 모금을 삼켰다. 쌉싸래한 맛을 즐기듯 천천히 녹차를 마시고 있는 K도 아직 어느 누구에게도 말해보지 못한, 자신의 신세를 하소연하고 싶었다. 평생 약국에 갇혀 약을 팔았으면서도 남편이 진 부채에 여전히 허덕이는 꼴이 스스로 한심해져서 이제 더는 못 참겠다고, 그 흔한 해외여행 한 번 못 가봤다고, 이제 때때로 관리약사 쓰면서 좀 자유롭게 지내 보내는 게 소원이라고……. 이런 말들을 쏟아내는 대신 K는 차만 홀짝거리며 마셨다. 혹 눈물이라도 흘러내리면 들키게 될까봐 K는 시선을 마주하지 못하고 찻잔을 내려다보고만 있었다. 시어머니에 대한 분노가 여전히 가시지 않은 P는 블랙커피를 마시면서 마음을 진정시켜 보려 하지만 잘 되지 않았다. 삼십 년 동안 가슴속에 응어리져 있는 한을 이제 풀어내 보이고 싶었다. 효부라는 칭송에 발목 잡혀 누구 앞에서도 시어머니 흉 한 번 못 보고 지내온 세월이 너무나 억울했다. 두 딸이 태어나서 시집갈 때까지 딸만 낳은 걸 구박하던 시어머니, 집 안 살림에 손가락 하나 까딱 안 하고 직장생활 하는 며느리 부려먹던 시어머니, 아들 월급봉투는 물론이고 며느리 것까지 다 챙겨 가던 시어머니, 죽어서는 빚까지 남겨둔 시어머니……. 그녀는 큰 소리로 시어머니의 흉을 마음껏 떠들어대고 싶었다. 시작하기만 하면 열흘 정도는 쉬지 않고 떠들 자신이 있었다. 그러고 나면 삼십 년 묵은 체증이 가시면서 속이 시원해질 것 같았다. P는 침을 꿀꺽 삼키고 서두를 꺼내려다 두 친구들의 얼굴을 보고는 그만 입을 다물었다. 그들의 약간 피곤한 기색과 가라앉은 듯한 분위기에 눌려 입을 열 자신이 없어져버렸다. 그녀는 목구멍까

엄현주 소설집

지 치밀어 오르던 말들을 억지로 도로 넘겼다. 그러자 또다시 가슴속이 불에 덴 것처럼 화끈거렸다. 그녀는 찻잔을 꽉 움켜잡았다. 잔바람에 간간이 나뭇잎들이 스치는 소리와 함께 그들이 차를 마시는 소리가 꿈결처럼 고요하고 낮게 흐르고 있었다. 멀리서 기차 지나가는 소리가 아득하게 들리면서 그들을 가만가만 흔들었다.

"서울서 여기까지 얼마 걸리니?"

얕은 잠에서 금방 깨어난 듯한 얼굴로 K가 L에게 물었다.

"세 시간쯤, 안 밀리면. 새로 고속도로가 났더라."

"그래, 진주서 여기로 오는 데도 도로들이 얼마나 잘 닦여 있는지……. 예상했던 것보다 훨씬 덜 걸리더라구."

좀 전의 화가 약간 누그러지고 난 뒤라, P도 이야기에 끼어들었다. 그러고 나자 그들은 또다시 할 말이 없어졌다. 공통화제가 될 만한 이야깃거리들을 각자 머릿속으로 떠올려보다가 그들은 어쩔 수 없이 사십 년 전의 시간으로 돌아가보았다. 하지만 강민호 선생과 그들을 제외하고, 공통의 관심사가 될 만한 사람이나 사건이 별로 생각나는 게 없었다. 그들은 딱하게도 입을 다문 채 여기저기를 두리번거렸다. 휴식시간이 끝나고 종업원들이 식탁 사이를 오가며 테이블세팅을 하느라 분주했다. 저녁손님 맞을 차비를 차리기 시작하는 레스토랑에는 마치 연극상연을 하기 직전의 무대처럼 설렘과 긴장감이 감돌았다. 유리문 안으로 보이는 실내에 그들은 한동안 시선을 두다가 종업원들이 문 밖으로 가끔씩 시선을 보내고 있다는 것을 알아차렸다. 어서 가 주기를, 새로운 손님들이 곧 들이닥칠 텐데, 저 나이에도 꽃에 취해 시간 가는 줄 모르는 모양이야, 다 늙은 여편네들까지 저런 걸 보면 봄은 마력의 계절이야. 그들은 각자 제멋대로 상상해보고는 그만 고개를 돌리다가 시선이 모아졌다. 갑자기 P가 큰 소리로 말했다.

"어머, 어쩌면 어머니들을 그렇게 닮았니? 방금 너희 어머니들 얼굴이 또렷하게 생각났어. 옛날에는 전혀 그렇다는 걸 몰랐는데?"

K와 L은 잠시 마주보고 웃었다. 그러다 L은 P에게 말했다.

"그러는 넌? 너도 애, 똑같다."

아하하, 그들의 웃음소리가 솥 안 가득 끓어오르는 밥물처럼 부풀었다가 사그라졌다. 그러고는 K와 L은 이미 저 세상 사람이 된 어머니를, P는 노환으로 자리에 누운 어머니를 각각 생각해보다가 이어서 두 친구의 어머니들을 떠올렸다. 한 시대를 살아내는 중년여자의 얼굴에 어쩔 수 없이, 어려 있는 삶의 애환과 생의 음영. 그런 것들이 그대로 전해진 걸까? 하기야 일생 동안 말간 얼굴로 세상을 살아갈 수 있는 사람이 몇 있으랴.

엄현주 소설집

"엄마처럼 안 살 거라고, 악을 쓰며 대들곤 했던 일이 엊그제 같은데……. 이젠 엄마처럼 살다가 갈 수 있으면 다행이라는 생각이 종종 들어. 그 시절에 어려운 일들이 좀 많았겠니? 그런데도 억척스럽게 그 고비들을 잘 이겨내신 걸 생각하면……. 난 도저히 흉내도 못 낼 것 같아."

K의 말에 고개를 끄덕이며 그들은 한숨을 쉬었다. 나중에 자신의 자식들은 어머니를 떠올리며 어떻게 회상할까, 하는 생각이 들자 그만 자신들이 없어졌다. 그들은 입가에 맥 빠진 웃음을 흘리면서 하나같이 멀리 떨어져 있는 자식들을 떠올려보았다. 처가식구들을 따라 캐나다로 이민 가는 아들을 붙잡고 K는 말렸다. 네가 종손이잖니. 어떻게 다 모른 체하고 이민을 간단 말이냐? 엄만, 참……. 별 말도 안 되는 이유를 다 갖다 대시네. 코웃음을 치며 떠난 아들은, 선산을 팔아줄 수 없느냐는 전화를 종종 하곤 했다. 종손 운운 해가며……. K가 아무 대꾸 않고 몇 번 전화를 끊고 나자 더 이상 연락 오지 않은 지가 벌써 일 년이 넘어가고 있었다. P의 시집간 두 딸들은 직장생활에 바쁜 친정어머니의 손을 빌지 않고, 스스로 알아서들 살아가고 있는 것만으로도 자신들이 효도하는 거라고 큰소리쳤다. 안부전화조차 거의 하지 않는 것도 바쁜 어머니를 위해서라고 딸들은 이야기했다. 딸들에게서부터 전화 받은 지가 얼마나 됐는지 P는 얼른 생각이 나지

않았다. L은 유학 간 아들에게서 전화 오는 게 차라리 두려웠다. 그는 돈이 필요할 때만 전화를 하기 때문이었다. 넉넉하게 보내는 생활비와 학비가 왜 늘 부족하기만 한지, 그 이유를 따져 묻는 데 이제 L은 지쳐 있었다. 이미 자식들에게 잊어진 존재가 되어 있다는 걸 깨닫자 그들은 자신들의 어머니가 미칠 듯이 그리워졌다.

"리필 해드릴까요?"

종업원은 대답도 듣지 않고 차를 따랐다. 이제 이걸 마시고 여기를 떠나달라고 하는구나, 차를 따르는 종업원의 손끝을 보고 그들은 알아차렸다. 거의 다 기운을 잃은 햇빛이 정원의 한쪽 귀퉁이를 희미하게 비추고 있었다. 꽃들이 떨어져 누운 자리에는 이미 햇빛이 물러가고 축축한 흙들이 검게 드러났다. 저 위로 곧 어둠이 내리리라. 이제 그들은 차 한 잔 마실 정도의 시간만이 함께 할 수 있었다.

"다음번엔 하룻밤 자고 갈 준비를 해서들 와."

K는 하룻밤 자고 가라고 친구들을 지금 붙잡을 수 없는, 자신의 처지를 한심스러워하면서 이렇게 말했다.

"그래, 진주도 오고 서울도 가고……. 이제 우리, 그러면서 살자. 나는 방학 때는 가능해. 너도 약국 문 닫고 말고는 마음대로 할 수 있을 테니까……. 더 늙기 전에 자주 얼굴들을 봐두어야지, 안 그래?"

　　　　　　　　　　　　　엄현주 소설집

P의 제안에 고개를 끄덕였지만 그러기가 쉽지 않을 것이라고 다들 생각했다. 그들은 찻잔에 남은 차를 마시면서 상념에 잠겼다. 이제 돌아가면 오늘의 일을 먼 추억처럼 떠올리며 또 일상사에 파묻히게 될 것이다. 그들은 찻잔을 놓고 마침내 자리에서 일어났다. 그 순간 세찬 바람이 불어 닥치기 시작했다. 나뭇가지가 흔들리며 꽃들이 떨어져 내리고, 식탁보가 펄럭거리며 찻잔들이 바닥으로 떨어질 듯했다. 세상을 뒤흔들 기세로 불어대는 바람의 위력에 눌려 모든 것들이 잠시 숨을 죽이고 웅크리고 있는 듯했다. 마침내 기세등등한 바람이 가라앉고 나자 낮은 숨을 내쉬며 그들은 헝클어진 머리카락과 옷자락을 매만졌다. 그런 다음, 바람이 지나간 정원을 바라보았다.

화사한 봄의 모습은 이미 사라지고 없다. 만개한 꽃과 나뭇잎들을 떨어뜨려버린, 빈 나뭇가지들 위로 석양빛이 붉게 번져났다. 그 아래 흙바닥에는 꽃과 잎의 주검들이 처참하게 뒹굴고 있다. 봄이 잠시 머물다 간 자리에 어느 새 조락의 가을이 찾아든 걸까? 정원은 마치 젊은이가 마술에 걸려 갑자기 늙은이로 변해버린 듯한 모습을 하고 있다. 몇 시간 전 눈부시게 환한 햇살 속에서 피어난 꽃들을 보며 식사를 했던 게 한낮의 꿈이었던가? 너무 이상하고 낯설어 그들은 정원을 보다가 서로의 얼굴들을 번갈아 보았다. 어느 가을날 해질 녘에 중년여자 셋이 부수수한 얼굴로 낯선 시골의 간이역에서 서성이고 있는 듯한 모습들이었다. 그들은 망연한 눈빛을 하고 가야할 곳을 잊은 사람들처럼 그렇게 한참 동안 서 있었다. 어느 순간 그들의 멍한 의식을 깨우치듯, 기차가 기적을 크게 울리며 어딘가를 향해 떠나갔다.

그들은 호텔의 주차장까지 함께 걸어갔다. L이 자동차에 열쇠를 꽂으면서 말했다.

"약국에 먼저 들렀다가, 터미널로 해서 고속도로로 빠지면 어떨까?"

"그럴 필요 없어. 좀 걷고 싶어. 하루 종일 가만히 앉아 있었더니……."

K는 성치 않은 다리로 한사코 걸어서 가겠다고 했다. P도 지지 않을세라 택시를 타고 터미널까지 가겠다고 고집을 부렸다. 그렇게 하느라, 다시 만날 날짜와 장소를 정하는 것도 잊어버리고 그들은 주차장에서 헤어졌다. 어둠이 조금씩 내리기 시작하는 길을 그들은 각각 떠나갔다. 결국 하지 못한 이야기들이 목구멍에 그대로 걸려 울음이 되어 터져 나올 듯했지만 그들은 어쩔 수 없이 입을 다문 채 자신들의 집이 있는 곳을 향해 돌아가야만 했다. 그들의 등 뒤에서 봄날은 속절없이 저물어갔다.

# 불꽃선인장

마감뉴스가 시작되었다. 지수는 리모컨으로 음량을 조절하다가 물 끓는 소리를 들었다. 그녀가 주방으로 갔을 때는 주전자에서 끓어 넘친 물로 가스레인지의 불이 이미 꺼져 있었다. 주전자를 싱크대 위에 내려놓고 그녀는 가스레인지의 손잡이를 힘껏 돌려보았다. 새파란 불꽃이 화드득 피어오르면서 그녀의 얼굴에 뜨거운 기운을 내뿜었다. 화덕 쪽으로 숙였던 고개를 그녀는 본능적으로 들어 올리고서 비척거리며 몇 걸음 뒤로 물러났다. 그녀가 주방을 나와 거실로 갔을 때도 여전히 텔레비전에서는 뉴스가 나오고 있었다.

"사흘 동안이나 계속되고 있는 경북 청송군 주왕산의 방화범은 삼십대 주부였습니다. 남편의 실직으로 늘어나는 빚과 시어머니의 냉대에 못 이겨……"

화면은 순간 환한 빛을 내뿜었다. 마른 나뭇가지들이 일제히 몸을 가누며 붉은 불꽃으로 일어나고 있다. 번쩍이는 섬광과 아우성을 내지르며 불꽃이 맹렬한 기세로 피어오른다. 무엇이 두려우랴? 그 어떤 것이든 다 없애버릴 수 있는 강력한 힘을 믿고서 불 속으로 던져버린 고통들, 그리고 찾아온 소멸의 편안함. 자신도 모르게 지수는 잠시 눈을 감았다가 떴다. 불꽃이 홀연히 사라지고 없었다. 조금 전까지 앵커는 사뭇 의미심장한 투로 어처구니없이 저지른 방화에 대해 말하다가, 곧 어조를 바꾸어 일본과의 친선경기에서 이긴 우리의 축구팀에 대해 보도하고 있었다. 그녀는 화면에서 눈을 떼어 텔레비전수상기 옆에 놓인 선인장화분들을 하나씩 바라보았다.

멕시코, 브라질, 애리조나, 아르헨티나, 칠레, 페루……. 산지가 각각인 그것들은 모양새도 갖가지다. 공 모양, 기둥 모양, 로제트 형, 조상 형……. 보험설계사로 이십 년을 보냈던 어머니는 자신의 직업에 대해 더 이상 견딜 수 없을 만큼 회의를 느낄 때면 보험회사를 때려치우는 대신 선인장화분을 하나씩 사오곤 했다. 지수는 새로운 화분이 생길 때마다 어머니의 몸속에서 가시들이 조금씩 더 돋아난다고 믿었었다. 하지만 임종 직전, 어머니의 몸에서 지수가 보았던 것은 가시가 아니라 앙상한 뼈들이었다. 세상에 대한 분노의 가시들을 어머니는 살아남기 위해 더욱 깊숙이 뼛속에 감추어두었던 걸까? 요즘 들어 지수는 어머니가 남긴 선인장들을 보면서 자신의 가슴에 가시들이 와 박히는 아픔을 더욱 생생하게 느끼곤 한다. 어느 새 앵커는 뉴스보도를 마치고 편안한 밤이 되시라는, 인사말과 함께 고개 숙였다. 지수는 텔레비전도 전등도 다 껐다.

약간 열린 안방 문틈에서 푸르스름한 빛이 흘러나오고 있었

다. 컴퓨터의 모니터가 내뿜는 빛에 갇혀 푸르퉁퉁한 얼굴을
하고 있을 남편을 외면하듯 재빨리 안방을 지나 그녀는 아이의
방 앞에 섰다. 숨소리와 함께 낮은 울음소리가 들렸다. 성훈
아, 지수는 황급히 방문을 열고 아이에게로 다가갔다. 코고는
소리가 흡사 울음소리처럼 들렸던 걸 알아차리고 안도했다.
하지만 그녀는 추위 속에서 집밖을 하루 종일 쏘다녀야 했던
아이의 고단함이 느껴져 곧 한숨을 쉬고 말았다. 제 또래 아이
들이 속셈학원, 영어학원, 태권도학원 등을 전전하는 동안 놀
이터로, 길 건너 공사장으로, 뒷산 입구에 있는 공터로 돌아
다녔을 아이. 이제 아이는 집만 아니면 어디서든 견딜 수 있는
모양이다. 늘 컴퓨터만 상대하는 아빠나 조용히 하라는 주의
와 함께 때때로 폭탄처럼 울분을 터뜨리는 엄마가 있는 집이
당연히 싫었을 게다. 지수는 아이의 볼에 얼굴을 갖다 대었다.
까칠까칠한 촉감이 가슴속을 후비기 시작했다. 그녀는 두 눈
을 꼭 감았다.

　무조건 살아남아야 한다. 어떤 고통이나 재난이라도 이겨내
야 한다. 어린 새끼를 위한 모성이 싱싱하고 푸른 잎을 가시로
바꾼다. 조금의 물이라도 더, 더……. 자신의 수액으로 어린
생명을 길러내기 위해 단 한 방울의 물이라도 더 빨아들여 몸
을 늘여야 한다. 가시를 단 몸은 자라기를 멈추지 않는다. 천
장을 뚫고 하늘을 향해 끊임없이 치솟아 오르며 주변의 수분을

들이마신다. 드디어 한 그루의 사구아로가 된다. 사막 한가운데 십 미터가 넘는 키를 자랑하며 뿌리를 수십 미터씩이나 사방으로 뻗치며 늠름하게 서 있는 선인장의 왕, 사구아로. 뿌리 속에는 넉넉하게 저장해 둔 양분과 수분으로 어떠한 경우라도 새끼를 지킬 수 있으리라. 사구아로는 어둠과 추위가 엄습해 오는 사막을 둘러보면서도 엷은 미소를 짓는다. 그런 다음 사막의 한복판에 긴 몸을 뉘고 가만히 눈을 감는다. 선인장은 푸른 꿈속으로 빠져든다.

복도 저편에서부터 들려오는 하이힐소리가 심장의 고동소리처럼 지수의 가슴에서 울려나는 듯했다. 아침은 어김없이 찾아와 그 찬연한 빛을 마구 쏟아 붓고 있었다. 창문으로 침입자처럼 쳐들어오는 햇빛을 피해 지수는 현관문 앞으로 다가갔다. 하이힐 소리가 문 앞에서 잠시 머뭇거리는 듯한 기척과 함께 아이이 칭얼거리는 울음소리가 들렸다. 하지만 곧이어 엘리베이터 멎는 소리와 동시에 모든 소리들이 삼켜졌다. 예리 엄마는 바로 전날 선언한 대로 더 이상 예리를 맡기지 않으려는 게 확실했다.

"아무래도 백만 원은 너무 부담스러워요. 오만 원만 빼줘요. 길 건너 놀이방에선 구십만 원이래요."

"열 명 넘는 애들 맡은 놀이방과 어떻게 비교해요? 지은이도 미국 갔고, 지금 딱 예리 하나잖아요. 게다가……"

말이 채 끝나기도 전에 예리를 받아들고 예리 엄마는 등을 돌렸다. 저, 저, 예리……, 다급하게 불러 세우려는 지수의 목소리 위로 "됐어요"라는 예리 엄마의 음성이 가볍게 날아들자 팽팽하게 죄고 있던 줄이 뚝 끊어져버리는 듯했다. 지수는 순간 환한 빛을 내뿜으며 눈앞에서 불꽃이 일어나는 것을 보았다. 타오르는 불 속에서 자신의 몸피가 점점 줄어들다가 사라져버리는 것을 느끼며 그녀는 몇 번이고 심호흡을 했다. 그러고 있는 그녀에게 아이가 달려들 듯 안기며 배고프다고 성화였다. 하루 종일 밖을 쏘다니다 돌아온 아이에게서 느껴지는 추위와 허기에 관심을 가질 기력조차 없었다. 끊어진 줄이 너풀거리며 그녀의 눈앞을 어지럽게 흔들고 있었다. 튀김 먹고 싶어. 으응, 튀김……. 빠알리, 엄만 느림보……. 아이가 지수를 흔들며 재촉했다. 이미 바닥을 드러내고 있는 식용유병을 떠올리며 지수는 눈을 감았다. 결국 아이가 울음을 터뜨렸다. 지수는 아이를 끌어안으며, 내일은 틀림없이 튀김을 해주겠노라고 약속했다. 아이의 머리에서 매캐한 냄새가 났다. 뒷산 공터 옆에 있는 쓰레기 소각장에 또 갔던 게 틀림없었다. 가지 말라고 몇 번이나 일렀건만 아이는 여전히 불구경을 즐기는 모양이었다.

"이제 집 안에서 맘대로 떠들어도 돼. 추운데 밖에 그만 다녀. 입학식이 며칠 안 남았잖아. 숫자공부랑 글자쓰기도 좀 해

　　　　　　　　　　　엄현주 소설집

야지?"

지수의 말에 아이는 재빨리 엄마의 얼굴을 살폈다.

"으응, 이제 예리 안 맡기로 했어."

좋아하기는커녕 아이는 시무룩한 표정을 지으며 말했다.

"그럼 이제 우리는 어떻게 해?"

아이의 지나치게 심각한 말투에 돌연 지수는 크고 높은 웃음소리를 냈다. 계단과 복도에서 울려나고 있는 자신의 웃음소리가 비명소리처럼 들려 그녀는 현관문을 소리 내어 닫았다.

전화벨 소리가 햇살이 찰랑거리는 거실로 지수를 다시 불러들였다. 눈살을 가늘게 찌푸리며 송수화기를 드는 순간, 무례한 말투로 대뜸 신세욱을 찾았다.

"없는데요."

언제부턴가 남편의 이름을 들으면 그녀는 온몸에 소름이 돋으면서 그것들이 모두 가시로 벼해버리는 걸 느끼곤 했다. 뭐라고 해봐라, 이 가시로 모조리 찔러버릴 테니……

"무조건 없다고 하면 끝날 게 아니라니까. 참. 카드빚이 얼마나 무서운지 아직 모르는 모양인데 신세욱한테 전하쇼. 이거 사흘 내 해결 못 하면 멀쩡하게 살아 있긴 힘들 거라구."

"어따 대고 협박이야? 사흘 내 해결할 수 있으면 벌써 했지."

지수는 악을 쓰며 소리 질렀다.

"어랍쇼, 이 아줌씨가? 배짱을 부려보겠다, 이 말씀인 모양인데 이제 두 번 다시 전화하는 일도 없을 거요. 바로 행동개시에 들어갈 테니까."

저쪽에서 특별히 힘주어 말하는, '행동개시'가 무얼 뜻하는지 헤아려보기도 전에 전화는 끊기고 말았다. 찰카닥, 소리에 이어 라이터에서 새파란 불꽃이 일어났다. 몇 개월 전부터 답답한 속을 달래기 위한 자구책으로 남편의 담뱃갑에 손을 대면서부터 어느새 흡연이 습관화되어버렸다. 지수는 담배연기를 깊숙이 빨아들이면서 베란다로 나갔다. 주차되어 있던 차들이 대부분 빠져나가고 없다. 이미 출근시간대가 지난 모양이었다. 일 년 전까지는 남편의 흰색 승용차도 다른 차들처럼 아침이면 으레 출근을 서둘렀다. 그 차를 향해 지수도 베란다에서 손을 흔들어대곤 했다. 이제 그녀의 손은 해고를 당하고 하루 종일 컴퓨터만을 마주하고 있는 그의 온몸과 정신을 흔들어놓고 싶은 충동으로 때때로 걷잡을 수 없이 떨린다.

모니터의 버튼이 반짝거리고 있었다. 또 끄는 걸 잊은 모양이었다. 지수는 잠들어 있는 남편을 내려다보며 혀를 찼다. 밤새워 그가 본 '오늘의 운세'는 어떻게 나왔을까? '바라던 새 문서를 받는다'라는 말 따위를 아직도 기대하고 있는 걸까? 여기저기 그가 이력서를 넣고 연락오기를 기다리는 걸 지켜볼 때만 해도 희망의 빛은 남아 있었다. 잠시 터널을 통과하는 중이라고, 곧 터널이 끝나면 환한 빛을 맞게 될 거라고 그녀는 믿었었다. 하지만 언제부턴가 오로지 컴퓨터만 마주하고 있는 그를 보면서 그녀는 깜깜한 굴에 영원히 감금되었다는 걸 깨달았다. 할 수만 있다면 컴퓨터를 부수고 탈출을 시도해보겠지만 컴퓨터보다 자신이 먼저 박살나리라는 걸 그녀는 안다. 한숨을 내쉬다가 지수는 있는 힘을 다해 그를 흔들어 깨웠다. 마치 나가버린 그의 혼을 다시 불러들이기라도 할 듯이. 그는 반쯤 뜬 눈으로 지수를 올려다보았다. 아무런 표정을 담지 않은, 그의 말간 눈이 마치 의안처럼 느껴졌다. 그녀는 흔들어 깨울 때의 각오와 달리 낮고 조용한 목소리로 말했다.

"좀 일어나요. 카드회사에서 또 전화가 왔어요. 이제 행동개시에 들어간대요. 어쩔 셈이에요?"

"아아, 미칠 것 같아. 당신까지 왜 이래? 제발 날 가만히 좀 내버려둬."

짜증스럽게 내뱉고 그는 이불을 도로 뒤집어썼다. 순간 지수는 머리꼭지가 팽그르르 돌아가는 걸 느꼈다. 이불자락을 홱 낚아채며 지수는 발광하듯 소리쳤다.

"가만히 내버려둬 달라고? 이 이상 어떻게 해줘야 가만히 내버려두는 거야? 차라리 당신 말처럼 아예 미쳐버려. 미친 인간이겠거니, 하면 보는 사람 맘이라도 편해져."

"뭐야? 이게 이제 날더러 미치라네. 차라리 죽으라고 하지? 애 하나 봐주면서 기껏 얼마나 번다고 잘난 척이야. 온 집 안에 애 울음소리나 들리게 하면서……. 오죽하면 성훈이가 만날 밖으로 나돌겠어? 그렇게 잘났으면 당신이 나가 돈 벌어오면 되잖아. 그동안 십 년이나 내가 벌어먹였으면 나도 할 만큼 한 것 아냐? 고마워할 줄은 모르고, 뭐, 나더러 미치라고? 배은망덕한 것."

그는 내뱉듯이 말하고는 욕실 문을 소리 내어 닫고 들어가 버렸다. 세차게 쏟아지는 물소리에 질세라 지수도 온힘을 다해 소리쳤다. 뭐, 배은망덕? 이제 웃기기까지 하네, 저 인간이. 그래봤자 끓어오르는 속이 달래지지 않고 머릿속만 지끈거리기 시작했다. 두통약을 찾기 위해 서랍을 열자 신용카드 몇 장이 드러누워 그녀를 올려다보았다. 그것들은 야비하게 번들거리며 형편없어진, 그들 부부의 신용을 비웃고 있었다. 위협하던 남자의 목소리가 되살아났다. 그 목소리가 마치 카드에서 새어나오고 있는 양 그녀는 그것들을 손아귀에 와락 움켜쥐었다. 그러고는 거친 숨을 쉬면서 내뱉었다. 아무짝에도 쓸모없는 것들. 순간 환한 빛을 내뿜으며 선인장이 그녀의 눈앞에 버티고 있었다.

좀 더, 조금만 더……. 여러 방향으로 뻗은 뿌리가 있는 힘을 다해 황금을 빨아들인다. 수십 톤의 황금이 줄기와 가지에 넉넉히 저장된다. 어떠한 재난이 닥쳐도 이제 걱정 없으리라. 금빛으로 번쩍이는 수많은 가시를 달고 사구아로는 큰 키를 뽐

내며 늠름하게 사막 한가운데 서 있다. 척박한 사막에 살고 있다고 해서 그 누가 감히 무시하거나 동정의 눈빛을 보낼 수 있으랴. 단지 눈부신 듯 황홀하게 바라보기만 할 뿐…….

어린 남매들만 집에 남겨 두고 큰 서류가방을 흔들며 대문을 나설 때, 어머니의 뒷모습은 늘 당당했다. 어깨를 펴고 허리를 꼿꼿하게 세운 자세로 어머니는 발걸음에 힘을 주어 뚜벅뚜벅 걸었다. 판잣집들이 옹색하게 늘어선 골목은 어머니가 다니기에 턱없이 좁아 보였다. 자식들의 먹이를 구하기 위해 세상 밖으로 용감하게 나서는 어머니의 늠름한 모습은 어린 지수에게 든든한 기분을 안겨주었다. 아버지가 없어도 그런 대로 살아갈 수 있으리라는 안도감. 그것을 주기 위해 어머니가 얼마나 애썼는가를 알았을 때는 지수가 다 성장한 후였다.

어머니를 떠올리면서 지난 몇 개월 동안 지수는 자신의 구직을 위해 얼마나 필사적으로 매달렸던가. 여기저기에다 살려달라고 소리치면서 보낸 입사원서들은 언제나 돌아오지 않는 메아리였다. 이유는 다양했다. 자격증이 없어서, 나이가 너무 많아서, 경력이 짧아서, 기혼녀라서……. 대학 졸업하고 무역회사에 이삼 년 근무한 경험은 아무런 도움이 되지 못했다. 얼마 전에 그녀가 마지막 찾은 곳은 24시 편의점의 카운터였다.

"이런 일 해본 적 있어요?"

"해본 적은 없지만 별 어려운 일이 아니니까 할 수 있을 거예요."

주인 여자는 지수를 훑어보고는 한쪽 입 끝을 약간 올리면서 삐뚜름한 웃음을 지었다. 그 웃음이 께적지근했지만 자신을 거절하지 않은 것만도 다행이라 여기고 졸린 눈을 비비며 카운터를 지켰다. 밤 열시부터 다음날아침 여덟시까지, 10시간이 마치 10일처럼 느껴졌다. 하지만 그 10시간의 야간근무가 남긴 것은 퉁퉁 부은 다리와 손해배상이었다. CCTV가 분명 작동되고 있었고 비록 졸린 눈이었지만 두 눈을 부릅뜨고 지켰는데 도둑을 맞다니, 지수는 도무지 믿을 수가 없었다. 결국 몇만 원의 손해만 보고 그녀는 고용도 되기 전에 그만두고 말았다. 부은 눈 위를 간질이는 아침 햇살을 맞으며 그녀가 집 안으로 들어섰을 때 남편의 넓적한 등이 컴퓨터를 마주하고 있었다. 그녀는 등을 후려치고 싶은 충동을 누르고 무조건 달려들어 전기코드를 빼버렸다. 순간 뺨에서 번쩍 불이 나는 동시에 머릿속이 암전된 것처럼 깜깜해졌다.

"쌍, 깜짝 놀랐잖아? 컴퓨터가 고장 난 줄 알았네."

광분한 그의 음성이 지수의 달아오른 뺨을 쥐어뜯었다. 그녀는 수없이 뺨을 문질렀다.

"아아, 재수 없어. 도대체 되는 게 없다고. 회사나 집구석에서나 사람을 뭘로 보고……. 그것들은 왜 날 잘랐을까? 그만큼 회사에 이윤을 많이 남겨주었으면 받들어 모시지는 못 할망정……. 빌어먹을 새끼들. 너도 날 자르고 싶냐? 네 눈에도 이제 내가 우습게 보여?"

그가 오이지처럼 쭈그러든 얼굴을 바싹 갖다 대고 따지려는 걸 피해 지수는 등을 돌리면서 중얼거렸다. 아니, 불쌍하게 보여. 그러고 나자 그녀는 전신을 감싸며 확 불길이 치솟아 오르는 걸 느꼈다. 그녀는 활활 타오르는 불꽃에 온몸을 맡긴 채 가슴속의 분노와 증오가 사라지기를 가만히 기다렸다.

지수가 음식물 쓰레기를 밖에 버리고 돌아오는 동안에도 아이는 텔레비전 화면만 들여다보고 있었다. 앞에 놓인 그릇 가장자리 위로 허연 우유자국과 함께 씨리얼 몇 알이 말라붙었다.

"먹을 거야, 말 거야?"

"전화했어, 할머니가. 좀 있다 오실 거래."

그릇을 치우던 지수의 손이 바르르 떨리다가 결국 그릇을 놓치고 말았다. 거실바닥에 쏟아진 우유를 훔쳐내면서 그녀는 아이에게 조심스럽게 물었다.

"엄마 바꾸라고 안 하시데? 기분이 어떠신 것 같아?"

"몰라. 그냥 온다고만 하셨어."

아이는 엄마의 심정 따위는 알 바 아니라는 듯, 만화영화를 보느라 화면에서 눈도 떼지 않았다. 시어머니는 아들의 실직이, 그로 인해 생기는 모든 문제들이 오로지 며느리 탓이라고 침을 튀겨가며 말하곤 했다. 하도 답답해서 용하다고 이름난

데는 다 찾아가 봤다. 가는 데마다 어쩌문 똑같은 말들을 하는지, 원. 애비는 불이고 넌 물이래. 그러니 불이 꺼질 수밖에. 아까븐 내 아들, 어쩌다가 재수 없는 걸 만나갖고……. 그러고는 으레 몇 푼의 돈을 요구했다. 요구대로 돈을 주면 빨리 판을 마무리 짓기는 했다. 하지만 돈을 줄 수 없기 시작한 때부터는 거침없이 폭풍을 일켰다. 집 안을 순식간에 폭풍 속으로 몰아넣는 시어머니와 대결할 힘이 지수에게는 없었다. 지수는 서둘러 외출준비를 마치고 현관을 나섰다. 엘리베이터를 타고 내려오면서 텔레비전 앞에 옹송그리고 있던 아이의 조그만 등을 내내 떠올리다가 그녀는 우편함 앞으로 갔다. 수많은 고지서와 독촉장. 제일 먼저 손에 잡혀오는 인터넷사용료 독촉장을 들여다보며 지수는 회심의 미소를 지었다. 드디어 별수 없이 컴퓨터 앞에서 물러나겠군. 사용료 낼 주제도 못 된다는 걸 이제야 알게 되겠지, 모자라는 인간 같으니라고. 하지만 뒤이어 딸려 나온 아파트관리비 독촉장에 지수는 이내 미소를 지우고 말았다. 스물셋 평의 공간 위에 곧 추위와 어둠을 덮치게 하리라는, 무시무시한 위협 앞에서 인터넷 사용을 중지하겠다는 예고는 아무런 사건이 될 수 없었다. 시뻘건 불이 소리 없이 가슴속에서 일어나고 있었다. 그의 눈앞에 이 독촉장을 들이대고 소리라도 지른다면 타고 있는 속이 가라앉을까? 그녀는 부들부들 떨리는 다리로 아파트 문을 나섰다.

엄현주 소설집

바람이 아직 차긴 했지만 숨죽이며 다가오는 봄의 입김이 느껴졌다. 슈퍼입구에 붙은, '정월 대보름맞이 행사' 현수막을 보며 지수는 설 지난 지 보름쯤 되었다는 걸 깨닫고 고개를 끄덕였다. 몇 시간 후면 보름달이 두둥실 떠올라 온 세상을 골고루 환하게 비추리라. 한 해의 안녕을 기원하며 주부들은 전날부터 오곡밥과 갖가지 나물들을 준비해 두었을 게다. 지수는 아침대용으로 씨리얼을 먹던 아이가 생각났다. 전날 튀김을 해달라고 보챘던 것을 아이는 이제 잊어버리고 있는지도 몰랐다. 파삭파삭하고 고소한 튀김이 오곡밥이나 갖은 나물들을 대신할 수 있다면……. 지수는 급하게 슈퍼로 들어가 식용유를 사 가지고 나왔다. 비닐봉투를 한 손에 든 채 아직 달이 뜨기에는 너무 이른 하늘을 우러러보다 그만 헛발을 딛고 말았다. 그녀는 한없이 느리고 둔한 걸음으로 아파트 뒷산으로 난 길을 따라 올라가기 시작했다.

쓰레기 소각장에서 불길이 타오르고 있다. 흔들리는 바람에 모든 걸 맡기고 불꽃은 황홀하도록 아름답게 치솟는다. 가슴 깊숙이 다가오는 불꽃. 그녀는 잠시 숨까지 멈춘다. 타닥타닥, 불 속으로 사라져가는 것들이 가쁘게 내는 숨소리에 그녀도 신음처럼 낮게 소리 내어 본다. 코끝에 매캐한 냄새가 와 닿는다. 마치 아이가 가슴에 안겨오는 느낌이다. 불꽃의 아름다움을 아이는 벌써부터 알고 있었을까? 인부는 긴 막대기로 쓰레기들을 뒤적였다. 여기저기서 새로운 불꽃들이 일어났다. 그녀는 주머니 속에서 신용카드를 꺼내 불 속으로 던졌다. 쓰레기더미 위로 떨어지는 순간 그것들은 형체도 없이 사라졌다.

그가 실직상태로 있은, 일 년은 십 년의 시간이 쌓아올린 것들을 남김없이 다 빼앗아갔다. 얼마간의 저축은 물론이고 한 가정이 지켜온 가족애와 부부간의 신뢰와 자식에 대한 사랑까지. 내놓을 게 아무것도 없지만 여전히 손을 벌린 채 험상궂게 버티고 서 있는 실직의 시간들을 지수는 이제 더 감당할 자신이 없다. 무엇보다도 그 한가운데서 헤어나지 못하는 그를 견디어낼 수 없다.

불꽃은 점점 사그라진다. 붉게 피어나던 꽃들이 마침내 모두 사라진 자리에 검은 재만이 주검처럼 남아 있다. 행여 불씨라도 있을까, 인부는 막대기로 재를 몇 번 뒤적이다가 사라졌다. 지수는 절망처럼 시커먼 재를 내려다보다가 급하게 담배를 찾았다. 바람이 불어와 머리카락을 날리면서 라이터 불을 자꾸만 흔들었다. 그녀는 이리저리 방향을 바꿔 겨우 담배에 불을 붙였다. 깊이 몇 모금 빨아들이자 기침이 심하게 나왔다. 할 수 없이 잿더미 위에 담배를 던지고 그녀는 그만 돌아섰다. 매운 연기를 실은 바람이 그녀의 등 뒤에서 끊임없이 불어왔다.

아파트의 긴 담을 끼고 돌아 나오자 버스정류장이 있었다. 마침 달려오던 버스가 그 앞에 멈추었다. 지수는 버스를 기다리고 있었던 것처럼 서슴없이 올라탔다. 창가에 자리를 잡고 앉은 다음, 식용유를 담은 비닐봉투를 무릎에 얹었다. 묵직한 느낌이 마치 아이를 무릎에 올려놓은 기분이었다. 무릎을 누르고 있는 이 무게만 아니라면 그녀는 어디든 가볍게 날아가 버릴지도 모른다는 생각을 문득 했다. 하지만 차가 거칠게 움직이면서 무릎을 흔들자 그녀는 본능적으로 비닐봉투를 꽉 움켜잡았다. 힘주고 있는 손등 위에 푸른 정맥들이 돋아났다. 어지러이 얽힌 혈관들이 마치 복잡한 생의 미로처럼 그녀에게 느껴졌다.

빗방울 하나 떨어지지 않는 건조한 날들. 땅도, 땅 위의 그 어떤 것들도 마를 대로 말라 있다. 하지만 모래폭풍은 쉬지 않고 불어온다. 도가니 속처럼 뜨거운 낮이 지나가면 이어서 만물을 얼어붙게 하는 추운 밤이 찾아든다. 푸른 잎맥을 수없이 지닌 커다란 잎은 어쩔 수 없이 조금씩 표면적을 줄이기 시작한다. 점점 작아지던 잎은 마침내 하나의 뾰족한 선만 남은, 가시가 되어버린다. 잎 대신 가시를 온몸에 단 선인장은 푸르고 윤기 나는 잎들을 무성히 거느린 시절의 기억을 애써 지우며 이를 악문다. 살아남기 위해서라고, 단지 살기 위해서였어. 어디선가 짐승들의 발소리가 난다. 그 소리들이 점점 가까이, 크게 들린다. 선인장은 꼿꼿한 가시들을 세우고 온몸에 잔뜩 힘을 주며 벼른다. 굶주린 짐승들의 먹이가 될 순 없어. 어떻게 내가 이만큼 버티었는데……. 나를 해치기만 해봐라. 다 찔러 죽여 버릴 거야. 가시들은 이글거리는 폭양 아래서 황금빛으로 번쩍거린다. 사막의 굶주린 짐승들이 선인장 가까이 다가가다 온몸으로 번쩍거리는 가시를 발견하고 그만 돌아선다. 선인장은 날카로운 가시들을 자랑스럽게 드러내며 사막 한가운데 서 있다.

지수는 머뭇거리다 손수건에 싼 것들을 조심스럽게 펼쳐 놓았다. 펼친 손수건에는 결혼반지와 아이의 돌 반지 몇 개가 웅크리고 있었다. 그 옆에서 그녀도 잔뜩 웅크린 채였다. 가게 주인 남자는 저울에 돌 반지들을 얹어본 후, 결혼반지를 들여다보며 중얼거렸다. 삼부 오리쯤 되겠는걸.

"파실 겁니까, 아님 다른 걸로 바꿀 겁니까? 새로 디자인된 것들이 오늘 들어왔는데……. 이보세요, 이 링은 세팅이……."

"아니에요. 그냥 돈으로 주세요."

진열장 속으로 쭉 뻗었던 팔을 거두어들이며 남자는 아쉬운 표정을 감추지 않고 말했다.

"그래요? 백이십만 원. 어때요? 이 정도면 값을 잘 친 셈입니다."

적어도 이백만 원은 있어야 급한 돈을 치를 수 있었다. 남자는 결정을 재촉하는 눈빛이었다. 환한 전등 아래서 보석들은 오색찬란한 빛으로 반짝거리며 지수의 눈을 끌기 위해서 안달

엄현주 소설집

이었다. 그녀는 애써 다른 데로 눈길을 주었다. 유리문 밖으로 보이는 또 다른 보석상들.

"뭐, 다른 데 가도 마찬가질 겁니다."

그녀의 속셈을 이미 간파하고 있다는 듯, 남자는 말했다. 자수정귀고리가 오묘한 보랏빛을 발하고 있었다. 남자는 반짝이는 그것을 몇 번이고 더 닦아서 그녀 앞으로 내밀어 보였다.

"잘 어울리실 것 같은데……. 이게 이월의 탄생석이거든요."

보랏빛 귀고리를 달고 성장한 차림으로 봄빛 스미는 거리를 서성이는 여인의 모습이 떠올랐다. 지수는 뒤로 물러나며 급하게 내뱉듯 말했다.

"그럼 그냥 백이십만 원에 해요."

수표와 지폐를 지갑에 쑤셔 넣고 그녀는 황급히 가게를 나왔다. 몇 푼의 돈으로 바꾸어버린 결혼과 아이의 돌에 대한 증표. 이제 그것들은 오래 된 기억 속에 숨어 있다가 악몽처럼 때때로 떠오를 게다. 살기 위해서라고, 살아남기 위해서라고……. 몇 대나 전해 내려오던 추사의 서화를 팔고 돌아온 날 밤, 가위에 눌리며 밤새 어머니가 하던 잠꼬대처럼 지수도 그렇게 중얼거리며 가쁜 숨을 내쉬었다. 가쁜 숨소리는 시커먼 병 밑바닥에 돌멩이 하나 숨겨놓듯 감추어둔, 결혼이나 남편을 부정하고 싶은 욕구를 불쑥 떠올리게 했다. 지수는 꽤 두툼해진 지갑을 있는 힘을 다해 손에 꼭 쥐었다. 마치 악마의 은

밀한 유혹에 빠져들지 않기 위해 안간힘을 쓰듯이.

차는 강을 가로질러 달리고 있었다. 은회색 다리 위의 아치형 난간에 오후의 햇살이 잘게 부서져 내렸다. 우아하고 부드러운 곡선으로 빛나는 난간은 방금 전까지 지나쳐왔던, 낡고 지저분한 거리에 대한 기억을 밀어내게 했다. 지수는 새삼스럽게 무릎 위에 놓인 비닐봉투를 눈으로 확인하면서 다시 창밖을 보았다. 강 건너 빽빽이 들어선 아파트 단지들이 그녀에게는 거대한 성채처럼 느껴졌다. 괜히 거부당하고 있는 것처럼 여겨져 고개를 돌리다가, 그 근처 아파트에 살고 있는 대학동창을 떠올렸다. 뛰어난 사업수완으로 회사를 몇 개씩이나 거느리고 있다는 동창의 남편에게 일자리를 부탁해보면 어떨까, 하는 생각이 들었다. 그런 다음 그녀는 이야기의 서두를 어떻게 꺼낼 것인지를 골똘히 고민하기 시작했다. 차는 전속력으로 다리를 건넌 후 거침없이 앞으로 달려 나갔다. 언제나 그렇듯, 그곳 거리는 똑같이 말쑥한 얼굴을 하고 있었다. 지수는 약간 긴장하면서 내려야 할 정류장을 살폈다.

메마른 가로수들이 길게 늘어선 길을 따라 걸었다. 뼈다귀처럼 앙상한 나뭇가지 사이로 보이는 하늘에는 엷고 부드러운 구름이 넓게 퍼져 있었다. 더 이상 하늘은 새파란 얼굴로 매섭게 찬 기운을 뿜어대지 않을 게다. 이제 따스한 햇볕과 부드러운 바람이 저 앙상한 나뭇가지들을 쓰다듬으면 새순이 돋고 잎이

엄현주 소설집

날 것이다. 수액을 빨아올리며 나무는 다만 묵묵히 기다리기만 하면 된다.

지수는 동창이 사는 아파트 동 앞에서 그녀의 빨간 스포츠카를 먼저 보았다. 지붕에 스키장비들을 얹고 차는 금방이라도 스키장으로 달려갈 태세였다. 열린 차문으로 여행용 가방을 싣는 동창을 발견하고 지수는 그만 맥이 빠졌다. 어떡하든 이야기해보려 했는데 기회가 아니었다.

"어디 가?"

"어머, 얘, 전화라도 하고 오지. 애들이 하도 졸라서……. 며칠 스키나 타고 오려고, 마침 애들 아빠도 출장 중이라……. 무슨 일 있니?"

심상찮은 눈빛으로 탐색하듯이 살피는 눈길을 피해 지수는 광택이 나는 차의 빨간 몸체를 한 손으로 쓰다듬었다. 손끝에 금방이라도 빨간 물이 들 것 같은 기분이있다.

"네 남편은 아직도 그러고 있니? 시어머니도 여전히 성화를 부리시고? 너, 잘 생각해. 오빠가 미국 있다고 했지? 여기서 요즘 같은 때 도로 직장 잡기가 좀 어렵냐. 미국 가는 것도 한 방법이야."

"미국 가면? 거기라고 뭐 일자리가 있대? 성훈 아빠는 절대로 안 갈걸."

동창은 답답하다는 표정을 지으며 말했다.

"싫다는 사람은 두고, 너 혼자라도 가란 말이야. 거기서 모든 걸 새로 시작해. 물론 성훈이가 걸리긴 하겠지만……. 침몰하는 배를 다 같이 타고 함께 꼭 죽을 필요는 없잖아? 자기한테 유리한 선택을 할 수 있어야지. 요즘 세상에 그런 걸 갖고 흉볼 사람은 없단다. 아무리 그래도 미국은 아직 모든 면에서 기회가 많은 곳이야."

침몰하는 배? 네가 우리 집에 대해 얼마나 잘 안다고 그딴 소릴 함부로……. 이렇게 말하려다 말고 지수는 비닐봉투를 다른 손에 옮겨 잡았다.

"타. 애들 학원에 가서 기다리다 데리고 바로 갈려고. 그쪽 근처 정류장에서 버스 타면 되잖아?"

"아냐. 됐어. 좀 들를 데가 있어서……. 잘 갔다 와."

차는 매끄럽게 아파트 광장을 빠져나갔다. 빨간색 뒤꽁무니가 금방 눈앞에서 사라졌다. 나쁜 년, 입 안 가득 물고 있던 욕지거리를 내뱉었다. 하지만 조금도 가슴속이 시원해지지 않았다. 지수는 천천히 아파트 단지를 걸어 나오면서 몇 번이고 같은 말을 중얼거렸다. 가장 유리한 선택? 가장 유리한 선택을 해온 덕분에 동창은 자신의 승용차를 몰고 스키장으로 갈 수 있게 된 건지 모른다. 삼 년이나 사귀던 남자를 가난하다는 이유로 버린 동창의 선택이 옳은 건지 지수는 이제 알 수가 없다. 오로지 혼란스럽고 답답할 뿐이었다.

엄현주 소설집

강가에는 벌써 달구경을 하러 나온 사람들이 여기저기 보였다. 하늘은 둥글고 환한 달을 보여주기 위해 어둠을 깔기 시작했다. 어둠이 조금씩 짙어지자 지수의 가슴속에서도 달을 보고자 하는 열망이 점차 커져갔다.

북소리와 꽹과리소리가 크게 울려난다. 이어 사람들의 환호성도 들린다. 그 소리들을 기다렸다는 듯 어둠을 뚫고 살진 달이 둥실 솟아오른다. 달빛 비치는 강 위로 갖가지 색의 꽃등이 불을 밝히며 떠다니고, 그 뒤를 따라 자라들이 빠르게 헤엄쳐 간다. 등에 수많은 사람들의 이름과 생년월일을 달고 자라들은 거센 물결을 헤치며 더 깊은 물속으로 들어간다. 방생. 한 생명을 살려주었다고 믿는 사람들, 그들은 멀어지고 있는 자라를 향해 두 손 모으고 머리 숙이며 살려준 대가로 한 해의 안녕과 만복을 부탁한다. 강가에 둘러선 사람들의 머리 위로 맑고 차가운 달빛이 요요히 흐른다. 지수는 담배를 불에 붙여 강 위로 휘익 던진다. 하지만 시커먼 강물은 담뱃불을 흔적도 없이 삼키고 만다.

시어머니는 여태 돌아가지 않고 집에 있을 게다. 그녀를 대면해야 하는 일이 지수에게는 감행해야 할 엄청난 모험처럼 느껴진다. 지수는 집으로 향하려던 발길을 돌려 강의 상류를 따라 올라가기 시작했다. 음식을 놓고 제를 지내는 무리들도 여기저기 눈에 띄었다. 그들을 피해 지수는 나지막한 산등성이로 올랐다. 다리에 걸리는 마른 나뭇가지들을 가볍게 차며 약간 경사진 길을 향해 오르다가 밑을 내려다보았다. 불 꺼지지 않은 꽃등 몇 개만이 달빛 흐르는 강물을 따라 떠내려가고 있었다. 목숨을 건진 자라들은 이제 더 큰 강으로 갔으리라. 자라처럼 구해지지도 못하는 목숨이라니, 자신을 구해줄 자가 이 세상 어디에도 없다는 생각을 하며 지수는 펑퍼짐한 돌 위에 앉았다. 다리가 뻐근해지면서 온몸이 쑤셔왔다.

어둠이 더욱 짙어오면서 한기가 함께 찾아들었다. 그 많던 사람들은 그새 다 어디로 사라졌는지 사방이 고요하다. 숨죽인 듯한 정적이 그녀의 몸을 바싹 죄어왔다. 지수는 벌떡 자리에서 일어났다. 중천에 뜬 크고 밝은 달이 강가와 산 아래를 환히 비추고 있었다. 차가운 달빛이 그녀의 몸속으로 흘러 들어오면서 뼛속까지 추위가 파고들었다. 그녀는 급하게 담배를 찾아 물었다. 하지만 이가 딱딱 부딪힐 만큼 추웠다. 담배를 던지고 우선 다리부터 움직여보다가 발밑에서 피시식, 하는 소리를 들었다. 그녀가 발밑을 채 내려다보기도 전에 눈앞이 환해지며 불꽃이 피어오르기 시작했다. 불꽃은 마른 풀 위로 타들어가면서 순식간에 옆의 잔 나뭇가지로 번져났다. 엉킨 가지들이 저마다 붉은 몸을 가누며 일어났다. 지수는 흠칫 뒤로 물러나다가 자신도 모르게 손바닥을 펴며 가까이 다가갔다.

"아아, 따뜻해."

엄현주 소설집

그녀는 참으로 오랜만에 나른한 행복감에 빠져들었다. 무엇이 그렇게 자신을 짓누르고 있었던가? 불은 조금씩 기세가 약해졌다. 그녀는 잔솔가지와 마른 나뭇가지들을 손에 닿는 대로 불 속으로 던졌다. 다시 불꽃이 조금씩 살아났다. 매운 냄새와 함께 나뭇가지들은 빛과 어둠을 끌어안으며 숨 가쁘게 타오르고 있었다. 타오르는 불 속으로 하나씩 던져보는 일상의 고통들. 빈곤, 실직, 불화……. 그것들이 타들어간 자리에서 잊고 있었던, 지난 시간의 꿈들이 몸을 가누며 하나씩 일어서기 시작했다. 그 꿈들은 한데 어울려 너울너울 춤을 추었다. 열망과 환희로 그녀의 가슴이 둥글게 부풀어 오르고 있었다. 순간 어디선가 바람이 세차게 불어왔다. 불꽃들은 금방이라도 사라질 듯 이리저리 흔들렸다. 아아, 안 돼. 지수는 다급한 손길로 비닐봉투를 열고 식용유 뚜껑을 땄다. 흔들리는 불꽃 위로 쏟아지는 기름. 또 한 차례 바람이 거칠게 불어 닥쳤다. 불길은 맹렬한 기세로 치솟아 산등성이로 이어져 숲으로 번져났다. 눈앞이 대낮처럼 밝아졌다.

환한 빛 사이로 아이가 혼자 가고 있다. 아이는 언제 저기로 달려간 걸까? 성훈아, 지수는 타오르는 불 속으로 거침없이 뛰어 들어간다. 아이를 가슴에 품으려는 순간 뜨거운 기운들이 그녀의 몸 여기저기서 황홀하게 아름다운 불꽃으로 피어난다. 언젠가 불꽃이 지고 나면 이 자리에 단단한 가시들이 새롭게 돋아나리라. 지수는 거친 숨을 내쉬다가 눈앞을 꽉 채운 사구아로를 본다. 불씨를 매단 가시들이 끊임없이 새롭게 돋아나는 사구아로.

모든 것이 다 사라지고 없는 황폐한 곳에 사구아로만 서 있다. 하늘에 닿을 듯한 키와 땅속 깊이 박고 있는 뿌리로 이 지상에 영원히 살아남을 사구아로. 그 어떤 고난도 이제 닥치지 못하리라. 부드러운 달빛이 사구아로 머리 위로 흐르고 있다.

# 비 오는 오후, 프리셀 게임

*

컴퓨터 화면에 그의 패배를 선언하는 메시지가 떴다.

```
게임에 졌습니다.
이 게임을 계속하시겠습니까?
예, 아니오
```

그것에 불복하는 뜻으로 그는 카드를 이리저리 움직이려 해 보았지만 허사였다. 컴퓨터가 감지한 대로 카드는 더 이상 이동할 수 없도록 뒤섞여 있었다. 곱슬곱슬한 금발을 어깨까지 늘어뜨린 중세의 왕을 중심으로, 그 왼편에 카드를 임시로 자유롭게 옮겨 놓을 수 있는 네 칸의 프리셀과 오른편에 네 칸의 홈셀을 주고 여기에 조커를 뺀 52장의 카드를 무늬별 순서별로 넣게 하는 방식으로 이루어진 게임. 이 프리셀 게임을 요즈음 그는 즐겨 한다. 안 풀릴 때 어떤 카드든지 임시로 옮겨 놓을 수 있는 자유공간이 주어졌다는 것이

엄현주 소설집

얼마나 매력적인가. 하지만 그는 이 공간에 카드 대신 풀리지 않는 일상의 일들을 하나씩 넣어보며 망상에 빠지다가 엉뚱한 카드 위에 그만 마우스를 눌러버리는 실수를 번번이 저지르곤 한다. 역시 그러다가 졌다는 생각이 들자 그는 마우스를 거칠게 내팽개치고 벌떡 의자에서 일어났다.

창밖에는 계속 비가 오고 있었다. 그는 두 손을 호주머니에 찌른 채 우두커니 서서 거리를 내려다보았다. 비가 몰고 온 어둠과 습기로, 11월의 거리는 어둑신하게 가라앉아 젖어들고 있었다. 우산을 받쳐 들고 컴컴한 거리로 나서는 게 내키지 않아 그는 습관이 된 오후의 산책을 그만두기로 마음먹었다. 산책이라고 해야 고작 아파트 주위를 한 바퀴 도는 정도지만, 늦가을 오후의 대기가 풍기는 청량함은 그에게 약간의 생기와 위안을 주었다. 그는 오후의 산책 대신 탁자 위에 놓인 보랏빛 들국화에 몇 번 시선을 주는 것으로 생기와 위안을 얻으려 했다.

며칠 전에 산책을 마치고 돌아오다가 아파트 뒷문 입구에서 산 들국화는 아직도 은은한 향과 함께 단아한 자태를 조금도 흐트러뜨리지 않고 있었다. 그는 그것을 바라보다가 다른 데로 시선을 옮기려는 순간 눈앞을 스치고 날아가는 흰 나비를 보았다. 믿어지지 않아 자신도 모르게 눈을 깜빡이자 나비는 금방 사라져버렸다. 그는 다시 창밖으로 시선을 주었다.

어슴푸레한 빛 속에서 차들이 젖은 아스팔트 위로 전조등을 번쩍이며 달리고 있었다. 굶주린 짐승들이 어딘가에 숨겨져 있을 먹이를 향해 두 눈에 불을 켜고 달려드는 듯한 모습. 그것은 비릿한 비의 냄새와 함께 그를 부르르 진저리치며 창에서 물러나게 했다. 그는 아파트 지하주차장에 서 있을 흰색 소나타를 떠올렸다. 뒤꽁무니에 달렸던, 영문의 끝 세 글자 ATA가 떨어져 SON이 되어버린 채로 있는 자신의 승용차. 불과 서너 달 전까지만 해도 끼어들기와 신호위반을 무수히 해가며 아슬아슬하게 약속시각에 맞추어 그를 수많은 거래처 사람들 앞으로 내보냈던, 그것과 이제 헤어져야 했다. 더 이상 얼굴을 대할 거래처 사람들이 없어졌는데도 차의 할부금과 보험료 고지서는 꼬박꼬박 날아와 그에게 얼굴을 내밀기 때문이었다. 곳곳의 긁힌 자국들을 안타까이 바라보며 자신의 분신처럼 아픔을 느꼈던 기억도 빨리 없애는 게 상책이었다.

"아무래도 빨리 차를 처분하는 게 낫겠어."

핸들을 잡을 때면 늘 그의 양 겨드랑이에서 꽉 차 오르는 바람과 함께 날개가 돋아나던 느낌이 순간 되살아났다. 그는 자신도 모르게 어금니에 꽉 힘을 주었다.

"그래요, 잘 생각했어요. 지금 당신에게 필요한 건 차가 아니라……, 새로운 직장이죠."

그렇겠지. 지금 당신에게 필요한 건 실직한 내가 아니라……, 새로운 남자이듯 말이야. 그는 속으로 중얼거리면서 붉은 와인 색 립스틱을 입술에 칠하고 있는 아내를 힐끔 보았다. 그런 그의 속마음 따위는 전혀 모르는 듯, 아내는 오랜만에 제대로 된 결정을 한 그에게 등이라도 두드리며 칭찬해 주고 싶다는 표정을 지었다. 하지만 출근준비에 바쁜 아내는 이내 드라이어를 잉잉거리며 그 표정을 지워버렸다, 오 년만에 생긴 뱃속의 아이를 지워버린 것처럼.

컴퓨터 화면은 그가 아무런 결정도 하지 않자 옅은 회색으로 메시지를 흐려놓았다. 메시지와 함께 프리셀 게임의 메뉴가 영영 지워질지도 모른다는, 어처구니없는 걱정과 조바심으로 그는 급하게 엔터키를 눌렀다. 화면이 다시 환해지면서 게임을 계속할지 그에게 끈덕지게 물었다. 그는 문득 지겹다는 생각을 하며 아니오, 를 선택했다.

아이를 지우고 돌아온 아내는 홀가분해보였다. 고통이나 아쉬움 따위를 전혀 담고 있지 않은, 차라리 해맑게 보이는 아내의 얼굴을 외면하며 그가 물었다.

"괜찮아?"

그는 괜찮지 않은 자신의 심기를 억누르려 애썼다. 나는 미칠 것 같은데 당신은 괜찮아? 어떻게 당신은 괜찮을 수 있느냐고? '내 집 마련 후'라는 같잖은 슬로건을 내걸고 오 년

씩이나 미루다 갖게 된 아이를 없애야 했던 당신의 진짜 속
사정이 뭐지? 난 그걸 알고 싶어, 제기랄. 이렇게 말하지 못
하는 자신에게 치밀어 오르는 화를 또다시 참기 위해 그는
오만상을 찌푸렸다.

"차암, 당신도……. 괜찮다니까요. 괜찮다고 안 하면 꼭 울
어버릴 것 같은 얼굴이네. 생각보담 간단했어요. 나, 정말 아
무렇지도 않아요. 병원에선 며칠 조리하라고 했지만 당신도
아시다시피 그럴 틈이 어딨나요? 오 과장 찾아 전화통에 불
이 날 텐데."

오 과장? 야, 나도 대여섯 달 전까지는 한 부장이었다는
거, 알잖아. 그것도 국내에서 몇 번째로 큰 기업에서 말이야.
그놈의 불경기가 아니었더라면, 아니, 것보다 거래처에서 잘
못 받은 어음에 대한 책임을 내가 몽땅 뒤집어쓰지만 않았더
라도 여전히 나는 잘 나가고 있었을 거야. 그런데 지금 너,
내 앞에서 잘난 척하는 거야, 뭐야? 직장을 잃었다는 이유를
내세우면서 넌 내게 아비 될 기회까지 빼앗아갔어, 건방지게
스리. 아무래도 심상찮은 기색을 눈치 챘는지 아내는 그의
목에 팔을 감아오면서 속삭였다.

"아이를 안정된 시기에 갖자는 거죠. 지금까지 기다리다가
하필이면 당신이 이렇게 된 때에……. 우린 아직 젊잖아요?"

아내의 말과 달리 그는 서른일곱이라는 자신의 나이나 서

엄현주 소설집

른다섯인 아내의 나이가 첫 아이를 가지기에는 이미 늦었다
는 생각을 하면서 코끝에 훅 끼쳐오는 비릿한 냄새를 맡았
다. 새하얀 생리대를 붉게 물들이고 있을, 자신의 아이가 세
상에 왔다 가면서 남긴 상처의 흔적이 풍기는 그 냄새는 그
에게 생에 대한 절망과 죽음을 떠올리게 했다. 넌 나를 죽이
고 싶은 마음으로 뱃속의 아이를 죽인 거지? 바른대로 말해.
그는 있는 힘을 다해 아내를 밀쳐버렸다. 침대 모서리에 부
딪히게 된 아내와의 표면적인 화해가 며칠 후에 겨우 이루어
졌지만 비릿한 냄새만은 여전히 그의 코끝에 머물고 있었다.
요즈음 아내는 그 비릿한 냄새에 술 냄새까지 더하고 있다.
어제까지 꼬박 열흘째 자정을 넘기고 귀가한 아내는 엉망으
로 취해 밑도 끝도 없이 주절댔다.

　"와인회사 광고란 말이에요. 그 회사 홍보부장이, 뭐래더
라……. 장 부장? 최 부장? 아이, 마악 헷갈리네. 하여튼 그
쪽에서 내게 모델제의까지 해왔어요. 카피라이터에 시에프
모델이라, 어때요? 후후후, 너무 잘 나가고 있는 건가? 하두
문구가 안 떠올라 와인을 몇 잔 해봤죠. 그런데 와인 잔을 들
고 있는 내 폼이 따악 적격이래나. 아, 그것도 술이라고 제법
취하네. 그래두 기분은 써억 괜찮네. 다앙신의 영혼까지
취하게 하는 술, 심미안이 높은 당신의 탁월한 선택이었습니
다. 포도주는 로즈와인, 로오즈와인……"

오호라, 홍보부장이라는 그치와 여태 함께 있은 게로군. 둘이서 이렇게 늦은 시간 동안 어디서 무얼 했지? 이렇게 따져 묻는 대신 그는 거친 손길로 원피스와 스타킹을 벗겨내고 아내를 침대 위에 던지듯 눕혔다. 그러고는 그도 어느새 술병을 찾아들고 있었다. 푸른색 병에서 찰랑거리는 로열 살루트, 그것은 마법의 액체가 되어 그를 환상의 세계로 이끌었다.

투명한 봄 햇빛 아래서 에메랄드그린 색으로 빛나는 물의 궁전. 제어할 수 없는 어떤 힘이 그를 궁전으로 불러들인다. 조심스럽게 한 걸음씩 가까이 다가가는 그를 부드러운 물살이 가만히 감싸 안는다. 물에 모든 것을 내맡긴 자의 편안함. 문득 고개를 드니 그를 내려다보며 환하게 웃고 있는 아버지가 있다. 아버지의 머리 위에 쓴 금관과 붉은 산호로 된 옥좌가 눈부시게 현란하다. 아, 아버지, 국회의원 대신에 왕이 되셨네요, 하고 소리 내어 말하려는 순간 그의 입에서는 엉뚱하게도 노랫가락이 흘러나오기 시작한다. 불분명한 발음과 울먹이면서 약간 쉰 듯한 음성으로 흘러나오는 노랫가락. 아버지가 살아생전에 부르던 노래를 그대로 흉내 내고 있음에 그 스스로도 놀란다. 이래도 한세상 저래도 한세상 돈도 명예도 사랑도 다 싫다. 그는 정말 모든 게 다 싫은 기분이 되어 노래를 멈추기 위해 온몸을 흔든다. 아내는 그를 흔들면서 물을 청했다.

엄현주 소설집

새벽의 푸른 기운이 어려 있는 창을 바라보며, 그는 아내에게 물을 갖다 주는 대신 병째 물을 마시기 시작했다. 마치 푸른 물을 마시고 있는 듯한 느낌. 그는 자신의 몸이 푸른 물로 출렁이는 바다가 되기를 정녕 바라며 끝없이 물을 마셨다.

샤워기에서 쏟아지는 물소리와 아내의 흥얼거리는 콧노래가 뒤섞여 미묘한 음향이 되어 오랜만에 그를 자극시켰다. 그는 침대에서 몸을 일으켰다. 젖은 머리카락을 늘어뜨리며 욕실에서 나온 아내는 그를 본 척도 않고 화장대 앞에 앉았다. 그러고는 재빠른 솜씨로 화장을 하기 시작했다. 아내가 움직일 때마다 분홍색 가운 위에서 축축하게 젖은 머리채가 탐스럽게 출렁거렸다. 그는 아내의 등 뒤에 서서 머리카락 몇 올을 매만졌다. 아이, 출근시간에…… 바쁘다니깐요. 아내는 가볍게 그의 손을 뿌리쳤다. 순간 머쓱해진 그는 더럽고 비참한 기분으로 중얼거렸다.

"이젠 백수가 된 내가 싫어졌단 말이지. 그렇겠지, 당신은 오로지 능력위주로 모든 걸 따지려 드는 사람이니깐."

"어머, 이이가 점점……."

아내는 경멸과 짜증이 담긴 시선으로 그를 잠시 노려보고는 분첩을 꺼내 두드리기 시작했다. 콧등 위에서 분가루가 향내를 내며 하르르 날렸다. 이윽고 화장을 마치자 아내는 꽃무늬가 가득 프린트된 플레어스커트를 뱅그르르 돌리면서 레인코

트를 집어 들었다. 경쾌하게 몸을 움직이고 있는 아내의 등 뒤에서 금방이라도 음악이 쏟아질 듯했다. 레인 드롭스 앤드 폴링 온 마이 헤드…… 밤의 취기는 어디로 사라졌는가? 또각거리며 멀어지고 있는 아내의 구두 굽 소리가, 결코 그가 닿을 수 없는 낯선 세계로 향하고 있음을 본능적으로 감지하고는 몸을 떨었다.

무엇보다도 우선 아내를 불러 세울 수 있어야 한다. 서둘러 출근을 해야 할 사람은 당신이 아니라 나라고, 그래야만 뒤엉킨 일상의 일들이 제자리를 찾아갈 게 아니냐고 말해야만 한다. 그러기 위해서 그에게 가장 시급한 것은 일자리였다. 하지만 그는 인터넷에서 구직사이트를 살피거나, 아는 사람을 찾아가 취직자리를 부탁하는 따위의 일들을 이젠 더이상 하지 않고 있다. 그게 얼마나 헛되고 헛된 일인가를 그동안의 수많은 경험으로 뼈저리게 느꼈기 때문이다. 그렇다고 새로운 일을 찾아 선뜻 창업할 자신 또한 없었다. 십 년 넘게 곁눈질 한 번 하지 않고, 오로지 한 조직의 일부로만 살아온 탓이리라. 만나는 사람들은 누구나 입만 벌리면 잇따른 기업의 부도나 늘어나는 실업자에 대해 이야기하려 했다. 그것은 그에게 영원한 실직과 암울한 미래를 예고하는 것 같아 두렵다 못해 끔찍스럽기까지 했다. 이제 그는 사람들을 만나지 않는 것은 물론이고 TV나 신문까지 멀리하면서 외부와

엄현주 소설집

차단된 생활을 하고 있다. 오로지 컴퓨터와 오후의 짧은 산책만이 그가 세상을 향해 열어놓은 유일한 통로였다.

그는 다시 프로그램 중에서 게임의 메뉴를 찾다가 문득 코끝에 와 닿는 들국화 향을 느꼈다. 그러자 그는 화면에서 눈을 떼어 또다시 들국화가 있는 쪽으로 시선을 주었다. 오지 항아리에 담긴 들국화의 잔잔한 웃음. 꽃 파는 여자는 셀로판지에 들국화 묶음을 싸서 내밀 때 들국화처럼 웃어 보였다. 그때 검정상의를 입은 여자의 한쪽 가슴에 조그맣게 달린 흰 나비가 파르르 떨면서 어디론가 날아가려고 발버둥치는 것 같아 그는 잠시 숨을 죽인 채 지켜보았다. 여자는 자신의 가슴에 오래 머물고 있는 그의 시선이 어색해선지 또다시 웃어 보였다. 원하는 곳을 향해 금방이라도 날아갈 듯이 흔들리는 나비와 여자의 웃음이 이루는 묘한 분위기에 그는 빠져들었다. 그는 꽃을 안고 집으로 돌아오는 길 내내 자신이 날갯짓을 하며 하늘을 훨훨 날아가는 나비가 된 기분에 사로잡혀 있었다.

게임의 메뉴에서 프리셀을 찾았다, 오로지 혼자서만 누릴 수 있는 자유공간을 찾는 기분으로. 양쪽에 각각 비어 있는 네 칸의 프리셀과 홈셀, 52장의 카드가 나왔다. 그는 카드들을 한참 들여다보다가 그 종류마다 하나씩 의미를 붙였다. 다이아몬드는 부, 클로버는 행운, 스페이드는 노동, 하트는 사랑. 아, 부와 행운과 사랑을 손에 쥘 수만 있다면 그 어떤 노동도 마다하지 않으리라. 하지만 노동할 수 있는 기회를 되찾기 힘든 현실은 부와 행운과 사랑을 그에게서부터 멀리 격리시켜 놓고 있다. 그는 그것들을 조금이라도 가까이하고 싶은 심정으로 마우스를 눌렀다. 마우스를 잡은 손끝에 바로 와 닿는 듯한 부와 행운과 사랑. 그는 행복감에 젖어 카드들을 머릿속에서 이리저리 배열해보았다. 그러다가 다이아몬드 2 위에 마우스를 눌러 홈셀 첫 번째 칸에 넣으면서, 마치 부를 집 안에 들여놓은 듯한 착각에 빠졌다. 그러고는 하트 3을 클로버 4 밑에 놓을까, 아니면 사랑과 행운을 프리셀에 잠시 놓아두고 스페이드를 옮겨올까 망설이는데 전화벨이 울렸다.

"갱수냐?"

단 한 번도 경수라고 제대로 불러준 적이 없는 큰누이는 또 무슨 용건으로 나를 찾고 있는 걸까? 얼마 전에는 어머니가 심장병으로 수술을 받아야 한다고, 또 그런 후에 수술비 천만 원을 당장 해 보내라고……. 그런 말들을 하면서 누이는 중간 중간 '갱수야'를 몇 번이나 다급하게 불러댔었다.

"어째 이 시간에 집에 있어야? 갱수야, 혹시나 해서 해봤는데…… 회사서는 무조건 자리에 없다 해쌓지. 휴대폰도 안되고. 갱수야, 집에 잠시 들른 거냐, 아니믄 어디 아파서 집에서 쉬는 거냐?"

누나의 잘난 동생이 잘려서 이제 맨날 집에 이렇게 있게 됐수다, 라고 말하고 싶은 충동을 느끼며 그는 입귀를 비틀어 툽상스럽게 대꾸했다.

"또 뭔 일인데요?"

"갱수야, 니 매형하고 메칠씩이나 의논을 했는데, 암만해도 엄니 말이여……. 갱수야, 서울 큰 벵원에서 수술 받으시게 해야겠어야. 엄니도 아들네 곁에 있어야 안심이 되겠다는 눈치시고. 갱수야, 어떠냐? 올케하고 의논해서 내일이라도 내가 모시고……"

결혼 오 년 만에 겨우 장만한 아파트를 아내 몰래 저당 잡혀서 천만 원 해준 지가 얼마나 된다고, 또……. 아예 나를 잡아잡수셔, 젠장. 그는 목청껏 소리 지르는 대신 송수화기를 거칠게 내려놓았다. 아니나 다를까, 곧이어 전화벨이 숨이 넘어갈 듯 울어댔다. 이눔아, 니 하나 서울 유학 보내려고 우리가 어쨌는 줄 알어? 나, 겨우 야간 고등학교밖에 못 나왔다. 그래, 이제 무시하겠다, 이거냐? 니가 하나밖에 없는 아들이믄서 엄니는 왜 안 모셔가는 거여? 왜 나한테 책임지우고 있냐 말이여. 이눔아, 잘났으믄 잘난 값을 해야 되는 거 아녀? 악에 받친 누이의 목소리가 곧 튀어나올 듯한 전화기를 피해 그는 세상 끝까지라도 도망가고 싶은 심정이었다.

비어 있는 네 칸의 프리셀을 바라보며 그는 일상에서 잠시 던져두고 싶은 것들을 떠올렸다. 실직 심장병 유산 저당, 어머니 누이 아내 태아…… 그러다가 홈셀 두 번째 칸에 넣어야 할 스페이드 5 대신 하트 7을 지정하고 만다. 또 실패다. 그는 게임을 시작할 때면 이긴 후에 바로 나오는 '축하합니다'란 메시지와 함께 짧게 울리는 팡파르를 늘 기대하곤 한다. 성공을 알리는 팡파르. 그는 어릴 적부터 자신의 생애는 늘 팡파르가 울리리라고 믿었다. 그 믿음은 어떤 실패도 허용하지 않으리라는 다부진 각오로 모든 일에 덤비게 했고, 그 대가로 팡파르가 자주 울려주었었다. 그가 다녔던, 소읍에 있는 고등학교에서 몇 년에 겨우 한 명 갈까 말까 하는 서울대학교에 단번에 척 붙었을 때 크게 울렸던 팡파르. 그때 주위사람들은 고개를 끄덕이며 '과연'이란 한 마디로 그에 대한 믿음과 기대를 표시했었다. 입사시험에서 일등으로 붙고, 역시 일류대학을 나온 능력 있는 아내를 얻었을 때 신나게 울리는 팡파르를 들으며 그는 실패한 아버지의 아들이란 오명에서 스스로 벗어났다. 날개를 달고 훨훨 위로 날아 초고속 승진을 계속할 때까지만 해도 그의 귀에서는 늘 팡파르가 울리고 있었다. 그래선지 그는 단 한 번도 추락의 악몽을 꾸어본 적이 없었다. 그 큰 기업이 휘청거려 직원을 감원하게 될 줄 누가 알았으랴. 그렇게도 잘 나가던 그가 한 달 내내

엄현주 소설집

판 반도체칩이 불과 몇 개라는 최악의 영업실적과 부서의 잘못에 대한 모든 책임과 지나치게 일찍 승진했다는, 이유 같지 않은 이유 등으로 잘리게 될 줄 그 누가 알았으랴. 유능하다고 늘 스스로 자부하던 그가 아내에게 빌붙게 될 줄 정말 그 누가 알았으랴. 더 이상 현실에서 팡파르를 들을 수 없게 되자 그는 컴퓨터 앞에서라도 듣게 되기를 간절히 바라며 게임에 이기려고 애를 썼다. 하지만 게임에서 이기는 것 또한 쉽지 않았다. 52장의 카드는 52가지의 상념이 되어 그를 혼돈과 혼란에 빠뜨렸다. 그는 그만 컴퓨터 전원을 껐다. 모니터는 그가 게임에 졌던 흔적을 완전히 지우고, 아무런 빛도 담고 있지 않은 채 그 앞에 버티고 있었다.

아버지의 시체는 모래사장 위에서 거적때기를 쓰고 누워 있었다. 그 위로 비가 사정없이 내렸다. 거적때기 밑으로 비쭉 나온 아버지의 발을 보지 않으려고 애쓰면서 그는 검은 바다 쪽으로 시선을 주었다. 어머니와 누이들, 이웃사람들의 아우성치는 소리가 빗속에서 웅얼거렸다.

"병선이 이 사람, 정말로 빙신이구나. 와 죽노, 죽기는. 국회의원 안 되몬 그만이제, 와 죽노 말이다. 경수, 저거 인자 제우 고등핵교 들어갔는데 우찌 해라꼬……"

옆집에 사는 김씨 아저씨가 악을 쓰고 말하는 소리를 들으면서 그는 4월의 황사바람이 불어대는 넓은 공터에서 외치던 아버지의 목소리를 떠올렸다.

"이번 국회의원 선거에 출마한 기호는 싸아번 한병선입니다. 저를 뽑아 주시기만 한다면 우리 하부읍을 한번 멋지게 만들어 보겠습니다. 그 첫째 계획으로 우선 길부터 닦겠습니다. 비만 오면 온통 황토로 질척거리는 길들을 아스팔트로 쫘악 포장하겠습니다. 그래서 마누라 없인 살아도 장화 없인 못 산다는……"

바람에 섞여 입안으로 날아든 모래를 뱉는 것도 잊은 채 아버지는 열변을 토하고 있었다. 누우런 바람 속에서 누우렇게 뜬 얼굴로 엄지손가락 하나를 꼽고 나머지 넷은 쭉 펴 앞으로 내밀며 기호는 싸아번 한병선입니다,라고 외치는 아버지의 모습이 바람 속에서 엄지손가락 하나를 영영 잃어버리고 만 병신처럼 보였다. 그는 던져둔 책가방을 옆구리에 끼고 그만 자리에서 일어났다. 그러고는 입안에 씹히는 모래알을 침과 함께 탁 뱉은 후 중얼거렸다. 침도 마음대로 못 뱉는 딱한 아버지시여. 하지만 집으로 돌아가면 아버지보다 더 딱한 어머니를 보아야만 한다는 사실에 그는 몸서리를 쳤다. 어머니는 생선 냄새 풀풀거리는 비닐 앞치마를 마치 자신의 팔자를 저주하며 내팽개치듯, 땅바닥에 던지며 잊지 않고 푸념을 시작했다.

"만석꾼 집 고명딸을 생선장수로 만들어 놓고, 지는 뭐 정치를 한다고? 기가 맥혀서, 아이고 내 팔자야. 차라리 노름이나 계집질이 백 번 낫지야."

네댓 번이나 연이은 아버지의 국회의원 낙선은 집 안을 온통 비린내로 가득 차게 했다. 환기가 잘 되지 않아 집 안 어디서나 풍기는, 팔다 남은 자반고등어의 타는 냄새. 그는 맨밥을 꾸역꾸역 삼키며 세상에서 가장 싫은 냄새는 비린내라고 생각했다. 그 비린내가 잔뜩 풍기는 방 안에 길게 누워, 더 이상의 도전은 미친 노름이라는 것과 자신의 실패를, 세상 어느 누구보다도 가장 뒤늦게 깨달았던 아버지. 아버지가 유산 대신 그에게 남긴 교훈이 있다면, 그것은 뜬구름 잡는 것처럼 막연한 일에는 아예 눈길도 주지 말아야 한다는 것이었다. 그런 일 따위에 인생을 거는 무모한 실수는 아버지 한 사람으로 족했다. 그래서 보다 확실한 목표를 좇아왔건만 결국 그도 별 수 없이 어딘가에 복병처럼 숨어서 기다리고 있던 실패와 맞부딪치게 되었다.

그는 의자에서 일어나 방 안을 서성이다가 화장대 앞에 섰다. 서른일곱인 그의 얼굴은 놀랍게도 쉰일곱에 세상을 떠날 때의 아버지얼굴이 되어 거울 속에 그대로 담겨 있었다. 그는 절망스럽게 고개를 흔들면서 중얼거렸다. 아, 아버지, 난 어쩔 수 없이 당신의 아들입니다. 계속되고 있는 빗소리와 바람소리는 짐승의 낮은 울부짖음처럼 들렸다. 그도 짐승처럼 목 놓아 울고 싶어졌다. 그래서 자신의 실직을, 병든 어머니에 대한 책임을, 얼마 후에 납부해야 할 은행대출금 이자를 잊을 수 있다면⋯⋯. 기꺼이 짐승이라도 되리라.

"이젠 당신 이력서를 여기저기 내미는 일에 진력이 나요. 당신 나인 힘들어요. 일용직이나 임시직이면 모를까. 아무리 애를 써봤지만 되지가 않네요. 그렇다고 몇 푼 안 되는 퇴직금으로 이 불경기에 사업을 시작하라고 할 수도 없는 노릇이고. 집에서 이러구 있는 것 보면 내가 숨이 다 막히는데 당신은 오죽하겠어요?"

아내는 정말 그가 딱해서 못 견디겠다는 것인지, 아니면 계속되는 그의 실업자 생활이 이젠 지긋지긋해졌다는 뜻인지 전혀 구분이 안 되는 애매모호한 표정을 짓고 있었다. 그는 찌푸려진 아내의 미간에서 눈을 돌려 벽에 걸린 11월의 달력을 쳐다보면서 중얼거렸다.

"그럼 나 몰래 이력서를 써 보냈단 말이지? 전혀 몰랐군. 손수레라도 끌든지, 아님 트럭을 하나 사서 야채라도 싣고⋯⋯."

그럴 자신도, 마음도 전혀 없다는 걸 누구보다도 스스로 잘 아는 그는 맥 빠지고 공허하게 울리는 자신의 목소리를 듣고 있었다. 그 위로 달력 속의 나목들이 일제히 가지를 흔들며 아우성을 쳤다. 쑤와아아⋯⋯. 그것들은 스산한 바람이 되어 그의 온몸을 관통하고 있었다.


엄현주 소설집

"형님들은 이런 줄도 모르고 뭐라는 줄 아세요? 왜 어머니 안 모셔가냐? 자넨 우리 집안에 하나밖에 없는 며느릴세. 이러면서, 뭐? 도리를 제대로 하고 살라나요. 말씀을 안 하셔도 어머니께서 얼마나 서운해 하시는 줄 아는감? 아, 정말 미치겠다니깐요. 그것도 한창 회의 중에 말이에요. 지겨워, 증말."

군데군데 갈라진 손등으로 어머니는 그의 트기 시작하는 뺨을 문지르면서 안타까워했다. 아이구, 내 새끼. 클 때 복은 다 개복이라 했어야. 나아중에 니가 출세해서 고대광실 같은 큰 집에 이 엄니랑 니 색시랑 함께 살면서 옛말 할 때가 있을 겨. 아암, 그럴 때가 트을림 없이 올겨. 어머니는 그에게 말한다기보다 스스로에게 다짐하듯, 허공을 바라보며 아랫입술을 지그시 깨물었다.

다시 할 일이 없어지사 그는 컴퓨디 전원을 새로 켰다. 게임의 메뉴를 찾아 프리셀에 마우스를 눌렀다. 그러자 프리셀 게임의 시작화면이 나타났다. 그는 조금도 망설이지 않고 선택을 눌러 2034번 게임을 골랐다. 그의 목표인, 게임의 마지막 번호 15000번까지의 도전은 아직 멀고도 멀었다. 새로운 유형으로 2034번째에 해당하는 게임을 시작하면서, 그는 15000번까지의 게임이 끝나면 자신에게 뭔가 새로운 변화가 일어나리라고 기대한다. 하지만 너무나 터무니없는 일에 새로운 기대를 걸고 매달려 있는 자신이 한편으로 딱하게 느껴져 그는 변명하듯 나직이 속삭인다. 단지 살아남기 위한 방편이야. 살기 위해서라고. 살아 있다는 것은 어딘가에 집중해 있는 상태지. 사실 그는 한때 차를 몰고 미친 듯이 고속도로를 질주하거나 한강에 뛰어들려고 시도한 적이 몇 번 있었다. 하지만 그럴 때마다 그를 간곡히 붙잡는 것은 부전자전(父傳子傳)이라는 기막힌 말이었다. 그의 죽음을 두고 하부읍 사람들은 분명 수군거릴 게다. 그 아비에 그 아들이라고⋯⋯. 남겨진 어머니와 누이들에게 그 이상 더 잔혹한 처사가 어디 있겠는가. 쓸데없는 생각에 빠진 그를 깨우쳐주듯 환하던 화면은 어둠침침하게 흐려졌다. 그는 다시 마우스를 잡고 게임에 집중해서 이겨보려고 했다. 만약 연속 세 번 이긴다면, 아내가 일찍 집으로 돌아오는 쪽에 기대를 걸어도 좋으리라. 지긋지긋한 라면으로 저녁을 때우는 일이 하루쯤은 슬쩍 비켜가게 되기를 바라며 그는 마우스를 쥔 손끝에 힘을 주었다.

52장의 카드가 한 장씩 정확한 위치에 배열되기 시작했다. 스페이드에이스에 더블클릭을 하고 다이아몬드 K를 프리셀 두 번째 칸에 잠시 옮겨 놓는 그의 손은 조심스럽기까지 했다. 그리고 연이어 다이아몬드 6을 클로버 7 밑에 옮겨 놓고 그는 긴장을 풀듯 허리를 잠시 바로 폈다. 녹색의 바탕화

엄현주 소설집

면 위에 하나씩 배열되고 있는 카드를 바라보며, 그는 얽혀
있는 일상의 일들이 하나씩 풀려 정리되고 있는 듯한 착각에
빠졌다. 다시 마우스를 쥐고 스페이드 K를 홈셀 세 번째 칸
에 넣고, 하트 J를 프리셀 세 번째 칸에 넣으면서 남은 카드
가 7장이라는 것을 확인했다. 아, 조금만, 조금만……. 창밖
에서 계속 들려오고 있는 빗소리마저 그가 더욱 게임에 몰
입하도록 하는 효과음역할을 해 주었다. 마지막 남은 한 장
의 카드인 스페이드 K를 홈셀 네 번째 칸에 넣는 순간 '게임
에 이겼습니다 축하합니다'라는 메시지와 함께 팡파르가 짧
게 울렸다. 그는 마치 대사를 이룬 듯 뿌듯함과 만족함을 느
끼며 벽시계를 보았다. 6시 20분. 지금부터 쉬지 않고 게임
을 계속한다면 아내의 귀가시각인 7시까지 몇 번은 더 이길
수 있으리라. 새로운 게임, 2035라는 번호를 단 게임에 그가
또다시 도전하려는 순가이었다. 그의 새로운 도전을 저지하
려는 듯 전화벨이 요란하게 울리기 시작했다. 그는 자리에서
꼼짝할 수가 없었다. 외근이 잦았던 그와 통화하기 위해 큰
누이는 분노로 씩씩대다가 귀가시각에 맞추어 전화한 것이
리라. 중간에서 전화를 끊어버린 그를 향해 하루 종일 품었
던 그녀의 앙분이 아마 전화선을 터지게 해버릴지도 몰랐다.
무엇으로 그녀의 분노를 가라앉힐 수 있을까. 병든 어머니를
모셔오기 힘든 자신의 상황을 어떻게 설명해야 할 것인가.

그 사이 전화벨이 끊어졌다가 다시 울리기 시작했다. 그는 하는 수 없이 두 눈 꾹 감고 쓴 약을 받아먹으려고 입을 벌리 듯 송수화기를 부여잡고 입을 열었다. 하지만 그가 미처, 여보세요라고도 하기 전에 아내 목소리가 튀어나왔다.

"왜 그렇게 전화를 빨리 안 받아요? 집에 없는 줄 알았네."

"으응, 화장실에 있었어. 내가 집에 없으면 어디 있겠어, 이 비 오는 날에. 날 그렇다고 불러내 줄 사람이 있는 것도 아니고. 아무래도 그동안 내가 잘못 살아왔나봐. 나는 다른 사람에게 피해만 안 입히면 그게 바로 살아가는 최선의 방법인 줄 알았지. 그런데……"

큰누이가 아니라는 안도감 때문일까. 그는 평소와 달리 분명 필요 이상의 감정을 내비치고 있었다. 외로움과 굴욕감에 지친 목소리는 마치 땅으로 꺼져들 듯이 울려났다. 하지만 더 이상 그런 목소리를 참고들을 만한 인내심이나 상황을 못 갖춘 듯한 아내는 그의 말을 잘랐다.

"지금 바빠요. 나, 여기 강릉 연수원에 와 있거든요. 식사 시간에 잠시 틈이 나서 전화 거는 거예요. 아침에 나올 때 이야기한다는 걸 그만 깜빡했지 뭐예요. 일박 이일이니까 내일 오후 늦게 사무실에 들어갈 수 있을 거예요."

아내가 강릉이라고 말하는 순간부터 묘하게도 그의 귓가에서 파도소리가 들려오기 시작했다. 그는 바다가 환히 내려

엄현주 소설집

다 보이고, 밤새 파도소리가 들리던 신혼 여행지를 문득 떠올리고 있었다. 하지만 지금 그곳에 아내는 자신과 함께 있지 않다는 데 생각이 미치자 걷잡을 수 없는 불안과 의심으로 그는 견딜 수가 없었다.

"누, 누구와 함께······"

말이 채 끝나기도 전에 전화선을 타고 뚜우뚜우 들려오는 소리가 그의 불안과 의심을 더욱 가중시키고 있었다. 그는 곧 숨이 넘어갈 듯 다급하게 소리쳤다.

"여보세요, 여보세요!"

그가 송수화기를 부여잡고 안타까운 몸짓으로 불러내려 하는 아내는, 그에게서 등을 돌려 다른 세상을 찾아 사라져버린 듯했다. 애절하게 아내를 부르다가 그는 난데없이 송수화기에서 풍겨오는 비린내를 맡고서는, 그만 그것을 거실바닥에 내동댕이치고 말았다. 그리고 그는 들국화 항아리 앞으로 다가가 거기에 코를 파묻었다. 그의 코끝을 자극하는 강한 풀 향기와 함께 가을 들판 어디에선가 불어오는 듯한 바람이 그의 가슴에 파고드는 듯했다. 바람과 함께 그의 가슴을 흔들어대는 나비의 날갯짓. 그는 가슴을 내맡긴 채 가만가만 숨을 쉬었다.

다시 도전하기를 기다리는 컴퓨터 화면을 모른 체하고 그는 오로지 허기 때문에 라면을 젓가락으로 끌어올렸다. 냄비에서 피어오르는 뜨거운 김은 취한이 내뿜는 입김처럼 와락 구토를 느끼게 하며 그의 얼굴에 와 닿았다. 한때 라면을 진수성찬으로 여기게 했던 것은 삶에 대한 열정과 희망이었을까? 몰래바이트를 마치고 저녁 늦게 돌아와 신림동 자취방에서 허겁지겁 입안으로 끌어당겼던 라면. 그는 왜 사람들이 라면을 하찮은 음식으로 여기는지 이해가 가지 않았다. 구수하고 얼큰한 국물을 목구멍으로 넘기면서 그는 라면이야말로 가장 맛있는 음식이라고 생각했다. 그때 뿌옇게 김이 서린 안경알을 통해 그가 바라본 세상은 꿈과 환상을 지녔었다. 노력한 만큼의 대가가 주어지고 열심히 살아가면 무엇이든 이룰 수 있는 아름다운 세상. 그는 아름다운 세상을 향해 힘차게 나아가려고 두 다리에 힘을 꽉 주었었다. 하지만 그런 세상이 존재하지 않는다는 것을 얼마 후에야 알아차리게 되었고, 그때부터 그에게는 라면의 맛까지 완전히 다르게 느껴졌다. 이제 라면은 싸구려 기름 냄새로 혹은 비릿한 냄새로 그의 비위를 무자비하게 건드리면서 겨우 시장기를 면해주고 있을 뿐이다. 라면을 다 비운 냄비를 개수대에 놓으면서 그는 앞으로 밥을 지어야겠다고 생각한다. 하지만 그는 어제도 그제도 개수대 앞에서 똑같은 생각을 했던 것을 기억하고는 피식 웃으면서 냄비를 씻기 시작했다. 최소한 설거지 정도는 해놓는 게 집에 있는 사람으로서 지녀야 할 기본매너

아녜요? 아내의 카랑카랑한 목소리가 금방이라도 등 뒤에서 들려올 것 같았다. 아내는 정말 강릉 연수원에 있는 걸까. 전화 한 통이면 금방 알 수 있겠지. 하지만 알아낸다고 해서 내게 달리 대처할 방법도 없지 않은가. 모르는 게 약이란 말도 있지. 아니, 어쩌면 아무런 일도 없는 아내를 두고 내가 괜히 의심을 하고 있는지도 몰라. 그는 이런 잡다한 생각들을 떨쳐버리기 위해 다시 컴퓨터 앞으로 갔다.

2035번의 프리셀 게임을 다시 시작하려 했다. 만약 이기게 된다면 오늘의 게임은 이것으로 끝내리라. 본격적으로 게임을 시작하기 전, 그는 뻣뻣해진 눈 주위를 두 손바닥으로 비빈 후에 눌렀다. 행여나 콘택트렌즈를 누르게 될까봐 그의 손길은 아주 조심스러웠다. 콘택트렌즈를 낀 지가 오 년이 가까워오지만 그것은 항상 이물이 되어 그의 눈을 불편하게 했다. 안경을 낀 모습이 꺼벙해 보여 싫다는 아내 때문에 그는 어쩔 수 없이 그것을 끼기 시작했다. 처음 그것을 끼고 바라본 사물들은 안경을 꼈을 때보다 훨씬 산뜻하고 또렷하게 다가왔다. 하지만 그 분명함에 그는 곧 이유 모를 두려움과 갑갑증을 느꼈다. 게다가 그것은 얼마나 많은 조심성과 청결을 끊임없이 요구하고 있는가. 밤마다 콘택트렌즈를 빼어 보관액에 담그면서 그는 아직도 가느다란 한숨을 내쉬곤 한다. 마치 아내의 요구를 힘들게 들어주고 난 후처럼……

조금 편안해진 눈을 깜빡이다가 그는 마우스를 잡았다. 좀 전에 이겼던 순간의 만족감을 떠올리며 그는 화면에 집중하려 했다. 계산을 많이 하다보면 복잡한 숫자라도 쉽게 암산할 수 있는 것처럼, 주어진 카드가 아무리 이리저리 뒤섞였다고 할지라도 그는 어떻게 배열할지를 금방 알 수 있었다. 하지만 지금은 뒤섞인 카드들을 한참 들여다보아도 아무런 생각이 떠오르지 않았다. 비어 있는 칸들이 제각기 입 벌려 그에게 뭐라고 아우성치는 듯했다. 강릉 거짓말 외도 이혼, 출장 연수 일 피로…… 그는 그만 마우스를 휘익 내팽개쳐버렸다. 이럴 게 아냐, 확인해봐야겠어. 그는 구르듯이 전화기 앞으로 달려가 떨리는 손으로 회사의 전화번호를 하나씩 눌렀다. 몇 번의 신호음이 울리고 나서 사람의 음성 대신 음악 소리가 한참이나 들려오고 있었다. 그는 끓어오르는 짜증과 떨림으로 그 지겨운 소리를 참아내느라 온몸에 진땀이 다 날 지경이었다. 이 몸이 새라면 이 몸이 새라면 저 멀리 날아가리…… 이런, 빌어먹을…… 그래, 새라면 오죽 좋겠냐. 이렇게 그가 송수화기에 대고 한바탕 빈정거린 후에야 영보광고 기획입니다, 라고 말하는 여자의 음성이 들렸다.

"오명원 과장님 부탁합니다."

자리에 없는 줄 뻔히 알면서 이렇게 말해야만 하는 자신이 비참했다.

엄현주 소설집

"지금 자리에 안 계신데요. 퇴근시간이 지났거든요."

"언제 퇴근하셨는데요? 혹시 오늘 출장이라도 가신 건 아닌지……."

전화기 저편의 여자에게 자신의 속을 까뒤집어 보여주고 있는 듯한 부끄러움을 느끼며, 곧 이어질 여자의 다음 말을 판사가 내릴 선고처럼 기다렸다. 끝이 보이지 않는 길을 향해 곧 숨이 끊어질 듯 달려가는 자신의 모습이 떠올랐다.

"글쎄요, 그것까진 잘 모르겠는데요. 부서가 달라서요."

"어떻게 좀 알 수가 없을까요? 급하게 연락할 일이 좀 있어서……."

이왕 내친 김에 그는 끈덕지고 집요하게 물고 늘어졌다.

"다 퇴근하고 저만 일직이거든요. 아, 그러면 휴대폰 번호를 가르쳐드릴게요."

마침 좋은 생각이 떠올랐다는 듯이 여자의 음성은 반짝 생기를 띠었다. 그건 나도 알고 있소,라고 중얼거리며 그는 그만 송수화기를 내려놓고 말았다.

허탈감에 빠진 그는 팔짱을 끼고 멍하게 거실 창밖을 바라보았다. 비는 쉬임 없이 내리고, 잎을 다 떨구어버린 나무들이 바람에 몸을 내맡긴 채 어둠 속에서 이리저리 흔들리고 있었다. 빈 몸으로 떨고 있는 나무들, 순간 그는 온몸이 갑자기 떨리기 시작하는 것을 감당할 수가 없었다. 그가 부르르

몸을 떨 때마다 풍기기 시작하는 비린내. 당장 씻어내야 하
리라. 그는 샤워기를 틀어 꼼꼼히 씻기 시작했다. 그리고 가
장 향이 맘에 드는 비누를 골라 골고루 문질렀다. 비누거품
이 들꽃 향을 풍기면서 그를 부드럽게 어루만져주었고, 곧
이어 쏟아지는 뜨거운 물줄기가 그의 몸 위에서 송이송이 들
꽃을 피워냈다. 그는 자신의 몸에서 피어나고 있는 꽃송이를
보며 그 위로 아내의 붉은 입술이 흔들리며 다가오는 걸 느
꼈다. 어쩌면 지금쯤 아내도 연수원 아닌, 어느 낯선 곳의 욕
실에서 샤워기에 몸을 맡기고 있지나 않을지, 아아…… 걷잡
을 수 없는 의심이 그를 광분하게 했다. 아내를 찾아내야만
한다. 온 세상을 발칵 뒤집어서라도 아내를 찾아야만 한다.
그는 급하게 옷을 갈아입기 시작했다.

　게임을 중단해버린 그를 향해 컴퓨터 화면이 안타깝게 손
짓 했다. 비어 있는 네 칸의 프리셀에 아쉬운 눈길을 주다가
그는 게임을 종료시키고 컴퓨터 전원을 껐다.

　오랫동안 사용하지 않았던 차는 쉽게 시동이 걸리지 않았
다. 목에 가래가 걸린 듯 쿨룩거렸다. 숨을 멈추어버린 듯 엔
진을 완전히 멈춘 것일까. 헐떡거리며 힘겹게 움직이던 어머
니의 심장이 순간 멈추어버리는 광경을 그는 눈앞에 그려보
며, 그제야 자신의 무심함과 불효를 자책했다. 지금 당장 해
야 할 일은 아내를 찾는 것이 아니라 어머니가 있는 하부읍

　　　　　　　　　　　　　　엄현주 소설집

으로 가는 것이리라. 하지만 그는 어떤 결단을 내릴 자신도, 용기도 없다는 걸 잘 알았다. 한참 후에야 시동이 걸린 차를 몰고 지하 주차장을 빠져나올 때는 머릿속의 모든 생각들을 이미 다 지워버린 뒤였다. 와이퍼가 쓰윽쓰윽 팔을 움직이며 차의 앞 유리에 급하게 떨어지는 빗방울들을 깨끗이 지워버리고 있듯이……. 뒤꽁무니에 SON만을 단 차가 마치 자신의 아들이라도 되는 양 그는 소중하게 느껴졌다. 원하는 곳, 어디든지 데려다주는 차만큼 지금 그에게 믿음을 주는 게 또 어디 있는가. 이걸 없애려고 했다니, 그는 정말 어리석은 생각을 했다고 뉘우치며 조심스럽게 핸들을 돌리기 시작했다. 아파트 정문 옆의 가로등 아래에는 비에 젖은 가로수의 꽃잎들이 땅 위에 점점이 흩어져 있었다. 자동차의 헤드라이트 불빛을 받자 그것들은 순간 파르르 떨면서 공중으로 날아갔다. 곧이어 어디선가 흰 나비 한 마리가 날아와 그 뒤를 따라 훨훨 자유롭게 날아가는 것을 그는 분명 보았다, 떨리는 가슴과 눈빛으로.

차는 조금씩 속력을 내며 달리기 시작했다. 그는 자신이 어디를 향해 가고 있는지 알 수가 없다. 하지만 분명한 사실은 핸들을 잡은 손이 마치 묶였던 사슬에서 풀려난 것처럼 자유로워졌다는 것이다. 자신의 손을 오랫동안 묶어둔 것이 무엇인지 그는 새삼스럽게 따지고 싶지 않았다. 단지, 그는 자유로워진 손으로 어디에든 큰 마침표 하나를 찍어두고 싶을 뿐이었다. 이제 또다시 프리셀 게임을 시작한다면 비어 있는 네 칸의 프리셀에 자유 희망 사랑 꿈 등을 집어넣으리라. 그리하여 또다시 듣게 될 승리의 팡파르.

빗속에서 들국화 향이 희미하게 풍겼다. 들국화 향을 따라가다 보면 어딘가에 닿는 곳이 있으리라. 비가 그치기 전에, 첫추위를 몰고 오는 바람이 불기 전에……

# 사월의 전설

*

고속버스는 남쪽을 향해 숨 가쁘게 달려가고 있다. 넓은 평원을 지나고 산모퉁이를 돌고 돌아……. 따사로운 햇볕과 부드러운 바람이 미치도록 그리워서 혼신의 힘을 다해 달려가는 걸까? 차가 다다르게 될 곳은 벚꽃의 도시, 화운이다. 오랜 세월을 두고 어머니가 그토록 가보고 싶어 하던 화운. 그곳에 어머니 대신 내가 이렇게 가고 있는 이유를 굳이 설명해야 한다면, 그녀의 이마 위에 내려온 흰 머리카락 몇 올 때문이라고나 해야 할까?

텔레비전 화면은 음악과 함께 만개한 벚꽃으로 가득 차 있었다. 꽃길 속을 거니는 사람들을 카메라가 천천히 따라가다 한 소녀의 얼굴을 클로즈업했다. 소녀는 아른거리는 햇살이 눈부신지 눈을 가느스름하게 뜨고 벚꽃이 눈처럼 떨어지는 하늘을 향해 웃어 보였다. 그때 시선이 어머니 쪽으로 옮겨졌던 이유는 아침 햇살이 그녀의 침상 위를 환하게 비추면서 내 눈 속을 찔렀기 때문이었다. 창문의 커튼을 급하게 닫으려다 이마 위로 내려온 은빛 머리카락들이 순간 벚꽃처럼 보여 나는 뻗었던 팔을 거두었다. 이마에 벚꽃을 단 어머니

엄현주 소설집

는 젊디젊은 얼굴을 하고 있었다. 노쇠함과 죽음의 기운은 그 어디에서도 찾을 수 없었다. 이게 얼마 만인가. 아아, 내가 지르는 탄성에 이어 텔레비전에서 아나운서의 목소리가 활기차게 흘러나왔다.

"지금 화운에서는 활짝 핀 벚꽃과 함께 봄이 한창입니다. 이곳을 찾는 많은 상춘객들의 얼굴에서도 봄이 피어나고 있습니다. 화운에서는 여러 가지 행사가……."

화운. 잊고 있던 옛 친구의 이름을 들었을 때처럼 그리워지면서 순간 보고 싶은 마음으로 가슴이 뻐근해져 왔다. 한번도 가본 적 없는 그곳에 대한 그리움을 내 가슴에 새긴 사람은 어머니였다. 벚꽃이 하늘을 가득 덮어 지나가는 구름도 꽃으로 보인다는 곳, 화운을 입에 올릴 때면 어머니는 늘 몽롱한 표정을 지었다. 덩달아 나도 구름까지 꽃으로 피어나게 하는 나무 아래를 한없이 걸어서 몽한적인 세계로 빠져들곤 했다.

"맘만 먹으면 어떻게 해서라도 가지, 왜 못 가겠어?"

"그럼 한번 다녀오시지 그래요?"

이웃동네에 잠시 나들이 가듯 가볍게 다녀오라는 투로 말하면서도 얼마나 불가능한 일을 권하고 있는가를 나는 잘 알았다. 할머니의 대소변수발과 잠시도 틈을 낼 수 없는 집안일들을 하루쯤 접어두고 저 멀리 남쪽 도시에서 벌어지고 있는 꽃 잔치에 갈 만큼 어머니는 배짱과 여유를 지니지 못했다. 그러면서 언제든지 마음만 내면 갈 수 있는 것처럼 말하다니, 어머니도 참. 나는 속으로 웃었다.

"이젠 엄두가 안 나. 꽃잎이 떨어지는 걸 보면 얼마나 속상하고 안타깝겠어? 내가 이젠 늙나 봐. 얼마 전까지만 해도 그립기만 했는데……."

그때 열여덟이었던 나는 찰나적인 아름다움이 남기는 슬픔 따위를 알지 못했다. 단지 어머니의 말대로 눈가에 잡히는 주름을 보고 잠시의 휴식도 허락 받지 못하고 늙어가는 모습이 안 돼 보였을 뿐이었다. 이제 화운으로 가면 머리 위에 벚꽃을 눈송이처럼 달고 환한 웃음을 날리는, 젊고 건강한 어머니를 그려볼 수 있을까? 그리하여 죽음을 향해 빠르게 걸어가는 어머니의 발을 꼭 붙잡을 기운을 나는 충전 받을 수 있을까? 아니, 어쩌면 나는 어머니에게 다가오는 죽음과 내가 안고 있는 여러 가지 문제들로부터 하루쯤 놓여나기를 내심 원해서인지도 모른다.

봄바람 속에 날리는 꽃향기를 따라 차는 남으로 남으로 빠르게 달려가고 있다. 하지만 나를 괴롭히는 문젯거리에서부터 멀어져 가는 기분은 조금도 들지 않는다. 졸업 후, 몇 달째 계속되는 실업자 생활과 끊임없이 이어지는 맞선자리에 나는 벌써 진저리가 났다. 준태가 제대하기를 기다리는 게,

모자라고 멍청한 짓거리에 정말 해당하는 건지 나는 알 수 없다. 어제 밤늦게 고모는 전화기에 대고 숨 쉴 틈도 없이 빠르게 말을 퍼부었다.

"그만한 자리가 어딨다고 싫다는 거야, 도대체? 그쪽에서 다시 보자면 군말 없이 나갈 거지, 뭐가 어떻다고 트집을 잡는 거야? 기가 막혀서, 원. 너, 설마하니 군대 갔다는 그 남자 친군지 뭔지 하는 애 때문에 그러는 건 아니겠지? 하기야 그렇게까지 멍청하겠냐. 너희 엄마 그나마 숨 붙어 있을 때 빨리 가야 되는 거야. 다 널 위해 하는 소리야. 고모나 되니까 내가 이렇게 두발 벗고 나서지, 누가 하겠어? 만날 사업에 바쁜 너희 아빠가 나서겠어, 아님……"

귓가를 쨍쨍하게 울리는 송수화기를 멀리하면서 나는 준태의 목소리를 떠올렸다.

"날 기다리지 마. 그럴 입장이 아니라는 거 잘 알아. 지금 울고 있는 거냐? 씩씩해야 살아남을 수 있어, 인마. 어쨌든 우리, 열심히 사는 거야. 약속해."

이제 나는 습관적으로 자신에게 반문해 보곤 한다. 열심히 사는 것, 그게 어떤 건데? 열심히 사는 것이 준태를 끝까지 기다리는 것과 같을 수는 없는 걸까? 그러면 정말 멍청한 사람이 되어버리는 걸까? 그래도 괜찮으니 주위에서 제발 나를 가만히 내버려두었으면 좋겠다. 나도 모르게 한숨을 크게 내쉰다. 뒤에서 웬 할머니의 말소리가 끼어든다.

"하이고, 젊은 처자가 한숨은……. 영감, 이제 눈 좀 떠봐요. 심심혀 죽겠네. 얼마쯤 더 걸리우? 아직도 멀었수?"

"아, 인제 얼마 안 남았구만. 임자도 눈이나 좀 붙여두지. 댕길라믄 힘들 텐데……. 그렇게도 좋은감? 하기야 늘그막에 꽃구경도 다 가고, 젊을 때야 어디 엄두라도 내보겠던가. 뭐가 그렇게 바빴던지 맨날 허덕거리믄서 산 것 같어. 하여튼 오래 살고 볼 일이여."

꽃구경을 젊을 때 엄두내지 못했던 건 우리 어머니도 마찬가지가 아니었던가. 어머니의 삶을 송두리째 잡아채서 휘둘렀던 할머니 대신 무서운 암세포가 이제는 어머니의 온몸을 꽉 붙들고 있다니. 가슴에서부터 생긴 몽우리는 임파선을 따라 온몸으로 번져나면서 죽음의 꽃을 활짝 피우고 있다. 좀만 더 일찍 발견했더라면, 하는 의사의 말을 들으면서 나는 그때에 해당하는 시간대를 떠올려 보았다. 중풍으로 누워 있어도 갖은 횡포를 숨 거둘 때까지 다 부려대는 할머니를 수발했던 시간들. 그 시간에 자신의 가슴에서 자라고 있는 비정상적인 세포를 감지할 만큼 어머니는 예민하지 못했다. 그랬으니까 어머니는 그 시집살이를 무사히 마칠 수 있었을 게다. 며칠 동안 술에 취해 꺽꺽 우는 걸로 아버지는 어머니에게 모든 대가를 다 치렀다고 생각하는 걸까? 자신의 어머니가 아내에게 부리는 온갖 억지를 끝까지 모른 체함으로써 고부간의 갈등을 해결했다고 믿는 아버지. 그런 아버지에게 어머니는 과연 어떤 존재일까?

고속도로변에 핀 갖가지 꽃들과 연둣빛 물이 오른 나무들만 보아도 벌써 남쪽에 왔다는 걸 느낄 수 있다. 닫힌 차창 밖에서 불고 있는 바람이 금방이라도 내 얼굴에 부드럽게 와 닿을 것 같다. 차가 미처 서기도 전에 뒷좌석에 앉았던 할머니가 벌떡 일어난다. 그러자 할아버지는, 위험하다고 기어코 다시 자리에 앉힌다. 나는 그들 노부부가 내리는 걸 본 다음 천천히 자리에서 일어난다.

눈 닿는 곳마다 벚꽃이다. 두 다리가 꽃 속을 둥둥 떠다닌다. 꽃에 취한 걸까? 눈앞이 아뜩해지면서 금방이라도 멀미가 날 것 같다. 나는 잠시 가던 걸음을 멈추고 사방을 둘러본다. 여기저기 눈처럼 분분히 날아 떨어지며 사라져 가는 꽃잎들. 꽃잎들의 장례를 나는 가만히 지켜본다. 젊은 연인들이 나누는, 짧은 사랑의 종말을 지켜보듯……

오래된 앨범을 한 장씩 넘기는 어머니의 손길이 마치 낡고 삐걱거리는 기억의 서랍들을 하나씩 여는 것처럼 느껴졌다. 앨범 속의 사진들은 주로 어머니가 근무하던 학교에서 대부분 벚꽃을 배경으로 하고 찍은 것들이었다.

"이때는 뭐가 그렇게도 좋았을까? 하나같이 입을 벌리고 웃고 있네. 학생이나 선생이나 어쩌면 똑같이 어리고 철없어 보이는지⋯⋯."

약간씩 변색된 사진들을 들여다보는 어머니의 눈 주위를 희뿌연 기운이 엷은 막처럼 둘러싸기 시작했다. 저것들은 은근슬쩍 나를 따돌려놓고는 내가 알지 못하는 과거의 시간으로 어머니를 데리고 가다가, 어느 순간 내동댕이치고 사라지리라. 그리하여 폭삭 늙어버린 얼굴이 되어 현실로 돌아올 어머니. 나는 얼른 그걸 막기 위해 무슨 말이든 해야만 했다.

"왜 그렇게 멀리 떨어진 곳에 계셨어요?"

"졸업여행 때 남쪽지방을 쭉 거쳐 가다가 화운에 들르게 됐지. 마침 벚꽃이 한창인 때였어. 아름답다는 말 외엔 생각나는 게 없더라. 아, 내가 아름다움의 한복판에 있구나, 하는 감동. 그걸 잊을 수가 없었어. 그런데 마침 거기에 교사 자리가 났다지 뭐냐. 특별히 인연이 닿는 곳이라는 생각이 들데. 그래서 무조건 간 거야."

"결혼 전엔 엄만 지금이랑 완전 다른 사람이었나 봐. 지금도 좀 그렇게 해 보시지. 그런데 왜 그만두셨어요?"

몽롱한 표정을 담은 눈언저리에 발그스름한 기운이 감돌았다. 이 순간 엄마야말로 아름다움 그 자체라고 말하려다 왠지 쑥스러워 나는 입을 다물었다.

"으응. 너희 외할아버지께서 하도 그만두라고 하시기

에……. 과년한 딸이 객지에서 그러고 있는 게 맘이 안 놓이셨나봐. 그리고 너희 아빠랑 한창 결혼 말이 오가던 중이었고."

교사였던 어머니를 나는 도저히 상상할 수 없었다. 늘 행주나 걸레가 들린 저 손이 한때 분필을 쥐었다니, 분필을 놓은 걸 후회하지 않느냐고 물으면 너무 잔인한 질문이 된다는 걸 물론 나는 알고 있었다.

"아직 계속하는 사람들도 있겠네요? 한 번쯤 만나보고 싶다는 생각은 안 드세요?"

"물론 있겠지. 내가 그만둘 무렵에 몇몇은 전근 가고, 아예 나처럼 그만두고 결혼들도 하고, 또 아주 오래된 카페를 인수한 사람도 있었어. 사계라고, 그때만 해도 화운에서는 제대로 된 카페가 그것 하나였어. 그 사람은 전공이 미술이라 화랑 겸해서. 이제 와서 만나면 뭘 하겠니? 어머, 벌써 저녁 준비 할 시간이네."

낮고 쓸쓸하게 울리는 목소리의 여운이 내 귓가에서 맴돌고 있었다. 그래서인지 어둑해지는 부엌 창을 향해 선 어머니의 뒷모습이 슬퍼 보였다.

벚꽃으로 이어진 길은 어디쯤에서 끝날까? 지금 혹시 나는 어머니의 이야기 속에 빠져 환상의 길을 찾아 헤매는 건 아닐까? 하지만 곧 어머니의 벚꽃이야기를 오래오래 들을 수 없는 현실이 아프게 자각되며 가슴을 흔든다. 모든 생물들이 새로운 탄생의 기쁨에 들떠 있는 사월에 쓸쓸하고 외롭게 혼자서 죽음과 마주해야 하다니, 눈물이 후드득 떨어질 것 같아 나는 하늘을 올려다본다. 흘러가는 구름까지 꽃무더기로 보인다.

꽃놀이 인파 속을 둥둥 떠다니다가 옆이 썰렁한 걸 자꾸 느낀다. 이런 때일수록 준태를 생각하지 않으려고 애쓰지만 어쩔 수 없다. 그가 있는 휴전선 부근에는 아직 봄이 오지 않았겠지? 여기 남녘에는 이렇게 많은 꽃들이 다투어 피는 봄인데, 그는 여태 두꺼운 잠바 속에 잔뜩 몸을 움츠리며 무거운 군화로 채 녹지 않은 땅 위를 달리고 있는 건 아닌지……. 그에 대한 생각을 멈추듯 나는 발걸음을 멈추고 사방을 두리번거린다. 어디서든 잠시 쉬어가고 싶다. 순간 내 눈 속으로 들어오는 간판, '사계'. 흩날리는 꽃잎 사이로 얼굴만 살짝 내밀고 있는 듯하다. 사계? 나는 어머니를 또다시 떠올리며 사계를 향해 발걸음을 옮긴다.

낡고 오래 된 카페임을 단번에 알 수 있다. 마치 오랜만에 고향에 들러 가까운 친척집을 찾아들 듯, 서슴없이 나는 문을 민다. 삐이익 소리를 내며 나무문이 나를 안으로 들여보낸다. 위로 향한 목조계단이 몇 십 년 전의 시간 속으로 나를 안내하려는 듯 펼쳐져 있다. 잠시 숨을 가다듬고 나는 삐걱거리는 계단을 조심스럽게 하나씩 밟고 올라간다.

실내 가득 차향과 함께 울려 퍼지고 있는 쇼팽의 녹턴, 그리고 전시된 그림들. 바로 그 '사계'가 틀림없다는 확신이 들긴 하지만 어머니의 동료가 아직도 주인일지는 모를 일이다. 나는 크게 심호흡을 한 후 안쪽으로 들어간다. 완전히 비어 있는 자리들을 보고 도로 밖으로 나가려는데 창밖에서 눈부시게 반짝거리는 바다의 물빛이 나를 잡는다. 나는 잠시 바다에 정신을 빼앗겼다가 부드러운 선율에 이끌려 피아노 근처로 간다. 젊은 남자는 연주에 몰두해 있다. 그 모습이 보기 좋아 잘 보이는 자리를 찾아 앉는다. 하지만 아쉽게도 곧 녹턴이 끝나고 남자는 피아노 앞에서 일어난다. 마치 초대받지 않은 집에 가서 어쩔 수 없이 엉덩이를 붙이고 앉은 기분이 든다. 그렇다고 이제 와서 그냥 나가기도 뭣하다. 여긴 손님이 왔는데 어쩌면 아는 체도 안 하는 거야, 이렇게 중얼거리면서 이정쩡한 기분을 지우려 해 본다.

혼자 우두커니 앉아 있기가 어색하고 무료해서 나는 그림들을 훑어보기 시작한다. 거의 대부분 추상화들이다. 은은한 색조들을 주로 쓴 탓인지 편안한 느낌을 준다고 생각하며 나는 좀 더 소파 깊숙이 몸을 기댄다. 그러다 문득 유화로 그려진 인물화 하나에 내 시선이 고정된다. 흰 원피스에 생머리를 어깨까지 늘어뜨리고 선 젊은 여자와 그 뒤로 날리고 있는 꽃잎 몇 장. 그렇다! 저건 분명 내 눈에 익은 거다. 어머니의 앨범 속에 있던 사진들을 떠올리며 나는 재빨리 그림 앞으로 다가간다. 가까이서 보니 그림 속의 여자는 젊었을 때의 어머니 모습 그대로다. 가느스름한 눈매와 입가의 점, 그리고 무엇보다도 전체적인 분위기가. 낯선 곳에서 어머니를 모델로 한 그림을 보게 될 줄이야……. 기분이 묘해지면서 뭐라고 정확하게 말할 수 없는 이상한 느낌에 사로잡힌다.

"그 그림이 특별히 맘에 드십니까?"

바로 등 뒤에서 낮게 울리는 남자의 말소리에 놀라 나는 뒤를 돌아본다. 좀 전 피아노를 연주하던 남자다. 약간 당황해 하면서도 나는 호기심을 누를 수 없다.

"여기 주인 되세요?"

"전 주인이 아닙니다. 제 친구 아버님이시지요. 무슨 볼일이라도?"

친구 아버님? 나는 남자를 빤히 바라본다. 약간 까무잡잡한 얼굴에 이목구비들이 큼직큼직하다. 서른이 넘었을까? 그는 내 시선이 부담스러운 듯 창밖으로 눈을 준다. 잠시 어색한 기류가 흐른다. 시간이 천천히 지나가고 있는 소리가 귓가에서 크게 난다. 뭐라고 말을 시작해야 하나? 저어……, 힘들게 꺼내려는 말의 서두를 누르고 차이코프스키의 우울한 세레나데가 흐른다.

　　　　　　　　엄현주 소설집

"여기 주인을 찾아오셨습니까? 어떡하죠? 지금 여기 안 계신데……. 급한 용무면 제가 연락을……."

"아, 아니에요. 이 그림들은 주인께서 직접 그리신 건가요?"

나는 치밀어 오르는 궁금증을 도저히 견딜 수 없어 또다시 묻는다.

"글쎄요, 아마 그럴 겁니다. 화가시니까. 그림들이 좋지요? 전 그림에 대해선 잘 몰라도 이렇게 보고 있으면 참 좋구나, 하는 생각이 듭니다. 그러면 좋은 그림 아닐까요? 제가 쓸데없는 이야기만 늘어놓고 있네요. 우선 목부터 축이셔야죠. 마침 좀 전에 새로 볶아둔 원두가 있는데, 어떠세요?"

내 대답도 듣지 않고 그는 성큼성큼 걸어 주방 쪽으로 간다. 소파에 다시 앉자 온몸이 나른해지면서 눈이 감긴다. 아무런 준비 없이 너무 갑작스럽게 집을 떠나온 걸까? 파출부 아줌마에게 맡긴 어머니가 걱정되기 시작하면서 이런저런 일들이 꼬리를 물고 일어나 머릿속을 가득 채운다. 동생 정훈이는 학원시간에 제대로 맞추어 간 걸까? 고모는 전화통에 불이 나도록 전화를 해대다 아마 우리 집으로 달려오지나 않았는지, 잠시 잊기로 해놓고선……. 나는 복잡해지고 있는 머리를 흔든다.

"어디 불편하십니까?"

짙은 커피향이 코끝을 스친다. 눈을 뜨자 그는 쟁반에 받쳐 가져온 커피와 샌드위치 접시를 내려놓는다. 그제야 나는 점심도 걸렀다는 걸 깨닫는다. 그는 실내를 둘러보면서 내 앞에 앉는다. 나도 비어 있는 실내를 한 번 둘러보며 말을 꺼낸다.

"다들 꽃구경하느라 차 마실 틈을 못 내는 모양이죠?"

"꽃이 가장 절정일 땐 손님이 늘 이렇게 없답니다. 밖에선 사람들로 넘쳐나는데……. 그러다 꽃이 다 지고 나면 하나둘씩 찾아들기 시작한답디다. 차를 마시면서 진 꽃을 아쉬워하는 모양들이죠. 꽃구경하러 오시지는 않은 것 같고, 혹시 주인을 만나러 오신 겁니까? 여기에 사시는 분은 아닌 것 같은데……. 아하, 이거 제가 너무 사적인 질문을 한 것 같습니다?"

"아니에요. 오늘 아침 텔레비전에서 여기를 보여 주더군요. 너무 아름다워서, 문득 가보고 싶다는……, 그래서 아주 갑자기……."

지금 내가 무슨 말을 하고 있는 건가? 나는 당황함을 감추기 위해 커피를 한 모금 마신다. 짙은맛이 혀끝을 감싼다.

"여행은 그렇게 갑자기 떠나야 된다잖아요. 미리부터 계획하고 준비하다 보면 그만 싱거워져버리나 봅니다. 그래선

엄현주 소설집

지 여기 주인이신 친구 아버님도 친구 녀석이랑 며칠 전에
훌쩍 여행을 떠나셨답니다. 이십오 년 넘게 하루도 안 빠지
고 여기를 지키셨다는데, 제게 거의 반 강제로 떠맡겨놓으시
고……."

"이십오 년씩이나? 그래서 떠나신 곳은 어디예요?"

친구 아버님이라는 말에 나는 순간 궁금함과 이유 모를
두려움이 뒤섞인 심정으로 자신도 모르게 찻잔을 꽉 움켜잡
는다.

"이태리요. 거기 친구 여동생이 살고 있는데, 한 번 오라고
언제부터 얘길 해도 들은 척도 않으셨답니다. 그런데 며칠
전에 아기 낳았다는 소식 듣고선 부랴부랴 가셨어요. 물론
친구어머니가 안 계시니까 더 그랬겠지만 손자가 아주 보고
싶으셨던가 봐요. 이 아름다운 봄에 태어난 건 신의 축복이
라고 하시면서 얼마나 좋아하시는지…… 그러니 어쩝니까?
당분간 백수로 있어야 하는 제가 봐드리는 수밖에요. 매상에
신경 안 쓰기로 약속했습니다만, 그래도 너무 손님이 없으니
슬슬 걱정되기 시작합니다."

이 아름다운 봄에 태어난 게 신의 축복이라면 죽어가는 건
신의 저주일까? 우리 어머니가 무슨 잘못을 저질렀다고 저
주를, 그런 저주를 함부로 내린 신이야말로 정말 저주받아

야 마땅하리라. 뼈와 살가죽만 남은 몸으로 힘겹게 숨 쉬며 고통을 참아내는 어머니가 자꾸만 아른거리면서 눈이 시려온다. 한쪽에서는 탄생의 기쁨을, 또 다른 쪽에서는 소멸의 아픔을, 그 모든 것들이 한데 어우러져 엮어내는 것이 인생사라고들 하지만 나는 도저히 받아들일 수가 없다. 눈물이 흘러내릴 것 같아 고개를 돌린다. 그러자 또다시 그림 쪽으로 눈이 가고 만다.

"저 그림, 관심이 많이 가시는 모양입니다?"

"추상화들 속에 유독 저것만 인물화니까 자꾸 눈에 들어오네요."

될수록 아무렇지도 않게 대답하려 했지만 내 목소리는 결국 떨리고 만다.

"인물화는 거의 안 그리시는 걸로 알고 있는데, 저 그림만은……. 모델이 되신 분과 아무래도 특별한 관계에……."

"네에? 특별한 관계라뇨? 말하자면, 어떤?"

어쩌자고 나는 이렇게 큰 소리를 질러대는 걸까? 뒤늦게 민망한 생각이 들어 입을 다문다.

"아하, 아주 많이 궁금하신가 봅니다? 여기 아버님이랑 같은 학교에 근무하셨던 분이었답니다. 제 친구가 대여섯 살, 아마 그 무렵이었다고 들었습니다만 아주 잘 돌봐주셨대요.

엄현주 소설집

친구어머니는 동생을 낳다가 돌아가신 지 얼마 되지 않았던 때였고, 그러니 더욱 고마웠던 모양입니다. 친구는 아직도 한 번씩 저 그림을 보면서, 내 기억엔 우리 어머니는 전혀 없고 저 분만 남아 있어, 라고 해요."

특별한 관계라는 말에 잠시 놀랐던 내 가슴은 평정을 되찾고 있다. 나는 다시 그림을 바라본다. 그림 속의 여자는 온화한 표정으로 내게 엷은 미소를 지어 보인다. 그 미소를 슬그머니 피해 나는 창밖에 시선을 준다. 깊고 푸른빛이 온몸에 감겨온다.

"그러니까 결국 저렇게 붙여두고 바라보면서 고마움을 잊지 않는다는 건가요?"

기어이 나는 덧붙여 말하고 만다. 나는 샌드위치를 한 쪽 집어 들면서, 어머니이야기를 꺼낼까 말까 잠시 망설인다. 하지만 그는 내게 더 이상 망설일 여유를 주지 않고 다시 입을 연다.

"아무렴 그것뿐이겠습니까? 그쪽 기대에 어긋나게? 특별한 이야기를 잔뜩 기대하는 눈치셨는데……."

"그랬던가요? 하지만 제 기대에 어긋나지 않게 하기 위해 이야기를 새로 만든다든지, 아니면 원본하고 완전 다르게 각색하기는 없기예요. 약속해요."

그는 여부가 있겠냐는 듯, 고개를 크게 끄덕이고는 커피를 한 모금 삼킨다. 나도 따라 커피를 꿀꺽 삼키고 조마조마한 심정으로 그의 입을 바라본다.

　"애초부터 이루기 힘든 사랑이라는 걸 아버님은 아셨을 겁니다. 열 살 이상의 차이에 애가 둘씩이나 딸린 홀아비. 어느 부모가 승낙하겠어요? 그렇다고 그쪽에 다른 문제가 특별히 있었던 것도 아니고……."

　처음부터 흔해빠진 사랑이야기일 거라고 예상하긴 했다. 하지만 아니기를 바라는 마음으로 자꾸 딴청을 부리려 했다는 걸 나는 잘 안다.

　"그래서 그 여자 분은 떠나시고, 친구 아버님은 학교를 그만두고 여기에 카페를 차리신 거군요. 그리고 그림을 그려 붙여두고 종종 생각나면 바라보시기도 하고……."

　"왜요? 너무 뻔한 스토리라 실망하셨습니까? 대부분의 사랑이야기들이 다 그런 거 아닐까요? 중요한 건 그 다음이죠."

　"그 다음이라뇨? 일단 끝났으면 그뿐 아니에요?"

　나는 샌드위치를 천천히 씹기 시작한다. 하필이면 그런 사랑을……. 어머니가 화운을 못 잊는 이유는 아름다운 꽃이 아니라 못 이룬 사랑 때문이란 말인가? 묘하게도 배신감이 든다. 봄이면 나는 화사한 꽃잎이 흩날리는 길을 꿈길처럼

　　　　　　　　　　　엄현주 소설집

가는 어머니를 떠올리며 가슴을 설레기도, 또 아파하기도 했는데…….

"꼭 그런 것만은 아니랍니다. 아버님은 여기 카페를 차리시고……."

그리고 우리 어머니는 우리 아버지와 결혼하고 호된 시집을 살았지요, 하고 불쑥 말해 버리고 싶은 충동을 누르느라 나는 급하게 커피를 다 마셔버린다. 빈 잔을 보고 그는 얼른 자리에서 일어나 주방 쪽으로 간다. 잠시 그쳤던 음악이 다시 흐르기 시작한다. 모차르트의 엘비라 마디간이 비어 있는 좌석들 위로 가볍게 날기 시작한다. 준태와 함께 본 영화의 장면들이 떠오른다. 우리의 관계도 뻔한 사랑이야기 하나 남기고 끝난 사이에 불과한 걸까? 끝까지 내가 기다린다면, 그러면 달라질까?

"오늘은 이상하게도 손님이 더 없는데요. 한가하게 이야기나 하라고 일부러 자리를 만들어 준 모양입니다."

커피를 따르는 그의 손에 내 시선이 간다. 굵은 마디와 긴 손가락을 지닌 손. 저 손으로 얼마나 피아노 건반을 열심히 두드렸을까, 하는 생각이 든다.

"피아노를 전공하신 모양이죠?"

"네. 지금은 유학준비중입니다. 여기 친구랑 같은 과 동기죠. 같이 유학을 떠나려 했는데, 녀석은 아무래도 힘들 것 같습니다. 혼자 남은 아버지가 켕겨서 자꾸만 뒤가 돌아봐질 것 같대요. 녀석이 한 번은 정말 모질게 맘먹고 떠난 적이 있었어요. 하지만 한 달 만에 결국 돌아오고 말더라구요. 기운이라고는 전혀 없는 아버지 음성을 듣는 순간, 이게 아니다 하는 생각이 들었대요. 그러니 포기해야겠지요. 저도 이제 더 이상 안 권합니다."

노쇠한 아버지를 혼자 두고 떠나기는 쉽지 않았을 게다. 자꾸만 뒤돌아보게 하는 아버지. 재혼이라도 했더라면 자식에게 훨씬 덜 부담스러웠을 텐데……

"친구 아버님께서 재혼 안 하셨던 특별한 이유라도? 설마 그 여자분 때문은 아니실 거구?"

그는 커피 잔을 양손으로 감싸고 있다가 천천히 입으로 가져가면서 묻는다.

"그렇게 생각되십니까? 글쎄요, 친구 아버님이라 제가 정확하게 모르긴 하지만 아마 아직도 기다리고 계실걸요. 친구 말에 의하면, 그 여자 분이 이곳을 못 잊어 언젠가 한 번은 꼭 오리라 믿으신대요. 그래서 아버님이 이십오 년씩이나 이 자리를 못 떠나시는 모양이라고요. 여기 잠깐이라도 살았던 적이 있는 사람들은 틀림없이 다시 와 보게 된다나요. 이곳의 아름다움 때문에……."

"도무지 믿어지지 않아요. 마치 무슨 전설을 듣고 있는 기분이네요. 요즘 세상에 어떻게 그런……. 그 여자 분과 혹시 다시 만날 약속이라도 해두셨던 모양이지요?"

"그건 아닐 겁니다. 그야말로 기약 없는 기다림인 것 같아서 옆에서 보기에 더 답답하고 딱하다고 친구가 늘 그랬으니까요."

어머니는 어쩌자고 사랑하는 사람에게 이런 벌을 세웠을까? 아니, 그 사람은 뭐 때문에 이런 벌을 자청한 걸까? 이십오 년을 기다려 온 사람. 그 사람에게 이제 그 기다림을 끝내야 할 때가 곧 다가올 거라고 말해 주어야 하지 않을까? 죽음의 그림자를 길게 드리운 어머니가 마침내 '사계'의 문을 밀고 들어서는 환영이 눈앞에 아른거린다. 환희의 순간, 그러나 곧이어 오는 참담함. 나는 아랫입술을 꼭 깨문다 결국 나는 엉뚱한 말을 하고 만다.

"그래서, 그래서 한 번이라도 보게 된다면 뭐가 특별히 달라지기라도 한대요? 아무래도 이해가 되질 않네요. 그리고 혹시 그 여자 분이 이 세상에 없을 수도 있고, 아니면 외국에 나가기라도 했다면……."

"그건 제 친구가 항상 아버지께 드리는 이야기랍니다. 하지만 그 분은 그런 게 전혀 문제가 되지 않은가 봅니다. 한때 친구도 아버님께 짜증을 내며 저 그림을 떼어버린 적도 있었대요. 그때 불같이 화를 내시고는 이렇게 말씀하시더랍니다. 꽃이 피어 있을 때만 즐거운 게 아니다, 꽃이 진 자리에 잎이 돋아나는 걸 보는 것도 즐거움이고, 그 잎마저 지고 나면 또 새로운 꽃이 피기를 기다리는 것도 즐거운 거라고……. 참 기가 막히죠? 이제 친구 녀석까지도, 그럴 수 있겠다는 생각이 든다나요. 두 부자가 나란히 박물관에 들어가면 딱 맞겠다고 제가 놀리지요."

기다림과 사랑이 같은 뜻이었던가? 카페 문이 열릴 때마다 기대에 찬 눈으로 바라보다가 매번 아님을 확인하고는 푸른 빛으로 출렁이는 바다에 눈을 주었으리라. 그래도 그 기다림이 마냥 즐거울 수 있는 사람. 그의 친구 아버지가 문득 궁금해진다. 요즘 같은 세상에 한 여자를 막연하게 이십오 년 넘게 기다릴 수 있는 사람은 어떤 사람일까?

"친구 아버님이라는 분은 어떤 분이세요?"

"글쎄요, 워낙 말씀이 없으셔서……. 화단에서 눈길 한 번 준 적 없어도 실망하지 않고 꿋꿋이 자신의 그림세계를 지키신다는 걸로 봐서, 아주 주관이 강하고……. 또 평소에 무심한 것 같으면서도 어떤 때는 자상하고 따스하신…… 음, 그리고…….”

그가 설명하려고 애쓸수록 내게는 더욱 불분명하게 느껴지는 사람. 도무지 잡혀오는 게 아무것도 없다. 어떤 사람인가, 하는 해답이 마치 그가 그린 그림 속에 숨겨져 있기라도 하듯 나는 다시 그림들을 하나씩 찬찬히 훑어본다. 하지만 그림은 내게 오로지 아름다움만 보여줄 뿐이다. 아름다움 속에 늘 머물려고 애쓰는 사람일까? 아름다움 뒤에 슬픔과 고독을 숨겨놓고, 그 너머에는 사랑하는 여인, 우리 어머니를 두고……. 그렇다면 그의 친구 아버지가 만들어내는 아름다움으로 점점 소멸해가는 우리 어머니의 육신에 생명의 혼을 불어넣을 수는 없을까?

“저 그림, 만약에 그 여자 분이 직접 와서 달라고 한다면 주실까요?”

“글쎄요, 그런 생각은 한 번도 해보질 않아서……. 그림 속에서 존재하면서 늘 기다리게 하는 여인이라고만 생각해 왔으니까요.”

그림 속의 여자는 오후의 햇살을 받아 빛나고 있다. 긴 생머리와 엷은 미소, 흰 원피스가 생기를 띠며 금방이라도 움직일 것 같다. 아, 내 입에서는 금방이라도 탄성이 튀어나오려 한다. 하지만 그 뒤로 늙고 병든 여자가 슬며시 들어서는

것이 보인다. 본능적으로 나는 외면하고 만다. 사월의 바다
가 찰랑거리며 내 눈 속으로 들어온다. 순간 쏟아지려는 눈
물을 감당하지 못해 나는 쩔쩔맨다. 마침 삐걱거리는 문소
리를 내며 젊은 남녀 한 쌍이 들어온다. 그들의 머리와 어깨
위에 떨어져 있는 꽃잎 몇 장. 그제야 나는 문밖에서 벌어지
고 있는 벚꽃축제를 다시 떠올린다. 그는 몸을 일으켜 손님
쪽으로 간다. 곧이어 하이든의 종달새가 밝고 경쾌하게 흐
른다.

이제 다시 서울로 돌아가야 하리라. 나는 그림을 뚫어져라
바라본다. 그 속의 젊음과 생기를 흡입해서 어머니에게 그대
로 전하기라도 할 듯……. 눈이 시려올 때까지 그림을 본 후
나는 자리에서 일어난다.

"가시려고요?"

찻값을 내려 하자 한사코 그는 사양한다.

"친구 아버님은 언제쯤이면 돌아오세요? 혹시 그 여자 분
을 잘 아는 사람이 와서 그림을 달라고 한다면, 아니, 것보다
저 그림을 보고 새로운 생명력을 얻을 수 있는 사람이 있다
면……. 그러면 주시지 않을까요? 돌아오시면 여쭤봐 주시
겠어요?"

그는 내 얼굴을 찬찬히 바라본다. 가슴속에서 말발굽소리

가 요란하게 지나가고 있다. 나는 고개를 돌린다.

"어쩐지, 처음부터…… 혹시나 했는데……."

나는 차마 말할 수 없다. 한 남자의 길고 간절한 기다림이 머잖아 죽음과 마주치게 될 거라고 어떻게 말할 수 있겠는가? 나는 황급히 '사계'를 빠져나오고 만다. 오래된 목조계단 위의 해묵은 사연이 차라리 영원한 전설로 남게 되기를 바라면서…….

늦은 오후의 햇빛 속에서 연분홍 꽃잎들이 속살을 환하게 드러내며 웃고 있다. 그러다 불어오는 바람에 날리며 떨어지고 있는 꽃잎들. 그것들은 내 몸을 부드럽게 스치고 난 뒤 살며시 땅에 가 닿는다. 나는 허리를 굽혀 꽃잎들을 줍는다. 그리고 손바닥 위에 조심스럽게 한 장씩 얹는다. 여전히 아름다운 꽃잎들을 한참 나는 들여다보다가 하늘로 향해 불어 날린다. 꽃잎이 날아간 하늘 지만치 구름이 흘러가고 있다. 구름은 아득히 먼 그곳, 휴전선 근처까지 흘러갈 게다. 나는 조금씩 붉은빛으로 물들어가는 하늘을 목이 아프도록 올려보다가 구두 굽에 힘을 주고 걷기 시작한다. 이제 나는 준태를 마음껏 기다릴 수 있으리라.

꽃길이 다하는 자리에 서서 나는 뒤를 한 번 돌아본다. 흐드러지게 핀 꽃들 사이로 어머니가 치맛자락을 날리며 경쾌하게 걸어온다. 아, 밝고 건강한 어머니! 나는 어머니에게 손을 흔든다. 어머니도 내게 환하게 웃어 보이면서 마주 손을 흔든다. 나는 비로소 편안한 마음으로 돌아선다.

고속버스는 서둘러 서울로 향해 간다. 굽이굽이 산을 지나고 마을을 지나서……. 제법 길어진 사월의 해가 아직도 하늘 저편에 남아 있다. 나는 창밖을 바라보다가 내 어깨 위에서 떨어진 벚꽃 한 장을 발견한다. 어쩌면 내 온몸 가득 벚꽃이 새겨져 있을지 모른다. 이 벚꽃으로 나는 어머니의 몸에 또 다른 벚꽃들을 가득 피우게 할 수 있을 것이다. 그러면 죽음의 그림자가 사라지고 틀림없이 새로운 생명의 힘이 솟아나게 되리라.

# 종이배

*

　욕실에서 들려오는 물소리에 여자는 잠을 깼다. 습관적으로 사이드 테이블 위에 있는 탁상시계를 집어 올렸다. 5시 45분. 잠이 덜 깬 눈을 비비고 다시 봐도 5시 45분이었다. 여자는 시계를 가볍게 떨어뜨리듯 테이블 위에 얹어두고 도로 눈을 감았다. 남편은 결혼식에 참석하기 위해 일요일이지만 이른 아침부터 서둘러 일어나 샤워를 하고 집을 나설 작정인가 보다. 그렇다고 해도 그에게 신경 쓸 필요는 전혀 없다. 누구의 도움 없이도 그는 스스로 잘 알아서 외출준비를 하는 사람이니까. 게다가 그는 꼼꼼하기까지 하다. 젖은 머리카락을 드라이어로 말린 후 앞머리에 바르는 젤, 회색 양복 안에 결혼식의 분위기에 맞게 받쳐 입는 분홍색 와이셔츠와 빨간색 줄무늬 넥타이, 손수건에 한두 방울 떨어뜨리는 향수, 아침식사 대용인 버터 바른 식빵 두 쪽과 커피 한 잔……. 어느 하나도 그는 빠뜨리지 않고 잘 챙길 것이다. 그런데도 여자는 쉽게 잠을 다시 이룰 수 없다. 왜냐하면 삼 년씩이나 데리고 있었던, 비서이자 숨겨진 애인의 결혼식을 위해 그는 어떤 얼굴을 하고 이른 아침부터 준비를 서두르는지

　　　　　　　　　　엄현주 소설집

꼭 봐두고 싶었기 때문이다. 할 수만 있다면, 결혼식에 참석한 사람들을 모아놓고 그의 턱 밑에 마이크를 바싹 갖다 대며 이렇게 물어보고 싶다.

"지금, 어떤 기분이셔? 애인결혼식을 지켜봐야 하는 심정 말이우. 솔직하게 털어놓아 보시지. 난 그게 궁금해 미치겠거든. 혹시 알아요? 그럼 내가 용서해 줄지⋯⋯. 뭐, 내가 끝까지 모를 줄 알았다구? 꿈도 야무지셔. 속죄할 맘은 있는 거유? 어쨌든 안 됐수. 휴일에 늦잠도 못 자고, 새벽부터 멀리 지방까지 가야 하다니."

욕실에서 나온 남편은 줄곧 등을 돌린 채 외출준비를 했다. 사십대 후반임에도 불구하고 운동으로 잘 다듬어진, 날렵하고 매끈한 그의 어깨와 등은 여자의 꼿꼿한 시선을 무시한 채 오만하게 버티고 있었다. 흥, 하지만 오늘 저녁이면 그 어깨와 등이 처지고 구부정해 있을길. 그리고 당신이 사람이면 후회와 반성의 빛을 띠며 내게로 돌아오겠지. 그때를 내가 얼마나 기다리고 있은 줄 알아? 하지만 그럴 당신을 어떻게 대해야 할지, 난 그걸 아직도 못 정했어. 여자는 한숨을 쉬며 현 선생을 떠올렸다. 왜 그녀는 돌아오지 않는 남편을 한평생 기다려야 했을까? 모든 감정들을 세월 속으로 하나씩 다 날려 보내고 아무것도 남지 않은, 박제된 얼굴로 죽음처럼 삶을 이어가는 사람. 그녀의 끈질긴 기다림이 순간 여자에게 섬뜩한 공포를 느끼게 했다. 여자는 진저리를 치며 도로 이불을 뒤집어썼다.

아리랑이 연주되고 있다. 결혼식장에 난데없이 아리랑이라니, 그것도 하필 가야금으로. 이러면서 여자는 흥얼거리고 따라 부른다. 아리랑 아리랑 아라리이요오…… 마침내 사회자가 결혼식을 시작하겠다고 소리친다.

흰 레이스가 가득 달린 짧은 스커트가 부챗살처럼 퍼져 있다. 그 밑으로 곧고 길게 뻗은 다리와 푸른색 구두가 드러난다. 분명 남편 회사의 최고 디자이너가 만들었으리라. 여자는 코웃음을 치며 중얼거린다. 흥, 결혼선물치곤 괜찮은데……. 구두는 마치 조각배처럼 보인다. 붉은 카펫 위에 좁다랗게 깔아놓은 색동천 위를 밟고 가야금산조에 맞추어 푸른 배가 앞으로 나아간다.

신랑은 신부를 맞이하려 한다. 그러나 난데없이 검은 가면을 쓴 신부아버지가 신부의 손을 놓지 않는다. 누군가 달려들어 가면을 벗기자 신부아버지의 얼굴이 드러난다. 아, 그런데 저 사람은 남편이지 않은가! 여자는 급하게 달려가 그의 손을 낚아채려 한다.

"내가 데리고 있던 여잔데 인계하고 말고는 내 맘 아냐?"

"그렇겠군요. 미처 그 생각을 못 하다니."

여자는 비아냥거린다. 마침내 신부가 울음을 터뜨린다. 이

때 가야금산조가 진양조에서 자진모리로 바뀌어 빠르게 울려나기 시작한다. 여자는 이 모든 것들이 견딜 수 없이 우스워 속 시원하게 웃어보려 한다. 그러나 웃음은 목구멍에 걸려 발작적인 기침소리를 내고 만다.

낮게 울리는 전화벨이 마치 목구멍에서 가래가 들끓는 것처럼 들려왔다. 여자는 그 소리를 없애기 위해 더듬거리다가 송수화기를 들어올렸다. 여전히 꿈속을 헤매고 있는 듯 송수화기를 입에 대고 다시 한 번 크게 웃어보려고 했다. 그러나 쨍쨍하게 들려오는 목소리가 여자의 의식을 뒤흔들며 목구멍을 틀어막았다.

"언니, 아직도 자? 아무리 일요일이라지만 도대체 지금 몇 신데, 식구들 아침밥도 안 챙겨주고. 하기야 그래도 잔소리하는 사람 없으니 팔자가 좋네."

"얘는 아침부터 웬 팔자타령이야? 아침밥 먹을 사람이 집에 하나도 안 붙어 있으니까 그렇지."

잠이 덜 깬 목소리로 심드렁하게 대꾸하며 여자는 탁상시계를 들여다보았다. 9시 50분. 커튼 틈으로 들어오는 햇살이 시곗바늘 위에서 환하게 목을 드러내며 웃었다. 햇살이 눈부시게 환한 고속도로 위를 남편은 여전히 달려가고 있으리라. 긴 목과 쭉 뻗은 다리가 유난히 돋보이던 애인과의 한때를 떠올리면서……. 한 일 자로 굳게 다문 남편의 얄팍한 입술을 눈앞에 그리며 여자는 입을 크게 벌려 하품을 했다.

"다들 어디 갔는데? 준이, 걘 또 여행 간 거야? 대학 들어가니까 좋긴 좋네. 작년까진 꼼짝도 못 하더니. 나도 여행 다녀오려고."

"너야말로 팔자가 좋네. 근데 갑자기 웬 여행이야?"

"으응, 기분전환이나 하려고. 이젠 정말 그만두기로 했거든. 지긋지긋해."

그제야 시험관 아기가 또 실패했다는 걸 알아차렸지만 더 이상 해줄 위로의 말을 여자는 찾지 못했다. 마흔을 코앞에 둔 동생이 아기를 갖기 위해 하는 노력을 지켜보면 안쓰럽다 못해 처절하게 느껴졌다. 여자는 송수화기를 내려놓으면서 중얼거렸다. 자식이 다 뭔 소용 있다고, 참. 이 녀석은 집에 돌아올 때가 다 되도록 어째 전화 한 통 없누. 여자는 준이를 원망함으로써 동생에 대한 짠한 마음도, 남편에 대한 분노도 다 잊어버리려고 했다. 하지만 후터분한 기운이 온몸에 끈끈하게 달라붙기 시작하자 걷잡을 수 없이 짜증이 났다. 여자는 욕실로 달려가 세면대에 물을 철철 넘치게 해놓고서 오랫동안 세수를 했다.

말끔하게 씻고 났지만 화장대 속의 얼굴은 더 이상 젊지도, 아름답지도 않았다. 게다가 며칠 전에 한 파마가 남편의 말처럼 분명 더 나이 들어 보이게 했다. 우연히 몇 번 들렀던 미장원에서 보내온, '당신의 마흔다섯 번째 생일을 진심으로 축하합니다'라고 쓰인 생일카드를 받고 감격한 나머지 달려가서 그만 파마를 해버렸다. 아무도 기억해 주지 않는 마흔다섯이란 나이처럼 쓸쓸한 생일의 오후에 배달된 축하카드를 받고 어떻게 감동하지 않을 수 있겠는가. 비록 그것이 고객관리차원이라는 걸 뻔히 안다고 치더라도……. 그 감동에 대한 보답으로 미장원을 방문하는 것은 너무나 당연한 일 아닌가. 단지 잘못이라면, 고객에게 일일이 생일카드를 보내는 세심함을 고객의 머리에까지 쏟으리라고 너무 쉽게 믿고 미용사가 하는 대로 내버려둔 것이었다.

그날 밤, 모처럼 남편과 준이는 나란히 일찍 들어와서 미역국이 차려진 식탁에 둘러앉았다. 하루 종일 서운했던 가슴이 새로운 기대로 두근거리는 것을 비밀스럽게 누르며, 생일 축하인사가 곧 튀어나올 법한 남편과 아들의 입을 여자는 계속 번갈아 지켜보았다.

"엄만, 이렇게 더운데 하필이면 펄펄 끓는 미역국이야? 시원한 냉국이나 만들지."

순간 여자는 눈물이 핑 도는 것을 감추기 위해 자신도 모르게 눈을 홉뜨고 말았다.

"푸하하……. 그러니까 당신, 꼭 마귀할멈 같네. 머리는 언제 한 거야? 빠글빠글한 게 꼭 십 년은 더 늙어 보여. 아줌마들은 왜 기껏 돈 들여서 머리를 저 지경으로 만드는지 몰라."

"그러게 말이에요."

방금 싫다던 미역국에 머리를 처박고 준이는 후루룩거리기 시작했다. 여자는 녀석의 뒤통수를 한 대 때려주는 대신 국그릇을 빼앗아들고 개수대에 그대로 부어버렸다. 순간 어이없다는 눈빛들이 뒤엉켜 등 뒤에 꽂히는 것을 여자는 느꼈다. 벌써 갱년기 히스테린가, 하고 속삭이듯이 말하는 남편의 음성에서는 분명 연민과 조롱기가 함께 묻어났다.

"그러는 당신은 아직도 청춘이란 말이지? 그 잘난 당신 청춘이 날 그동안 얼마나 잡았는지 알기나 해요?"

여자는 등을 홱 돌려 격앙된 목소리로 말했다. 그러나 부자(父子)는 서로 얼굴을 마주한 채 무슨 말뜻인지 전혀 못 알아듣겠다는 표정들을 잠시 짓고 다시 수저를 놀림으로써 여자의 의미심장한 말을 완전히 헛소리로 만들었다.

개수대에서는 미역이 검은 머리를 있는 대로 풀어헤치고 있었다, 마치 가야금이 열두 줄의 머리다발을 푼 것처럼. 조율을 한답시고 머리다발을 다 풀어헤쳐 놓고 멍한 눈빛으로 가야금을 가만히 안고만 있던 현 선생이 생각났다.

"쯧쯧, 저런 때는 순호 아범이 생각나는 모양이제?"

"이보게, 정신 차려. 처자식 버리고 일본꺼지 도망간 서방, 뭣 땜시 생각혀? 거기서 다른 여자랑 알콩달콩 재밌게 살고

있을 텐듸……. 가야금이나 멋들어지게 타면서 모든 시름 다
아 잊어버리는 거여. 그래도 자네는 가야금 타는 기술이라도
있으니 굶어 죽지는 않겠네, 뭘."

"그으럼. 돌아눕으믄 남이란 말이 왜 나왔겄어? 순호 엄마
도 달리 살 방도를 채려야제. 젊으나 젊은 사람이……."

이른 저녁을 마치고, 가야금연주를 듣는 핑계로 동네 아
낙네들이 모여들어 제각기 떠들어댄다. 아버지가 일찍 돌아
오셨으면 분명 엄마에게 또 호통을 쳤으리라. 낼 당장 방 빼
라고 해. 교습소 채린 것도 모자라 여편네들꺼정 불러 모아?
아니, 우리 집 아래채가 동네여편네들 사랑방인감? 청승스
런 가야금소리도 인제 딱 지겨워. 한때 기생질했다는 소문꺼
지 나돌더라고. 아이는 아버지가 금방이라도 대문을 밀고 들
어올까 봐 가슴을 죄다가 한쪽 구석에 웅크리고 앉아 신문지
로 열심히 배를 접는 순호를 발신힌다.

"나랑 우리 아버지 마중 가자, 싫어? 피이, 그깟 배. 백 개
를 접어봐라, 니네 아버지가 배 타고 돌아오나."

못마땅한 듯 아이를 잠시 올려다보던 순호는 그만 못 이기
는 척하고 따라나선다. 어스름한 달밤에 사과꽃이 환하게 핀
과수원 길을 걸으면서 아이는 동네 여자들이 다 돌아갈 때까
지 아버지를 집에 안 들어가게 하는 방법을 궁리한다. 아버
지가 어느 쪽 길로 오시려나, 이쪽저쪽 살피느라 바삐 고개

를 움직인다. 그러나 입을 꾹 다물고 앞만 줄곧 보고 걷던 순호가 갑자기 심각한 목소리로 말문을 연다.

"넌 우리 아버지가 정말 안 돌아올 것 같냐? 아냐, 배에 가득 선물을 싣고 꼬옥 돌아오실 거야. 우리 엄마가 그랬어."

"바보, 그러니까 니네 엄마보고 다들 바보라고 그러지."

하지만 아이는 이렇게 말하는 순간 매옴하고 아릿한 기운이 목구멍을 훑고 지나가는 것을 느낀다, 마치 매운 고추를 삼킨 것처럼. 초등학교 1학년인 자기도 믿지 않는 이야기를 믿으면서 살고 있는 현 선생이 한심해 견딜 수 없다. 아이는 포옥 한숨을 내쉰다. 곧이어 순호의 한숨소리도 들린다. 그들의 한숨소리 위로 오월의 밤바람이 지나간다. 그러자 어둠 속에서 흰 사과꽃이 흔들리면서 엷은 향기를 뿜어댄다. 사과 향을 품은 바람을 타고 멀리서 '영산회상'의 유연한 가락이 가야금에 실려 은은하게 울려난다. 아이는 그만 걸음을 멈추고 두 눈을 꼭 감아버린다.

움푹 들어간 눈두덩이 위에 펄이 섞인 밝은 색 아이섀도를 칠해 보지만, 거울 속의 얼굴은 여전히 나이를 감추지 못했다. 떨리는 손으로 여자는 장밋빛 립스틱을 집어 들고 마치 발악이라도 하듯 입술 위에 몇 번이고 덧발랐다. 립스틱을 바를 때면 떠오르는 그 지독한 기억에서 언제쯤이면 벗어날 수 있을까, 언제쯤이면 분노가 가신 손끝으로 예쁜 장미꽃잎 같은 입술을 그릴 수 있을까 생각하며 여자는 거울을 다시 보았다. 그러자 거울이 요술이라도 부리듯 여자의 얼굴을 점점 젊게 비추기 시작했다. 놀랍고도 기쁜 심정으로 여자는 거울에 바싹 얼굴을 갖다 댔다. 그 순간 여자 대신 임하영이 장미꽃잎 같은 입술을 벌리며 웃고 있다. 아악, 여자는 뚜껑도 채 닫지 않은 립스틱을 거울 위에 던져버렸다. 붉은 꽃잎 자국을 거울 위에 선명하게 남기고 립스틱은 방바닥으로 툭 떨어졌다.

남편 차의 조수석에 떨어진, 낯선 립스틱을 집어 올리는 순간 여자는 그즈음 자신을 괴롭히고 있는 문제의 해답지를 손에 쥔 느낌이었다.

"아아, 이거? 미스 임이 떨어뜨렸나 보네."

"미스 임? 임하영!"

그러고 보니 오오라, 맞아. 임하영이었구나! 여자는 고개를 끄덕이며 그가 흘렸던, 딴눈 판 증거물들을 새삼스럽게 하나씩 떠올렸다. 수첩 속에 R.H.Y.라는 이니셜 옆에 적혀 있던 오피스텔 주소, 바지 주머니에서 나왔던 여자용 손수건, 그의 체취에서 희미하게 풍기던 이상야릇한 향내, 무엇보다도 불분명한 이유로 계속되는 늦은 귀가와 주말의 잦은 출장…….

"방향이 같으니까 때때로 태워주기도 하지. 그게 뭐 이상

해? 그런데 당신 표정이 왜 그래?"

"아아뇨. 뭐, 그럴 수도 있겠네요."

시치름한 표정을 짓는 남편을 향해 여자는 억지로 웃어 보였다. 뾰족한 대책이 없을 때는 속이 확 뒤집히더라도 모른체하는 게 상책이었어요. 내가 알고부터는 그 인간이 아예 드러내놓고 외박이더라니깐요. 동생의 친구지만, 그 방면에 있어서는 선배인 미나가 늘어놓던 푸념을 순간 떠올렸기 때문이었다. 하지만 여자는 얼마 가지 않아서 차를 세워달라고 해야만 했다. 뒤집히는 속 때문에 도저히 견딜 수가 없었다. 속엣것을 한바탕 쏟아놓고 눈물이 어룽진 눈가를 닦으면서 하늘을 올려다보았다. 눈이 시리도록 푸르고 맑은 하늘이 가슴속으로 파고들었다. 여자는 가슴을 두 팔로 싸안았다.

잘게 찢겨진 사진들이 어지러이 바람에 흩날렸다. 남편도, 임하영도, 그들 뒤에 1006호라는 번호를 단 모텔 객실의 문도 바람 속으로 사라졌다. 하지만 심부름센터 직원의 음성만은 남아 귓가에서 계속 웅얼거렸다.

"뭐, 이 정도 사진들이면 증거로는 충분할 겁니다. 하기야 어떤 치들은 이불 속에 나란히 누워 있다가 들켜도 아니라고 잡아뗀다지만, 사모님……"

사내의 뱅글거리는 웃음기가 입술 옆에 있는 사마귀 위까지 번져났다. 여자는 순간 상한 자존심을 수습하지 못하고

엄현주 소설집

사진들을 움켜쥐고 자리에서 일어났다. 왜 쓸데없이 이딴 걸 부탁했을까. 그들 앞에 사진을 내민다고 해서 달라질 건 아무것도 없다, 이혼을 결심하지 않는 한. 남편과 임하영의 입가에도 뱅글거리는 웃음이 매달려 여자의 눈앞을 흔들었다.

왜 그 순간 순호를 떠올렸는지 모를 일이었다. 자존심 때문에 동생에게조차 하지 못한 이야기를 순호에게 털어놓고 싶은 충동을 느끼는 이유를 여자는 알 수 없었다.

"연희야, 왜 그래? 뭔 일이 있는 거 아냐? 아님, 어디 아픈 거냐?"

전화선 저편에서 들려오는 순호의 걱정스러운 음성에 순간 목이 메었다. 온몸이 걷잡을 수 없이 떨려왔다. 여자는 있는 힘을 다해 송수화기를 잡았다. 푸른 힘줄이 선명하게 돋아난 자신의 손등을 보면서 여자는 말했다.

"아니, 그냥 좀 피곤해서 그런가봐. 선생님은 안녕하시지?"

"우리 어머니 말도 마. 안녕이 다 뭐야. 정신이 오락가락하셔. 왜 저렇게 평생 힘드신 건지 몰라. 나이 들수록 건강이 최고야. 너, 아프지 마."

아프지 말라는 순호의 말에 여자는 고개를 끄덕거리며 송수화기를 내려놓았다. 현 선생의 멍한 눈빛이 떠오르면서 가슴속으로 아프게 파고들어왔다. 여자는 한숨을 길게 내쉬었다.

지독한 땀 냄새를 풍기며 준이는 배낭을 마루에 벗어던졌다. 그러나 여행에서 돌아온 자의 지치고 고단한 기색은 전혀 엿볼 수 없었다.

"아빠? 일요일인데도 나가셨어요?"

"그래, 넌 어쩜 집에 전화 한 통도 못 하니?"

준이는 검게 탄 얼굴에 유난히 희게 보이는 이를 드러내며 씨익 웃었다. 여자는 가볍게 눈을 흘겼다, 무사히 돌아왔다는 안도감과 서운함이 뒤섞인 심정으로.

"에이, 전환 무슨…… 돈 떨어졌을 때나 하는 거죠. 근데 아빠 어디 가셨어요? 당구나 한 게임 치려고 했는데……."

"피곤하지도 않니? 정말 젊긴 젊구나. 아빠 미스 임 결혼식에 가셨어."

"그 예쁘고 늘씬하게 잘 빠진 여자? 후후, 아빠 되게 서운하시겠네."

순간 당황해 하는 여자의 심중을 알 리 없는 준이는 한쪽 눈을 찡긋해 보이고는 자기 방으로 들어가 버렸다. 어서 씻기나 해, 날이 선 여자의 목소리에 대항이라도 하듯 시끄러운 록음악이 온 집 안을 뒤흔들기 시작했다. 아, 미칠 것 같아, 증말. 이미 닫힌 방문을 향해 헛되이 소리쳤다. 그러자 정말 미칠 것 같은 기분이 되었다. 미나라도 만나야겠다고 생각하며 여자는 슬리퍼를 꿰고 집 밖으로 뛰쳐나왔다.

활짝 열린 대문 밖으로 아이를 내쫓으면서 엄마는 소리친다.

"뭘 잘 했다고 꼬박꼬박 말대꾸냐? 안즉 머리꼭지에 피도 안 마른 게……. 삐뚤삐뚤, 그것도 글씨라고 썼냐? 다시 쓰라믄 쓸 거지. 뭐, 뭐야? 당장 나가. 꼴도 뵈기 싫어."

아이는 담 밑에 쪼그리고 앉는다. 찢겨나간 공책 낱장들이 평상 위에 이리저리 뒹굴며 하얗게 햇빛을 받아 눈부시게 빛난다. 낼모레가 개학인데, 어떻게 쫙쫙 찢어버릴 수가 있어? 그걸 언제 새로 써, 미치겠네. 난 엄마를 절대로 용서하지 않을 거야. 아이는 아랫입술을 꼭 깨문다. 햇볕은 쨍쨍, 시냇물은 졸졸. 종이배를 만들어서 시냇가로 나갑니다. 개미 손님, 어서 타세요. 종이배는 개미 손님을 태우고…… 방금 전까지 공책 위에 썼던 글씨들이 자꾸만 눈앞에 아른거린다. 아아, 지겨워. 아이는 그만 고개를 숙이다가 담 옆에 피어 있는 채송화를 발견한다. 뜨거운 기운을 감당하지 못해 축 처진 채송화들. 아이의 조그만 손은 활짝 핀 꽃을 보고 싶은 열망과 조바심으로 안타까이 꽃잎을 쓰다듬는다. 늦여름 오후의 느릿느릿한 시간이 꽃송이 위에서 머물며 잠을 청한다. 꽃잎을 만지작거리던 손끝에도 잠기운이 묻어난다.

"에그머니, 예서 잠이 다 들었구나. 연희야, 연희야……"

바람이 스쳐 지나가듯 조용히 흔드는 손길에 꽃송이들이 부스스 깨어난다. 아이도 그만 눈을 뜬다. 현 선생의 눈길과 마주치자 계면쩍어서 아이는 사방을 두리번거린다.

"엄마? 엄마도 잠이 드셨나봐, 소희 재우다가…… . 들어가자."

날 쫓아내고 태평스레 낮잠을 자다니, 아이는 절레절레 고개를 흔들고 만다. 현 선생은 잠시 난처한 빛을 띠다가 마침 좋은 생각이 났다는 듯, 환해진 얼굴로 말한다.

"더운데 우리, 강가로 나갈래? 순호도 찾아볼 겸. 자, 일어나."

딱딱한 손이 아프게 잡혀온다. 손끝에 맺힌 열두 줄 명주실의 선명한 흔적이 금방이라도 서러운 가락이 되어 흐를 것같다. 하지만 곧 그 손끝에서 음악 대신 종이배가 접히기 시작한다. 우리 엄마처럼 현 선생님도 순호를 잠시 잊고 있는 걸까? 순호를 찾지 않고, 고운 빛깔의 종이배를 수도 없이 접고 있는 현 선생의 손끝을 가만히 바라만 보았다.

"이제 물 위에 띄워볼까? 떠내려갈 때 소원을 빌어보렴."

하오의 햇살은 강 위에 부서지고, 은빛 물살을 타고 종이배들이 하나둘 줄지어 앞으로 나아간다. 바람에 흔들리면서 반짝이는 수면을 향해 사라지는 종이배를 지켜보다가 아이는 문득 뒤를 돌아본다. 순간 아이는 소원 비는 것을 깜빡 잊었음을 깨닫는다. 두 손을 모으고 강을 향해 서 있는, 현 선생의 모습에 아이는 자신도 모르게 잠시 숨을 멈춘다.

아파트 상가 앞 벤치에 걸터앉아 여자는 캔 콜라의 손잡이를 힘껏 잡아당겼다. 검은 액체가 넘쳐나면서 손등을 적셨다. 허공을 향해 여자는 손을 한 번 가볍게 흔들고는 목구멍 깊숙이 콜라를 들이부었다. 차고 맵싸한 액체가 목젖을 적시면서 또 다른 갈증을 불러일으켰다. 마셔도 마셔도 해갈되지 않는 목마름. 마침내 비어버린 캔이 여자의 손아귀에서 형편없이 구겨졌다. 그것을 여자는 옆에 있는 휴지통에 던지고 벌떡 자리에서 일어났다. 시원한 물을, 속까지 써늘하게 해줄 냉수를 마셔야 하리라. 상가 안에 있는 미나의 가게로 여자는 황급하게 들어갔다.

"냉수 한 잔만."

선풍기바람이 미나의 머리카락을 날리면서 얼굴을 가렸다. 하지만 미나의 얼굴을 보지 않아도, '가을맞이 세일, 화장품 전 종목 40% 할인'이라는 빨간 글씨들로 모든 걸 짐작할 수 있었다. 여자는 단숨에 냉수를 들이켜고는 선풍기의 스위치를 눌러버렸다. 회전하던 날개가 천천히 멈추고 나자 흐트러진 머리카락 사이로 그녀의 얼굴이 속살처럼 드러났다. 화장기 없는 맨얼굴이 이상하게도 가면처럼 느껴졌다.

"넌 화장품가게를 하면서 얼굴을 어쩜 이러고 있니?"

"그러게 말이에요. 아무래도 내 적성에 안 맞나봐."

그래, 네게 맞는 건 불행히도 사모님이지, 라고 딱하게 생각하면서 여자는 미나의 손을 꼭 잡았다.

"왜? 열심히 하지, 그러니? 가연일 봐서라도."

"내가 너무 어리석었나 봐요. 교수 부인자리, 그거 공짜루 얻은 거 아닌데……. 이제야 하는 말이지만 나, 유학 따라가서 얼마나 접시 많이 닦은 줄 알아요? 가연이 낳던 날 아침까지. 다 쌓아놓으면 백두산만큼 될 걸. 죽 쒀 개 준 꼴이지 뭐예요. 흥, 지네들끼리 잘 살라고 얌전히 자리를 비켜주다니."

적의와 후회로 흉하게 일그러지는 입매가 보기 거북해 여자는 고개를 돌렸다. 재작년 이맘때의 그 당당하던 모습은 어디로 사라졌는가. 그런 인간이랑 한 세트로 더 이상 산다는 건 나 자신에게 치욕이에요. 훌훌 털고 난 뭐든 새로 시작할 수 있어요. 두고 보세요. 양팔에 날개를 달고 새로운 세상을 향해 곧 비상이라도 할 듯이 보이던 그녀가 얼마나 눈부시도록 아름답게 느껴졌던가. 하마터면 그때 남편에 관한 문제를 그녀에게 털어놓고 의논할 뻔했다.

"소흰 별일 없죠? 요즘 연락이 없네요."

"으응, 오늘 아침에 여행 간다고 전화 왔었어. 또 실패했단다. 진작 입양이라도 했더라면……. 보기 딱해."

누가 먼저랄 것도 없이 그들은 한숨을 내쉬고는 잠시 입을 다물었다. 침묵 사이로 후텁지근한 공기가 흐르고 있다.

"소희나 나나, 참……. 왜 이렇게도 안 풀리는지 모르겠네요. 별루 나쁜 짓 안 하고 살아온 것 같은데 말이에요. 특별히 욕심 부리는 것도 아니잖아요? 남들처럼 남편 자식 갖고 오순도순 살자는 건데…… 언니같이 별문제 없이 사는 사람이 이젠 너무 부러워요. 나 모르는 무슨 비결이 있는 것 같기도 하구."

"비결은 무슨…… 한평생 살면서 문제없는 사람이 어딨겠어? 그냥 그러려니, 하고 넘기면서 견디는 거지. 어쩜 바보처럼 사는 건지도 몰라."

그러고는 정말 바보가 된 것처럼 여자는 헤벌쭉 웃어 보였다. 몇 번이나 임하영을 찾아가려 했었는지 모른다. 말을 듣지 않으면 회사를 확 뒤집어버릴 각오까지 했었다. 하지만 섣불리 시작했다간 자신의 꼴이 우습고 비참하게 되리라는 걱정이 발목을 잡았다. 모른 체하는 것만이 유일한 방법이라 생각하면서 여자는 피가 나도록 아프게 입술을 깨물었다. 아아, 덥고 답답해. 너 이싱 못 견디겠다는 듯, 미나는 리모컨을 들고 급하게 에어컨을 작동시켰다. 구월인데도 아직 한여름 같다니깐. 전기세 아끼려다 온몸이 쪄지겠네. 완전 찜통이야. 에어컨에서 갑자기 뿜어지는 찬 기운이 그녀의 말을 지워버렸다. 소매 없는 원피스 밖으로 나온 팔 위에 오톨도톨하게 돋은 소름을 쓰다듬으며 미나는 벽시계를 올려보았다.

"벌써 두시가 넘었네. 어쨌든 시간은 잘 지나간다니까요. 그 덕분에 살아가는지도 몰라요. 어서어서 나이 먹고 늙어서 죽을 수 있다는 게 큰 위안이 되거든요."

"너도, 참. 새롭게 시작할 수도 있잖아?"

그렇게 말했지만 여자는 그녀의 말에 충분히 공감할 수 있었다. 너희들이 언제까지 그럴 수 있나 보자라고 이를 악물며 견뎌냈던 시간들. 시간이 흐르고 있다는 게 그때는 가장 큰 위안이었다. 하지만 그 시간의 끄트머리 즈음에 왔을 때, 여자는 자신이 이미 눈에 띄게 늙어버렸음을 알아차렸다. 문화센터의 숱한 강좌, 교회, 비싼 화장품과 세련된 옷. 그 어떤 것도 늙음을 막지 못했다는 걸 깨달으며 그제야 여자는 자신에게 물었다. 무엇을 위해 나는 견뎠지? 그가 진심으로 참회하고 돌아올 거라는 기대 때문에? 가정, 사회적 지위, 돈, 체면…… . 그런 것들을 지키기 위해? 하지만 더욱 알 수 없는 것은 그렇게 견딘 것이 과연 잘한 것이었나, 하는 점이었다. 머릿속이 혼란해져 여자는 그만 고개를 내저었다.

"새로운 사람을 만나라구요? 두려워요. 불에 덴 경험이 있는 애들은 그 근처에 얼씬도 안 하잖아요, 또 데게 될까봐."

어림없다는 표정을 짓는 미나를 보며 여자는 말했다.

"요즘 젊은 사람들은 만나서 금방 결혼하고, 헤어지고, 또 새로 만나고…… . 잘만 하더라, 뭘."

"하지만 누구나 다 그럴 수 있는 건 아니잖아요. 게다가 전 젊지도 않은 걸요."

그렇겠지, 처자식 있는 남자랑 함부로 놀아나는 일을 누구나 다 할 수 있는 것이 아니듯이.

남편은 '오늘 경기의 하이라이트' 장면을 보며 흥분하다가 금방 아무렇지도 않은 말투로 말했다.

"부조를 얼마쯤 하지? 삼 년씩이나 데리고 있었는데……. 미스 임 말이야, 갑자기 결혼한다잖아. 낼 전주까지 내려가 봐야 돼."

흥, 얼마나 오래 가나 했는데……. 드디어 끝이 난 모양이군. 두근거리는 가슴을 진정시키고, 여자는 과도를 쥔 손에 힘주어 사과를 여덟 쪽으로 나누었다. 그러고는 한 조각씩 깎아 접시에 놓으면서 남편의 표정을 슬쩍슬쩍 훔쳐보았다. 여자의 기대와 달리 무표정한 얼굴로 그는 텔레비전 화면에 눈을 주고서 깎아놓은 사과의 한가운데를 정확하게 포크로 찍어 입안으로 넣었다. 사과는 새콤달콤한 맛을 내면서 씹혀져 그의 침과 함께 목구멍으로 삼켜지리라. 미스 임은 사과처럼 그에게 새콤달콤한 맛을 주었던가?

"새콤달콤한 맛을 삼 년 동안 즐기려면 돈이 얼마쯤 들까요?"

"아니, 무슨 뚱딴지 같은 소리야? 결혼부조금 얘기에 난데없이 새콤달콤한 맛에 드는 돈이라니? 당신, 정말 머리가 어떻게 된 거 아냐?"

텔레비전 화면에서 얼른 눈을 떼고서 그는 여자 쪽으로 돌아보았다. 그러고는 예사롭지 않은 눈빛으로 여자의 얼굴을 더듬었다. 끝까지 모를 줄 알았나보지. 머리가 어떻게 된 건 너희들이라고. 실컷 놀아나다가 갑자기 다른 남자랑 결혼하는 년이나 그걸 갖고 부조금 운운하며 뻔뻔스럽게도 내게 의논하는 당신이나 똑같이 미친 것들이지. 의심과 불안의 빛이 스치는 그의 눈을 똑바로 본 후 여자는 조롱하듯이 깔깔거리며 한바탕 웃어댔다.

"그냥 한번 해본 소린데 당신답지 않게 되게 민감하게 받아들이네. 부조금이야 다른 직원들 경조사 때 한 것처럼 하면 되는 거 아니에요? 그게 뭔 문젯거리리라도 된다고."

이미 평정을 되찾은 얼굴로 그는 텔레비전 화면에 다시 시선을 고정시켰다. 화면에서는 빠르고 경쾌한 음악과 함께 넓게 펼쳐진 잔디 위로 굴러가는 축구공을 보여주었다. 축구공이 음악에 맞추어 잠시 굴러가다가 어디론가 사라지자 앵커가 나타나서 편안한 밤이 되시라는 인사를 했다. 미스 임이 남편 곁에서 사라진다고 해도 예전처럼 편안한 밤이 다시 찾아와주지는 않으리라. 헛된 기대 따위는 절대로 금물이라고 스스로 다짐하면서 여자는 이를 악물었다.

미나는 눈썹을 그리기 시작했다. 새로운 사람을 만나는 대신 새롭게 화장이라도 시작해 보려는 걸까? 삐뚤삐뚤하게

엄현주 소설집

그려지는 눈썹을 몇 번씩이나 지웠다가 새로 그리곤 했다. 마침내 선이 매끈하고 끝이 가늘면서 위로 살짝 뻗은, 갈매기 모양의 눈썹. 미나는 거울을 보고 만족스럽게 웃었다. 여자도 따라 웃고는 자리에서 일어났다.

"이제 갈게. 웃는 거 봤으니까, 됐어."

"소희 오면 함께 점심이나 해요."

유리문 밖으로 나오자 후터분하고 끈끈한 기운이 일시에 달려들었다. 그 공기 속에 섞인, 상한 생선과 야채가 풍기는 부패의 냄새에 여자는 치밀어 오르는 구역질을 삼키며 상가 밖으로 뛰어나왔다.

햇볕은 여전히 아스팔트 바닥 위에서 맹렬히 끓어올랐지만 슬쩍슬쩍 불어오는 바람에는 제법 서늘한 기가 느껴졌다. 그는 열린 차창으로 들어오는 바람을 쓸쓸하게 맞으며 집으로 향해 오고 있겠지. 이세는 더 이상 젊지 않다는, 아픈 자각을 하며 지난 시간에 대해 회한의 눈물이라도 혹 삼키지 않을는지……. 이런저런 상념에 잠겨 여자는 햇볕 속을 천천히 걸었다. 그러다 문득 발등에서부터 전해져 오는 통증에 걸음을 멈추었다. 슬리퍼 끈이 맨발 위에 선명하게 만들어놓은 상처. 여자는 순간 집어던지고 싶은 심정으로 신발을 벗어 들었으나, 별 수 없이 발을 도로 쑤셔 넣고 말았다. 그러고는 발을 질질 끌며 다시 걷기 시작했다. 거대한 산처럼 버티고 서 있는 아파트의 동을 하나씩 힘겹게 지나치다가 자신의 집이 아직도 몇 개의 산을 더 넘어야만 나타나리라는 생각에 한숨을 내쉬었다.

집 안을 온통 뒤흔들던 음악은 한바탕 폭풍이 지나간 것처럼 사라지고 없었다. 그새 준이 녀석도 시끄러운 음악처럼 어디론가 사라졌는가, 아니면 깊은 잠에 빠져 있는가. 여자는 집 안 여기저기를 기웃거리다가 식탁 앞에 앉은 준이를 발견했다. 녀석은 냄비에 코를 처박고 라면을 건져 올리느라 정신이 없었다.

"천천히 먹어, 체할라."

"굶어 죽는 것보담 체하는 게 백번 나아요. 에이참, 엄만…… . 점심도 안 차려주고 어디를 가셨어요, 짜증나게스리."

"뭐, 짜증나? 넌 손이 없니? 배고프면 니가 좀 차려 먹음 되잖아. 밥이랑 반찬이랑 다 두고도 그래?"

자신도 모르게 목소리가 쨍하게 울려났다. 하나 있는 자식마저 잘못 키웠다는 생각에 여자는 견딜 수 없었다.

"그렇게까지 화내실 건 없잖아요? 그러니 우리 집에서 왕따 당하죠. 그건 그렇고, 전화 왔었어요. 미강읍에서 택배로 사과 보낸다고요."

준이는 젓가락을 내려놓고서 냄비를 들고 국물을 들이켜기 시작했다. 한 대 쥐어박고 싶은 심정을 용하게 억누르고 여자는 미강읍이라고 중얼거렸다.

"네, 미강요."

그러자 청아한 가야금 가락을 싣고, 은빛 강물 위에 흔들리며 떠내려가는 종이배가 눈앞에 아른거렸다.

"올핸 첫 사과 수확이 좀 늦었다면서……. 순호 아저씨가 엄마더러 시간 나면 한번 다녀가시래요. 이번 장마 때 집 담이 허물어져서 손 좀 봤다든가, 봐야 된다든가? 하여튼 그러셨어요."

저 세상으로, 외지로 주인들을 떠나보내고 덩그렇게 비어 있는 집을 다독거리며 돌봐주는 순호가 새삼스레 고맙게 느껴졌다.

어머니의 49재를 마치고 산소에 다녀오는 길이었다. 여기저기 피어 있는 흰색 구절초를 하나둘 따다 손가락 사이에 끼우면서 동생이 말했다.

"집, 언니도 처분하기 싫지? 완전히 고향을 잃어버린 기분이 들 것 같아. 순호 오빠네가 살아주니까 얼마나 다행인지 몰라. 아버지, 엄마가 저승에서 그러시겠다. 두 딸년보다 순호 하나가 훨씬 낫다고."

희고 가느다란 동생의 손가락에서 마치 새롭게 피어난 듯한 꽃들을 보면서 여자는 낮은 소리로 말했다.

"아버진 단 한 번이라도 예상해 보셨을까, 당신이 가시고 난 뒤 엄마가 순호네를 의지하게 되리라고. 그러고 보면 엄마 고집도 참 엔간하셨어. 딸네랑 같이 사시는 걸 끝까지 흉이라고 여기셨으니. 어쩌면 같이 살면서 맘이 안 편할까봐 미리 두려워하셨는지도 몰라."

외도하는 사위와 그걸 모른 체하고 견뎌내는 딸, 그 틈에 끼였더라면 엄마는 얼마나 끔찍스러웠을까. 새삼스럽게 여자는 안도의 숨을 내쉬면서 현 선생을 부축해 저만치 가고 있는 순호의 넓적한 등을 바라보았다. 그의 등 뒤로 따가운 초가을 볕이 아낌없이 쏟아져 내렸다.

다리를 쭉 뻗고 소파에 앉아 물집이 생기고 군데군데 살갗이 벗겨진 발등에 약을 바르기 시작했다. 약이 상처에 닿을 때마다 따갑고 쓰린 느낌에 여자는 움찔움찔 놀랐다. 입속에서 맑은 침이 괴기 시작했다. 침을 삼키는 순간, 기다렸다는 듯 전화벨이 울렸다.

"나야, 왜 이렇게 전활 늦게 받아? 올라가는 길에 피혁업자 만나기로 했거든. 좀 늦을 거야."

건조하고 딱딱한 음성이 마치 기계음처럼 흘러나오다가 제멋대로 끊어졌다.

"어쩜 그렇게 말짱해? 그 결혼식에 아무렇지도 않게 다녀올 수 있다니, 당신은 참으로 대단한 사람이셔."

대답 대신 띠이띠이 소리만 들려오는 송수화기를 거칠게

내려놓으면서 여자는 걷잡을 수 없는 분노를 느꼈다. 지독한 인간, 저런 인간에게서 후회나 반성 따위를 기대했다니. 기운이라도 빠져 있으면 안됐다는 생각이 들 수도 있잖아? 여자는 진저리를 쳤다. 결국 지난 시간들은 아무런 보상도 해주지 않고 무의미하게 손가락 사이로 흘러가버린 셈이었다. 또다시 현 선생이 떠올랐다. 손가락 사이에 고운 빛깔의 색종이를 끼우고 무수히 많은 종이배를 접고 또 접었지만 현 선생도 결국 쓸쓸함과 허망함을 떨치지 못했던 게 아니었을까? 이젠 더 이상 예전처럼 그를 맞을 자신이 없다. 아무렇지도 않은, 단지 먼 거리의 여행 후에 느끼게 되는 피로만 약간 담긴 얼굴로 돌아올 그를 태연스럽게 맞는다는 것은 너무나 억울하고 끔찍스러운 노릇이다. 그의 얼굴이 보이지 않는 곳이라면 어디든지 달려갈 수 있으리라.

여자는 열기가 가늑 찬 차 안을 환기시키고서 시동을 걸었다. 차는 아파트 정문을 빠져 나와 빠른 속도로 달리기 시작했다. 열어놓은 차창으로 들어오는 바람이 머리카락을 약간씩 흐트러지게 했지만 기분 좋게 느껴졌다. 액셀러레이터에 더욱 힘주어 밟다보니 어느새 서울을 벗어나 있었다. 국도 주변에는 약간 때 이른 코스모스가 한창이었고, 그 위로 보이는 파란 하늘에는 고추잠자리들이 떼 지어 날고 있었다. 여자는 차창 밖으로 얼굴을 내밀고 심호흡을 하기 시작했다.

청량한 기운이 온몸으로 퍼져나가는 기분이었다. 아파트의 좁은 실내에 갇혀 남몰래 분노와 배신감을 키워가며 숨죽였던 시간들이 풍기는, 부패의 악취가 서서히 사라져가고 있음에 여자는 만족해했다. 차는 거침없이 매끈하게 달려 나갔다. 그러다가 두 시간쯤 지나서 미강읍이라고 쓰인 푸른 표지판 앞에서 차는 잠시 멈칫했다. 그 순간 여자는 놀랍게도 가야금소리를 들었기 때문이었다. 세게 농현을 해 길게 음을 끌어올리면서 내는 세령산타령의 느린 가락. 그 가락을 따라 느리게 차를 움직이면서 여자는 문득 과거의 시간대를 향해 달려온 게 아닌가라는 의구심에 빠져들었다. 계속 비현실적인 느낌에 사로잡혀서 여자는 과수원이 보이는 샛길로 접어들었다. 엷은 향기와 함께 푸른빛의 사과가 여기저기 매달려 있는 것이 눈에 띄었다. 어디선가 밀짚모자를 쓰고 면장갑을 낀 아버지가 다가와 불쑥 사과 하나를 내밀 것 같아 여자는 자꾸만 브레이크를 밟았다. 그러다 과수원이 끝나는 길 앞에서 차를 멈추고 여자는 아쉬움에 뒤를 돌아보았다. 기운을 잃은 초가을 햇볕만 남아 넓은 과수원을 쓸쓸하게 메우고 있었다. 가야금도 그만 소리를 멈추어버렸다. 여자는 다시 핸들을 잡고 담을 새로 고쳤을지도 모를, 자신이 태어나고 자란 집을 향해 갔다.

벽돌로 새로 쌓아올린 담이 무척 낯설고 어색해서 여자는

엄현주 소설집

그 주위를 빙빙 돌아보았다. 대문 한쪽에 있던 '우리가락연구소'라는 간판은 보이지 않고, '정순호'라고 쓰인 문패만이 쑥스러운 듯이 약간 비뚤하게 걸려 있었다. 어머니가 떠난 지 불과 일 년 남짓한데 남의 집 문간 앞에 선 느낌이 들어서 여자는 대문 앞에서 멈칫거리기만 했다. 그러자 낯선 방문객의 기척을 재빨리 알아차렸는지 안에서 개 짖는 소리가 들리기 시작했다. 당혹감과 서운함에 여자는 하마터면 그대로 돌아갈 뻔했다.

"어쩐 일이냐? 들어가자."

순호는 눈을 몇 번 끔뻑거리면서 반가움과 뜻밖의 감정을 표시했다.

"한번 오라면서? 근데 와이프와 애들은? 너무 조용하네. 어머닌 좀 어떠셔?"

여자는 좀 전의 기분에서 벗어나시 천천히 집 안을 둘러보았다. 모든 게 그대로였다. 괜히 담 때문에 그렇게 낯설게 느껴지다니, 다행스러워하면서 여자는 누렁이를 향해 웃어주기까지 했다. 짖기를 멈추고 누렁이는 멍한 눈빛으로 여자를 올려다보았다.

"애들 외가에 갔어. 장모님 생신이거든. 나? 우리 어머니 땜에 요새 꼼짝도 못한다."

왜 그런가 보란 듯이 순호는 방문을 활짝 열어젖혔다. 현 선생은 남자처럼 짧게 자른 머리를 하고 앉은뱅이책상에 엎드려 색종이를 접고 있었다. 책상 위는 크레파스와 도화지, 색종이 등으로 어수선했다. 순호는 큰 소리로 현 선생을 불렀다.

"어머니, 연희 왔어요. 연희라니까요. 에이, 역시 못 알아보시네."

여자는 방문턱을 넘고 발을 안으로 들여대는 순간 그만 주저앉고 말았다. 안타까움과 허탈감을 두 다리가 견디지 못한 탓이리라.

"우리 아버지 돌아가셨다는 소식 듣고부터 갑자기 저러셔. 평생 기다린 것도 모자라서……. 도저히 이해가 안 가다니까. 열녀비 백 개 세워드려도 아깝지 않을 양반이야. 기가 막혀서, 너도 알다시피 우리 아버지라는 작자가 해준 게 뭐 있냐? 간간이 인편으로 돈 몇 푼 보내준 거밖에. 읍내 병원에 몇 번 모셔 갔는데, 뭔 소용이 있겠냐? 저 병은 뻔한 걸."

여자는 한쪽 벽에 세워둔 가야금 앞으로 다가가서 뿌옇게 먼지가 쌓인 그것을 조심스럽게 내려놓았다. 그리고 여전히 책상 앞에 있는 현 선생의 몸을 뒤로 빼내 무릎 위에 가야금을 얹었다. 움푹 팬 눈이 잠시 여자 쪽을 향했지만 푸른 기가 도는 눈자위 속의 눈동자에는 초점이 없었다.

"예전처럼 제게 가야금을 가르쳐주세요. 자, 어서요."

색종이를 움켜쥐고 있는 손을 끌어당겨 현침 위에 얹었다. 하지만 아무런 소리를 내지 못하고 가야금은 현 선생의 무릎 위에서 미끄러져 방바닥으로 떨어졌다. 그것을 여자는 자신의 무릎 위에 얹고 한 줄씩 차례대로 퉁기기 시작했다. 조율이 제대로 되지 않아 탄력을 잃은 음들이 공명판에서 먼지와 함께 스산하게 울려났다.

"무지와 장지로 제일 윗줄과 넷째 줄을 한꺼번에 당기는 거야. 옳지, 넷째 줄을 밀고 셋째 줄을 퉁기고. 왼쪽 손끝에 약간 힘을 주어 누르면서……. 아니, 어깨엔 힘을 빼고. 그렇지, 아리랑 아리랑 아라아리이요오……"

현 선생은 노래를 부르면서 손바닥으로 박자를 맞추기 시작한다. 아이는 손끝이 아려서 더 이상 계속할 수가 없다. 그러다 줄을 약간 세게 잡아당긴다. 괘가 하나 툭 공명판 위로 자빠지면서 팽팽하던 술이 탄력을 잃고 만다. 아이는 그만 무릎 위에서 가야금을 내려놓는다. 현 선생은 괘를 세우고 몇 번 줄을 고른 다음, 가야금 위에서 양팔을 춤추듯이 유연하게 움직이기 시작한다. 아리랑은 애절한 음조로 끊어질 듯 끊어질 듯 구성지게 이어진다.

"아무 소용이 없다니까."

순호는 가야금을 도로 벽에 세우며 거칠게 숨을 내뱉었다. 현 선생이 무릎걸음으로 도로 책상 앞에 다가가 종이배 하나를 여자에게 내밀었다. 여자는 당황해 하며 뒤로 약간 몸을 젖혔다. 그러자 현 선생은 히죽 웃으면서 여자의 팔을 끌어당겨 손에 그것을 쥐어주었다. 목구멍에서 뜨거운 기운이 확 치밀어 오르는 것을 느끼며 여자는 현 선생을 일으켜 세웠다. 그러고는 책상 위에 있는 색종이 묶음을 움켜쥐었다.

"절 따라오세요."

현 선생은 저항하지 않고 순한 아이처럼 여자의 손에 잡혀 따라왔다. 순호의 의아한 눈빛이 등 뒤에서 어른거렸지만 여자는 모른 체하기로 했다.

밥 짓는 냄새가 저녁 안개처럼 엷게 피어오르는 마을을 벗어나 여자는 강으로 향하는 비탈길로 올라섰다. 약간 경사진 길 양편에는 일년초들이 무성히 자라나 있었다. 여자의 손에 여전히 잡혀 있는, 현 선생의 나무 등걸처럼 거칠고 앙상한 손에서 축축이 땀이 배어났다. 여자는 걷는 속도를 약간 늦추고 현 선생을 보았다. 멍한 눈빛으로 현 선생이 올려다보고 있는 하늘 저편에서 붉은빛이 조금씩 번져났다.

강줄기를 따라 난 모래펄 위에서 아이들이 소리를 지르며 달리고 있었다. 붉은 노을을 안고 누운 강에서는 습기를 품은 눅눅한 바람이 불어왔다. 바람을 등지고 머리카락과 옷자락을 날리며 재빠르게 달음질치는 아이들은 세상 끝까지라도 달려갈 기세였다. 그제야 여자는 현 선생의 손을 놓고 강

둔덕에 주저앉았다. 그러고는 한쪽 손에서 계속 바람에 펄럭거리던 색종이들로 여자는 종이배를 하나씩 접어갔다. 한 묶음의 색종이는 모두 종이배가 되어 여자의 양손에 가득 담겼다. 그것들을 들고 여자는 현 선생과 함께 조심스럽게 강으로 내려가서 하나씩 띄웠다. 흐르는 강물 위로 붉고 푸른 종이배가 조화처럼 떠내려가기 시작했다. 하지만 붉은빛을 거두고 저만치 몰려오고 있는 어둠이 어느 새 그것들을 삼켜버리고 말았다. 불안과 공포를 담은 얼굴로 현 선생은 짐승처럼 낮게 울부짖었다.

"아, 내 배, 배……. 순호 아버지……."

여자는 손에 남아 있던 종이배를 모두 검은 강물을 향해 던지면서 말했다.

"이제 선생님 종이배는 몽땅 없어졌어요. 얼마나 속이 시원하세요? 평생을 괴롭히던 그놈의 종이배. 이제 단단한 쇠로 견고한 철선을 만드는 거예요. 바람 따위에 흔들리거나 찢어지지 않고 선생님 의지대로 어디든 갈 수 있는 배 말이에요. 그 배를 타고 넓은 바다로 나가는 거예요, 아셨죠?"

검은 강물을 안타까이 바라보며 현 선생은 무슨 뜻인지 모르는 얼굴로 머리를 끄덕였다. 위아래로 천천히 움직이는 머리통이 어둠 속에서 유난히 새하얗게 보였다. 이미 모든 게 현 선생에게는 너무 늦어버렸음을 깨닫고 여자는 탄식했다.

여자는 차에 시동을 걸었다. 그러고는 천천히 어둠을 헤치며 나아갔다, 마치 거대한 철선이 물살을 헤치고 넓은 바다로 나가듯이. 어디선가 들려오는 맑은 풀벌레 울음이 여자의 가슴속에서도 울려났다.

먹빛 어둠을 가르고 차는 쏜살같이 달려가기 시작한다.

# 불꽃선인장

엄현주 소설집

발 행 처 · 도서출판 **청어**
발 행 인 · 이영철
영    업 · 이동호
홍    보 · 천성래
기    획 · 남기환
편    집 · 방세화
디 자 인 · 이수빈 | 김영은
제작이사 · 공병한
인    쇄 · 두리터

등    록 · 1999년 5월 3일(제1999-00063호)

1판 1쇄 발행 · 2020년 1월 20일

주소 · 서울특별시 서초구 남부순환로 364길 8-15 동일빌딩 2층
대표전화 · 02-586-0477
팩시밀리 · 0303-0942-0478

홈페이지 · www.chungeobook.com
E-mail · ppi20@hanmail.net
ISBN · 979-11-5860-725-8(03810)

이 도서의 국립중앙도서관 출판시도서목록(CIP)은 서지정보유통지원시스템 홈페이지
(http://seoji.nl.go.kr)와 국가자료공동목록시스템(http://www.nl.go.kr/kolisnet)
에서 이용하실 수 있습니다.(CIP제어번호: CIP2019050445)